川东家族

荣代旻　著

中国出版集团

现代出版社

图书在版编目（CIP）数据

川东家族/荣代旻著. --北京：现代出版社，2017.4
ISBN 978-7-5143-5963-3

Ⅰ．①川… Ⅱ．①荣… Ⅲ．①长篇小说－中国－当代
Ⅳ．①I247.5

中国版本图书馆CIP数据核字（2017）第072040号

川东家族

作　　者	荣代旻	
责任编辑	李　鹏	
出版发行	现代出版社	
地　　址	北京市安定门外安华里504号	
邮政编码	100011	
电　　话	010-64267325　010-64245264（兼传真）	
网　　址	www.1980xd.com	
电子邮箱	xiandai@vip.sina.com	
印　　刷	北京一鑫印务有限责任公司	
开　　本	710×1000　1/16	
印　　张	18	
版　　次	2017年7月第1版　2022年7月第2次印刷	
书　　号	ISBN 978-7-5143-5963-3	
定　　价	45.00元	

目 录

CONTENTS

第一篇 天边的云

DI YI PIAN TIAN BIAN DE YUN

第二篇　青春万岁

DI ER PIAN　QING CHUN WAN SUI

第三篇　滚滚春潮

DI SAN PIAN　GUN GUN CHUN CHAO

第四篇　春华秋实
DI SI PIAN　CHUN HUA QIU SHI

第一篇

天边的云

DI YI PIAN

TIAN BIAN DE YUN

商海扬帆

一九四三癸未年初夏的傍晚，一辆小汽车驰进重庆歌乐山下一幢别墅门前。别墅里灯火辉煌，好一派热闹场面，留声机放着悠扬的歌曲，一群西装革履的男士拥抱着打扮得十分艳丽的舞伴，在轻歌曼舞。

当小汽车停下来之后，罗列夫从车上下来，他手挽一位漂亮的女士，身后跟着他的司机赵强，兼作他的保镖和随从。

罗列夫中等身材，顶平额宽，两眼隐含着智慧的光芒，三十岁左右，西装革履，气宇轩昂。他手挽着的这位漂亮女士叫周林，身材十分匀称，该凸的部位凸得十分恰当，该细的部位恰到妙处，娇羞中含着大方，美貌里透着干练，她是罗列夫的干妹妹兼秘书。

司机赵强长得十分壮实，手提一个非常精致的小皮箱紧跟其后。

罗列夫一行三人走到门前，别墅的主人忙着出来迎接。他一把拉着罗列夫的手亲热地说道："罗先生，有失远迎，请进，请进，哈……"

罗列夫忙说："处座，生日快乐！小弟给您拜寿了。"

周林微微施礼甜甜地说道："张大哥，小妹祝您生日快乐，福如东海，笑口常开。"

"小妹，几日不见，越发水灵了，请……"

别墅的主人名叫张晓康，字润田，是下江湖北人，现任陪都重庆国民政府粮食部军粮调运处处长。本是政府文职官员，因担负军粮调运之职，所以被国民党中央军事委员会授予上校军衔。

时逢抗战之期，他主要负责云、贵、川、康一带的军粮调运，其权力之大、职务之肥，是旁人无法想象的。此人在上层很有靠山，据说是孔祥熙的什么亲戚。他为人精明能干，也怀着一腔爱国图强之志，但在官场这个大染缸里待久了，也就自然而然"近朱者赤，近墨者黑"地沾上贪财好色、巴结上司、尔虞我诈的恶习。

今天是他四十五岁生日，来了很多达官贵人，各方头面人物都来为他祝寿。中午在"临江大饭店"摆了八十桌寿宴，场面极尽奢华，晚上在他住的别墅里又举办一场生日舞会，一派歌舞升平。

当张晓康将罗列夫和周林迎到小客厅后，忙吩咐用人："张妈，上茶，上好茶。"然后对罗列夫和周林笑着说道："请坐、请上坐。"

罗列夫将赵强手中的小皮箱拿过来双手奉给张晓康说："今逢润田兄大寿之日，小弟略备薄礼，还望笑纳。"

张晓康双手接过罗列夫递过来的小皮箱，说道："列夫兄弟太客气了。"他边说边将小皮箱递给用人："张妈，这是列夫兄弟的隆情厚意，请给我收好了。"

此时周林说道："张大哥，小妹给你拜寿了，祝您事业宏发，官运亨通，越来越帅。"

张答道："我看小妹才是越长越漂亮了，怎么样，今天晚上能否陪愚兄我跳上一曲？"

此时罗列夫忙说："应该，应该，去吧，今天晚上应该让润田兄高兴才是。"

张晓康做了一个邀请的姿势，拉着周林的手说道："列夫老弟放开些，也去跳一曲吧，今天晚上来的舞伴很有些韵味呢……你在信中说的事，明天来谈，今晚大家高兴，放松一下，怎样？"

罗列夫答道："要得，要得，您先去。"

张晓康搂着周林跳了一曲又一曲，周林身段娇小玲珑，舞步轻盈，脸上带着甜甜的微笑，还带着一对醉人的酒窝。周林也大方，很是得体，这着实让张晓康如痴如醉，他贴着周林的耳朵轻声说道："林妹妹呀，和你跳舞，韵味无穷呀，真是一种享受，但愿小妹经常来哟！"

周林也轻声甜甜地回道："以后吾兄与您长期合作，小妹不就能经常到您这里来了吗？"

张答道："是啊，是啊！"

舞会的气氛非常轻松欢快，跳舞的人穿着名贵的晚礼服，保持绅士的风度，搂着娇美的舞伴，合着悠扬的节奏在轻摇慢舞。没有跳舞的人端上半杯红葡萄酒，在和熟人或朋友互致问候、轻松地聊天……

这甜美的场面是多么的迷人，又是多么的令人陶醉，这哪里还有半点国难当头、民族危亡的味道啊！

时近午夜，客人们都应该回家了，张晓康作为主人，也应该去送客人，这时罗列夫走了过来对他说道："润田兄，小妹陪得怎样，还满意吗？"

张晓康忙答道："能和林妹妹共舞，真是三生有幸，三生有幸啊！以后欢迎经常来，一定经常来哟！今晚时间不早了，列夫兄弟你明天再来，我等你，把粮食加工的事再磋商磋商，夜色已晚，我就不留你们了。招待不周，还望海涵！"

罗说："润田兄，客气了，留步，请留步！您还要照顾其他客人，我明天再来登门拜访。"说着便与张晓康握手道别。

送完客人，张晓康回到卧室，将罗列夫送来的皮箱打开一看，皮箱里装着五根金条和一封信。他将信封拆开，一张十万元的银票展现在眼前，这张银票是可以随时到银行提现款的，他露出了欣喜的微笑。

罗列夫的信中写了这么简短的几句话："……时逢抗战救国之期，小弟愿为国效劳，烦请润田兄将军粮加工之事交与小弟，愿小弟加工出来的大米壮我前方将士，替我百姓同胞英勇杀敌，预祝与润田兄合作愉快。"

张晓康看完后慢慢将信收起并关上皮箱，一丝满意之感掠过心头。但周林的笑容一直在脑海里挥之不去，他不由自主地轻叹了一声："唉，美人啊，秀色可餐也！"

罗列夫第二天一早就赶到歌乐山张晓康的住处，因为来得太早，张晓康昨晚喝得太多了，加之搂着周林跳了一曲又一曲，现在恐怕还在梦乡里，未起床呢。

罗列夫怕打扰主人的美梦，独自在山间小径上散起步来。清晨的歌乐山被淡淡的薄雾轻轻缭绕，晨醒的鸟儿啼叫个不停，更显得山林的清静。罗列夫做了一下扩胸深呼吸，清新的空气让他顿感神清气爽，精神倍增。

他今年三十起一，本名罗耀宗，其父愿他长大成人后事业宏发，光宗耀祖，故起了这个名字。后来他在重庆高等工科学校读书，深受孙中山先生"实业救国"思想的影响，认为中国之所以比西方列强贫弱得多，是科学不昌明、工业不发达、教育太落后等原因造成的。所以他十分崇拜民族资本家卢作孚，他立誓要做中国第二个卢作孚，故取名罗列夫，即向卢作孚看齐。

从学校毕业之后，他立志创办实业、振兴教育；但要实现这些理想，都需要钱，没有资金，这一切都只能是空想、空谈。

于是他四处找机会，寻志同道合的合作伙伴。机会总是给予那些有准备的人的！他有一个同学叫袁属山，此人平常不苟言笑，冷漠孤傲，但却十分喜爱喝酒，只要端起酒杯喝上几口，便可侃侃而谈，妙语连珠，一喝就可以喝它几个时辰。

此人家境富裕，在当地是个大户人家，他有个叔父在中央银行任职，据说还很有些实权。袁属山因为不苟言笑，同学中很少有人与他结交，因此他没有朋友，只有酒友，为此常感孤独和苦恼，但天生的性格有什么办法呢，想改也无法改得过来。

对于袁属山这个同学，罗列夫却不嫌弃他。一次，他们从家乡到重庆去上学，他们选择了坐木船走水路到重庆。从家乡坐木船到重庆要坐七天，也就是说在这条小小的木船上，他们两个人要朝夕相处，共同生活七天。船上的乘客中就只有他俩是同学，也就只有他俩是要从起点坐到终点，其他的人都是坐短途。

在这短短的七天里，他俩无话不谈，而且越谈越投机。他俩都有一颗年轻爱国的心，都想此生有所抱负，创造辉煌！谈累了，他们就在木船上下几盘象棋，在这七天的时间里，他们结下了深厚的友谊。

罗列夫通过他的叔父认识了中央银行的彭建东，彭建东是"交通银行、农业银行、民生银行、工商银行"四家银行设立的联营处——时称"四行联营处"的主任。

罗列夫向彭建东谈了自己的想法：他要利用四川丰富的水利资源，建电站，修水力加工厂，用水利资源创办实业（因他在学校学的就是工程建设专业），实业发展后，还要兴办学校，振兴教育……

当谈到这些设想的时候，他振振有词，豪情满怀，并提出了很多切实可行的方案。彭建东听完过后，感觉眼前这个年轻人很有理想，也很有头脑！决不是那种纸上谈兵之徒，的确是个难得的青年才俊！

他边听边欣赏地点着头，听完过后，说道："小罗啊，你可以把你的这些想法写一个书面的材料让我看一下，怎么样啊？"

罗列夫忙说："我已写了一个关于如何发展川东水力实业的初步方案。"他边说边从袁属山手中拿过公文包，掏出一本《关于发展川东地区水力实业的初步方案》递给彭先生，说道："请彭先生先看一看，有不妥之处，还望先生不吝指正。”

彭建东双手接过，半开玩笑半认真地对他说道：“看来今天你是有备而来的哟！不错，不错。我们'四行联营处'也正在找投资项目，你这个方案我先看一看，如果可行，我们便与你合作。这样子，你等三天再来，我看了过后再做定夺，如何？”

罗列夫忙说：“请彭先生不吝赐教，我三天后定来聆听彭先生的教诲。”

罗列夫的这个方案很合彭建东他们的意。于是双方开始谈及合作的具体事宜。

罗列夫与彭建东成立了一个官商合办的"四川绥渠水利实业有限总公司"，彭建东任董事长，罗列夫任总经理，袁属山任襄理。总公司在"四行联营处"的资金支持下很快在渠江支流上建起一个水力粮食加工厂。

在20世纪30年代，粮食加工主要是以人力、畜力为主。磨子磨，碾子碾，生产效率十分低下。罗列夫的粮食加工厂建起来之后，又从德国进口了几台非常先进的加工机器。这在当时国民政府的大后方，是很了不起的。

厂子建起来了，先进的机器设备也安装完毕，万事俱备，只欠东风。几家粮食商号的粮食加工远远不能满足厂里的加工业务，于是他找到彭建东，彭建东将自己的好友——国民政府粮食部军粮调运处处长张晓康介绍给罗列夫。张晓康在与罗列夫的几次交往中也很欣赏罗列夫的为人和才干。于是他们将军粮加工的业务纳入了正式洽谈的议程。

罗列夫打听到张晓康过四十五岁生日的时候要办一场隆重的生日宴会，他要利用这个机会给这个有些贪财贪色的张晓康送上一份厚礼，以利尽快谈成粮食加工之事，并努力争取到一个好的加工价钱。于是就出现了本文开头的一幕。

张晓康早上醒来之后，吃过早餐，邀请罗列夫一同来谈军粮加工事宜；张晓康说道：“目前正值抗战紧张之期，前方催粮催得急，你厂里的情况我通过了解，觉得十分满意，加之又邻渠江，交通也还方便，此事倒是可以定下来。”这时张又正色说道：“不过我这里要把话说清楚，罗先生啊，这是军粮哦！是给在抗战前方浴血奋战的将士吃的粮食，担子不轻啊！为了军粮调运，军委会还专门授予我上校军衔，以利临事决断处理，可见责任之大，加工费我可以不少你的，就按你开的价，但千万不能有什么闪失，否则出了问题大家就不好交差了，军法无情哟，兄弟。"

罗列夫说道："请处座放心，我们一定保证军粮的安全，按处座的调令，随要随到。"

张晓康听后点了点头，又略有所思地说道："这样子，为了保证军粮的安全，我也给你去要个军衔，免得地方上那些散兵游勇来找你的麻烦。"

罗说："谢谢处座的美意，不过当地驻军一六三师陈师长是我的袍哥兄弟，他已给了我一个上校军需官的军衔。"

张晓康说："那好吧，到时你把彭先生请来，他毕竟是你的董事长，我们也是多年的朋友，大家一起来签个契约，怎么样？"

"好哇，好哇！"罗高兴地答道。

张停了一会儿，似乎想起了什么，漫不经心地说道："小林妹妹舞跳得真好，就是不知文采怎么样？我这里缺一个搞文秘工作的，不知小弟是否肯割爱？"

罗列夫没有马上回答，停了停，他从路边顺手摘下几朵还沾着露水的小花，递给他说道："润田兄若是看得起从大巴山走出来的村姑，那你就来个调令函吧，她父母走得早，是我父母把她带大的，把她调到你这里，还望老兄要多多关照她哟！到你身边工作，也该是她的造化。"

张哈哈一笑说道："这请你放心，夺爱了，夺爱了，请小弟海涵，我定不会有半点儿亏待她的地方。"

水力加工厂开始正式生产了，军粮处源源不断地将稻谷运来，又源源不断地将加工出来的大米运走，渠江边的码头上人来人往，非常热闹，罗列夫也忙得不可开交。厂里一天三班倒，只准人休息，不准机器停转。有时大米加工出来之后，运粮的调单却迟迟不来，使得装大米的仓库爆满，他正在为此事发愁的时候，有一天，几家粮食商号的老板找到他，说目前市场上米价暴涨，你仓库又装不下，有那么多现货，是不是先借给他们一些。罗列夫听后大喜，正愁没有仓库，他略加思索后说道："那要是调令来了怎么办？"

这几个米市老板忙说："这不是问题，你库房还有那么多稻谷，加几个班也就出来了，我们只是周转一段时间，可以随要随还，我们也不白借您的，按市场差价提成给您……"

罗列夫想了想，这确实是个好办法，可以收到一举数得的效果！于是同意先借给他们几百石，试试看情况如何。

罗列夫和这几个米市老板合作得非常成功，这样既缓解了仓库紧张的矛盾，又得到了不少提成……

一天，他突然想到，这应该是一个多么好的商机呀！我何必要把米借给他们去卖呢？他们将自己的大米拿来做生意，赚了钱，只分给自己那么一点儿提成。自己来开一个粮食商号多好呀！市价疲软时，可以大量低价收购稻谷；市价上涨时，可以大量高价出售大米。这样，自己手里随时都有足够的粮食，也不用担心调令来了，借给别人的大米不能及时还回来，只不过再多修几个仓库而已。用卖米的钱来周转，货源是现成的，自己又不另外增加投资，真是可以做到无本万利啊！

精明能干的罗列夫，第一次捕捉到了能够迅速发财的好机会，真是天赐良机啊！

他把这一想法告诉了好友——担任襄理的袁属山，让他去具体实施这个计划。

绥渠水利实业公司自这个计划实施之后，真是财源滚滚而来，他们不用担心大米卖不掉，也不担心卖不上好的价钱，更不用担心粮食的来源。他们不但可以收取价格不低的加工费，更是大赚了一把大米销售过程中的巨大利润。

但他哪里知道，在这个完美的商业活动的运作之中，却埋下了深深的祸根。后来差点搞得他家破人亡，这是后话。

罗列夫利用这个得天独厚的机会赚了大钱，县里的吴县长、专署的李专员、驻军一六三师的陈师长等达官贵人、社会名流都成了他帮会袍哥中的拜把兄弟，他们都在这位兄弟那里得到了不菲的好处。

罗列夫深知，要实现自己"实业救国"的抱负，就是要把生意做大，想把生意做大，必须要在官场中找到靠山，这不仅仅是为了赚钱，更重要的是还要他们帮忙保障军粮的安全，那可是不敢有半点闪失的哟！

这些当官的图的无非就是几个钱嘛，大家帮了忙，赚了钱大家用，互惠互利的事，何乐而不为呢！因此罗列夫为人豪爽，仗义疏财，深得各方称道，人缘极好。他经常对公司的人说："有了人气，就有了财气，有了人缘，才会有滚滚的财源。"

一天，冬雨绵绵、寒意阵阵，罗列夫陪着李专员、吴县长、陈师长几个在打麻将，屋外阵阵寒风吹下满地落叶，屋内却烧着几盘炭火暖意浓浓。这时李专员边摸牌边说："列夫老弟，我想把食盐购销的业务交给你来办，怎么样啊？这可是政府统购统销的专营生意哟，稳赚大钱。"他边说边看了一眼吴县长，说道："吴老弟意下如何？"

罗列夫这时做出一副专心打牌的样子，没有急于吭声。作为商人，他深知食盐作为专营物资，只赚不亏，而且包赚大钱。但是他知道李专员是不会白送给他这么好的差事。他虽然内心狂喜，但却不露声色地稳住。这时吴县长忙答道："一切听从专座的吩咐，做食盐购销业务，列夫兄弟倒是极佳的人选，列夫老弟不要推辞哟！"

坐在对面的陈师长边摸牌边说："做生意嘛，我是一个军人，不懂行，只是做生意赚了钱，莫忘了兄弟伙哟，哈哈……"

这时罗列夫才顺水推舟地说道："承蒙几位兄长看得起老弟，我定当尽力，赚了钱嘛，有福同享，这是应该的，只不过粮食加工厂的事太忙了，怕辜负了专座的一番美意。"

李专员说："加工厂的事是不能放松，把一些具体的事情交给袁属山去办，你把把关，他不是你的襄理吗？再让他把这个厂长当起，把担子压给他，这样子你就可以腾出手来把食盐购销的事搞起来了……"

这时陈师长摸了一张"九筒"，笑着说道："自摸了，又自摸了。"大家忙说："师座今天真是好手气，今晚的花酒该您请客了。"

罗列夫忙说："哪能让师座请客呢？今晚所有开销都算我的。"

于是大家哈哈大笑起来。

公司的业务做大了——军粮加工、食盐购销、粮食商号，各项业务开展得十分红火，这时的罗列夫自是春风得意、豪情满怀。自己的理想、抱负正在一步步地实现……啊！人生的道路原来会是这么宽广，金银钱财原来是这么好赚！

在一次董事会上，他侃侃而谈，他要充分利用现在的大好时机，把业务做得更大。

他准备在明月江上修一座水电站，让自己的家乡——川东这个重镇第一次用上电灯，要把家乡建成真正的"川东明珠"。然后还要大力发展教育，创办一所师范学校，培养出大批的老师来教化启蒙儿童，还要开一家书店、创办印刷厂……

他不但在家乡发展经济，还要发展教育，用自己的智慧、知识、才干和能力造福桑梓！

说着说着他豪情满怀，不由得有点慷慨激昂起来。参会的董事们受到他的感染，个个神情专注地倾听他的发言，都受到很大的鼓舞。他把董事们带进了一片光明的前景，使每个董事感到自己这位总经理将会给他们带来巨大的财富。因此与会的董事们都赞同了他的规划和设想。

最后，董事长彭建东说道："我们的总经理已经为公司的业务经营谋划得很好了，所谈的这些项目都是很好的项目。但是，要量力而行，分步实施，不要想一口就吃成个大胖子！目前，公司的主要业务还是粮食加工这方面，袁属山这个人能力尚可，但他喜贪杯中之物，就怕酒后误事。现在他独当一面，这么重的担子，董事会还是有些担心哟。"

罗列夫说："董事长请放心，袁属山生性嗜酒，以后多提醒他，我也会经常到厂里去，多管着点儿。"

明月江电站开工了，前期工程进展得也还顺利，因有四家银行做后盾，工程施工设备订购正紧锣密鼓地进行。

罗列夫太忙了，军粮加工、调拨、运输，粮食购进、销出，食盐购销，书店也开张了，印刷厂正在筹建，师范学校校址也已选定，公司的业务蒸蒸日上，业务多了，应酬也多了，他虽觉得累，但却觉得十分充实。

爱情与理想

罗列夫的父母都是很忠厚的普通百姓，父母共生育了十个子女，但长大成人的却只有四个。罗列夫上有两个姐姐，下有一个弟弟。大姐是一个虔诚的佛教徒，终身未嫁，常年吃斋念佛，想用佛法来普度众生，救世人于水火。二姐因生育子女难产而亡。

他把希望寄托在小弟身上，小弟罗文达，比他小八岁，生性聪明，正直热情，他要好好地培养他。当小弟读完初中过后，罗列夫把他送到了成都树德中学去念高中，他还要让他去读大学，然后再送到美国去留学。希望他能把西方先进的科学技术学成之后，回来和他一道实现实业救国的理想。

罗文达在成都树德中学读高中，正值全国全民族抗日救亡的高潮之期，受进步思想的影响，结识了很多进步青年朋友，他们经常在一起探讨自己的祖国为什么贫穷落后，中国的出路究竟在哪里……

早春的蓉城，一片生机盎然，在一个星期天上午，罗文达与一群同学聚会在"皇城坝"的公园里。初春的公园，嫩叶初长，百花含苞欲放。

今天，他们讨论的主题是：中国为什么这么贫穷？小日本为什么敢侵略我们这个泱泱大国？我们当代青年又该怎么办……

罗文达是这次讨论会的发起人之一，在会上，他首先发言："……中国虽然是一个具有五千年文明史的大国，但长期受封建专制的统治，生产关系十分落后，生产力十分低下。到了民国时期，虽然推翻了帝制，但土地仍在少数人手里，财富资本仍集中在官僚资本家手中，广大老百姓处在水深火热之中……民国政府腐败无能，各地军阀拥兵自重。'九一八'，特别是'七七'事变之后，民国政府采取不抵抗政策，日本鬼子占我半壁江山。中国就像一盘散沙，岂有不穷不弱之理？国家贫穷，政府软弱，日本小鬼子地处岛国，资源贫乏，早就对我中华大国虎视眈眈……"

他慷慨激昂，热血沸腾，继续说道："祖国就像我们的母亲，年老多病，今天又被外人欺侮，作为当代热血青年，我们应该怎么办？我的答案是：走苏俄之路，唤醒民众……"

很多同学争先恐后，慷慨激昂，有的甚至声泪俱下。一颗颗年轻的心在燃烧，满腔的热血在沸腾！

在许多同学发言之后，罗文达站了起来，满怀深情地领唱起岳飞的《满江红》：

怒发冲冠，凭栏处，潇潇雨歇……

这时全体同学也跟着唱起来……

抬望眼，仰天长叹，壮怀激烈，三十功名尘与土，八千里路云和月。莫等闲，白了少年头，空悲切！靖康耻，忧未雪，臣子恨，何时灭。驾长车，踏破贺兰山缺。壮士饥餐胡虏肉，笑谈渴饮匈奴血。待从头收拾旧山河，朝天阙！

歌唱完过后，一个穿着学生装的同学领头振臂高呼：

还我河山！
把东洋鬼子赶出中国去！
誓死不当亡国奴！……

这歌声、口号声久久地回荡在这川西平坝之上。

在这群同学中，一位蓄着短发、身穿灰蓝色学生装的姑娘，瞪着一双明亮的大眼睛，神情专注地在听罗文达的发言，时而微笑，时而低沉，还不时地点着头。她想，他怎么知道得这么多，他平时不多说话，一旦说起来，就滔滔不绝，引人入胜，她被他的口才所折服，也被他满腔的爱国热情所感动。

这个姑娘名叫冉雪芳，是川东东乡人，与罗文达算是半个同乡，其家算是东乡的一个富裕户。她虽不是大家闺秀，但也算是小家碧玉了。今年刚满十七岁，正值青春妙龄之期。

她父母家境虽然富裕，但经常遭受社会闲杂不法之徒的敲诈，为了找一个靠山，当她才十岁的时候，父母就将她与本县警察局局长的儿子订了娃娃亲，局长也乐得结下这家富裕户，逢年过节还可收下不薄的礼物。自从有了这门亲家，就再也没有人敢来冉家敲诈了。

局长是一介武夫，言谈粗俗，其子也有几分遗传，不爱读书，整日弄枪舞棒，结识江湖朋友。

而冉雪芳自幼喜爱文学，熟读唐诗宋词，一本《红楼梦》，她已反复看过好几遍，常为书中的人和事潜然泪下。她不喜欢这位局长家的公子哥，她想离他远远的。初中毕业过后，她坚持要到省城成都去求学。

　　一年夏去秋来，她在去学校的车上结识了罗文达，才知道罗文达也在树德中学读书，算是校友。罗文达比她高一年级，而且成绩优秀，数学、物理、化学在班上名列前茅，在国文方面更显出特有的天分。冉雪芳在学习上有不懂的地方就经常请教罗文达，她喜欢他热情奔放、乐于助人的性格，也崇拜他刻苦学习、正直诚实的精神。寒暑假期他们相约一同回家，假期结束又一同返校。

　　她把他视为可依靠的兄长，他视她为自己人生中的精神力量。爱情是浪漫的、甜蜜的，这个世界上因为有了爱情一切都是那么的美好！

　　冉雪芳不喜欢局长家的公子哥，这位公子哥也不喜欢冉雪芳。她的文静、矜持、端庄、严肃，让这位公子哥受不了，他说她是冷血动物、白雪公主、冰雕美人。公子哥喜欢的是那种性格豪放、打扮时尚的女人。当然追他的女人也多，他不在乎这个世界上有没有冉雪芳这个人。从小他们很少在一起，加之冉雪芳到省城去读书，更与他没有接触，所以双方也就没有任何感情可言。随着年龄的增长，双方家长看他们确实走不到一起，也就同意他们分道扬镳了。

　　在树德中学读完高中，罗文达以优异的成绩考入云南昆明的西南联合大学。这所大学是北大、清华、南开等著名高等学府在抗战期间迁到云南这个大后方后合并而成的。学校的校舍、教室、宿舍大多都是土墙房、茅草棚，十分简陋。

　　但这里大师云集，教学质量很好，校风也很民主。教授中有许多爱国民主人士，罗文达在这里简直可以说是如鱼得水。在这里，他学到了很多知识，也结识了不少志同道合的朋友。这些朋友中有很多是中共地下党员，与这些朋友的交往，让他逐渐明白了很多的革命道理，真正明白了中国为什么这么落后、贫穷。

　　要改变中国的命运，必须改变中国的社会制度；要改变中国的社会制度，就必须推翻腐朽没落、黑暗专制的蒋家王朝！建立一个人人平等，民主自由的新中国，最终实现共产主义。在这里，他加入了中国共产党，成为一名坚强的战士。

　　冉雪芳晚一年毕业，没能考上大学，回到家乡的县城，在一所女子中学当了一名教师。虽然和自己所爱的人分开了，但两颗年轻的心却紧紧地连在一起。

　　鸿雁传书是他们互相倾诉相思之情、互相勉励的最好办法。每次收到远方的来信都会让冉雪芳感到脸红心跳，一股暖流涌遍全身：

芳：亲爱的！

收到你的来信，我感到无比兴奋，首先让我紧握你的双手，贴在你的耳边，轻声地对你说道：我想你，非常、非常地想你！

在蓉城，府南河边的垂柳下；在校园，开满鲜花的林荫道上，两颗年轻的心连在一起，在同时跳动。我们一起探讨学业、谈论理想、憧憬美好的人生……我们和同学们一起高唱爱国之歌，共同抒发对灾难深重祖国的悲怜，共同倾诉对祖国母亲深沉的爱……同时我们的热血在沸腾，我们相互倾慕，志同道合。啊，爱情，多么纯洁，多么甜蜜，又是多么伟大。

为了学到更多的知识，明白更多的道理，我们暂时分别了，但是，我们的心却紧紧地贴在了一起。

20世纪，是一个伟大的时代，在这个时代里，即将催生一个科学的、民主的、朝气蓬勃的新时代。成千上万的仁人志士在埋葬这腐朽黑暗的专制制度，让我们觉醒起来吧！奋发有为地投身到波涛滚滚的洪流之中！

陈旧的过去必将死亡，崭新的生命就要诞生，晨曦已染红了东方，让我们一起去迎接那光辉灿烂，喷薄而出的朝阳吧！

芳：亲爱的，教育是立国之本，知识可以改变人的命运。你现在是一名孩童们喜爱的老师，我真的从内心为你感到高兴，让我们携手共勉，共同为我们的祖国、我们的民族，我们的故土尽一份微薄之力吧！

想你，紧紧地拥抱着你！

文　达

1944 年 10 月 5 日夜于昆明

每次收到罗文达热得发烫的书信，冉雪芳都要反复地看上好几遍，她仿佛看到文达来到自己的身边，在向她深情地诉说着离别相思之切、对社会人生的感悟之意。

一封信看了不知多少遍之后，才小心翼翼地收藏在一个小箱子里。此时此刻，她感到天是那么蓝，花是那么美，人是那么亲！

因为有了爱情，人世间的一切都是那么美好。她时常哼唱着在成都读书时同罗文达一起爱唱的歌；上课时她脸上总是挂着亲和的微笑；走路时脚步总是充满青春的朝气，这就是爱情的力量。

深爱一个人并同样地被这个人深爱着，这也许就是人类情感世界中最美好的感觉——幸福！

温水煮青蛙

初夏的傍晚，"醉香楼"的包房内，四个人正在打麻将，每个人怀中都搂抱着打扮得十分艳丽的女人。

坐在牌桌上方的是袁属山，坐在他两边的是米市商铺的芶老板和邢老板，坐在对面的是江湖义士刘大汉。

"醉香楼"临河，河对面是高高的翠屏山，河中百舸争流，船工们在互相吆喝，甚是热闹。河风徐徐吹来，给这初夏的夜晚送来宜人的凉爽。

今天晚上，袁属山喝了差不多一斤高度白酒，略有醉意，加之怀中又搂着穿得十分单薄性感十足的美女，所以他好多次和的牌都是"黄"庄，其他三个牌友却佯装不知，还是如数地付了赌资。

麻将打到子夜时分，邢老板说道："今天晚上袁厂长手气真好，牌技也确实是高，打了个'三归一'，……我看今天晚上就暂玩到这里，如何？下半夜袁厂长还要做'功课'呢。春宵一刻值千金啰，一会儿就看你的床上功夫了，'桃花'和'荷花'这两朵花你还满意吗？一箭双雕，比翼双飞喽，袁厂长，身体要紧啊，哈、哈……"

大家都说："要得、要得，莫把袁厂长的好事给耽搁了，改天再约，改天再玩。"

袁属山把搂在怀中的荷花亲了一下，忙说："谢过，谢过，我一定要把荷花和桃花陪好，不辜负各位的美意，哈……"

就这样，一个硕大的温柔陷阱就给袁属山挖好了。文火烧热温水，袁属山这只青蛙就这样被他们慢慢地煮了起来。

桃花和荷花本是一对双胞胎，她们的生父是巴河上的一名船老大，姓潘，因为水性特好，江湖人称"水鹧子"。生母是巴河边上一名普通的村姑，姓邱，小名叫"秋瓜儿"。秋瓜儿人长得蛮标致的，但美中不足的是脸上有几颗"麻雀屎"。她的男人叫候山富，小名"猴儿"，是一个性情粗暴、心胸狭隘、没有半点文化的山中莽汉。

他讨到秋瓜儿后，开始还很喜欢她，但后来他听别人说"麻子婆娘心肠好，以后要跟野汉跑"；"娶了麻子婆、要当'奸脑壳'"。哪个男人愿意当"奸脑壳"啊！

所以到了后来，只要他一想起自己的婆娘要跟别的男人跑了，要被别的男人压在床上，做那种只有自己才有资格做的事，心里就涌出一股强烈的酸味，一股怨恨的无名怒火常在心中燃烧……

"要想老婆顺，拳头加木棍。"所以他经常变着各种花样百般折磨秋瓜儿、毒打秋瓜儿……他要用武力来征服她。

秋瓜儿在这野蛮家庭暴力的环境之中，真是度日如年、生不如死啊！可在这人烟稀少的大巴山下、巴河岸边，她呼天天不应，叫地地不灵！

嫁出去的女，泼出去的水，娘家人也是管不了的。在这个世界上没有人同情她，更没有人能够帮助她！每当她遭到男人的折磨和毒打，她只有想到死，但她又下不了这个决心——自己毕竟才刚满三十岁呀！

又是一个阴沉沉的下雨天，男人没有下地干活，一大早在家里一个人喝着闷酒。几杯烈酒下肚，他脑子里又想起眼前这个还算标致的婆娘以后终究要跟野男人跑了，他的酸劲又上来了，他乘着酒兴，把她按在床上，几下就扒光她的衣裤，将山里汉子的野劲全撒在她的身上。但是，不管他费了多大的劲，秋瓜儿的肚子总是鼓不起来，每个月的例假照来不误，这更使他感到十分沮丧。

每次完事，就把她赤身裸体地绑在床上，使劲地用荆条抽打她……

愚昧的意识，扭曲和变态的心智，使这个山里汉子更加野蛮、更加残忍！她哭着、喊着，可是在人烟稀少的这大山深处，除了阵阵山风吹过，没有任何人来理会她！她的伤痛、她的尊严、她的伤心、她的无助……没有任何人知晓，更没有任何人来同情她！望着眼前这个野蛮的男人，她就像掉进了无边的苦海，没有尽头，没有希望……死，也许就只有死，才能够得到彻底的解脱！

一次，猴儿把秋瓜儿折磨够了，也累了，就给她松了绑，叫她到地里去摘些小菜回来准备午饭。

她背上竹背篼来到河边的菜地，蒙蒙细雨飘飘洒洒地落在河里，溅起麻麻点点的水花，她呆呆地望着河水。"巴河啊，你的河面不是也有麻麻点点吗？可你却能平静地流淌，欢快地奔腾……而我呢，生活却是这般悲惨，我多想和你一样，只有能够同你在一起，才能享受那平静的生活、那欢快的奔腾，那悲惨的苦难才能得到彻底的解脱。"

她木然地闭上双眼，脱掉鞋子，放下头上的斗笠，跳进了她向往的巴河！

到了晌午时分，猴儿见秋瓜儿到菜地摘菜还没回来，午饭也还没煮，他肚子早已饿了，于是他戴上斗笠怒气冲冲地出去喊秋瓜儿快点回来。

但他走到河边的菜地，却不见秋瓜儿的踪影，他扯开喉咙大声喊道："秋瓜儿！秋瓜儿……"

任凭他把嗓子吼破，整个山谷只有他的回声和淅淅沥沥的雨声，哪有秋瓜儿的应声。他边喊边四处张望，突然，他看见河边有一个斗笠和秋瓜儿平常已经穿破了的一双布鞋……

"遭了，我的婆娘跳河了！"猴儿心里一紧这样想到。此时，他的脑壳一片空白，半晌才回过神来。这个时候，只有在这个时候，他才感觉到他其实从内心深处是喜欢她的，因为害怕失去她，怕她真的跟别的野男人跑了，他才折磨她。他想用征服她的办法来留住她。哪知道她不是跟别的野男人跑了，而是在自己残酷的折磨之下她顺着河水走了，永远地离他而去。

当他发现秋瓜儿跳进了巴河之后，就像山里面一头发疯的豹子，沿着河边往下游狂奔而去，他边跑边喊："秋瓜儿，秋妹，我的秋妹呀，你回来呀，我以后再也不打你了！秋妹呀，你莫走哦！快回来呀……"

那悲戚凄厉得充满绝望的喊声在这深山峡谷里久久地回荡！

雨，仍在不停地下，山风吹着树林发起呼呼的响声，巴河仍在静静地流淌，流到滩上溅起朵朵浪花。猴儿跑累了，嗓子也喊哑了。他一个人孤独地坐在河边的石头上，绝望地望着那带走他婆娘的河水，眼泪和着雨水直往下淌，淌进巴河！

从此，他疯疯癫癫的孤独一个人，在这深山峡谷的河边，朝着人生的尽头，蓬头垢面地走下去。

潘老大把船停在一个避风的山湾，他在等山民们把土特产背出来装在船上，送到集镇上去。因为天在下雨，山民们都没有出山，所以潘老大只好把船停起等着。闲来无事，他就拿起备在船上的渔网来打鱼。

突然，他看见上游的河面上漂来一个竹背篼，他赶忙游了过去，拖过竹背篼，乍一看，发现竹背篼下面还有一个人，他急忙把这个人拖到了岸上。

秋瓜儿被水鹞子拖到岸上之后，水鹞子摸了摸秋瓜儿的鼻子，发现她还有一丝微弱的气息，于是赶忙对她按合谷掐人中。也是秋瓜儿命不该绝，偏偏遇上了水鹞子！作为长期生活在江河上的船老大，曾多次救起过落水者，同时也总结出了一套施救落水者的经验。

秋瓜儿被水鹞子救起来，听完秋瓜儿悲惨的诉说，水鹞子产生了极大的同情，对眼前这个弱女子的遭遇深感不平。

秋瓜儿无论如何再也不愿意回到那充满恐惧的茅草屋，她第一次感受到了有人对她怀有同情和关爱，第一次听到有人对她说出温暖的话语。她要留在他的船上，留在这个曾经救起自己的性命、又对自己充满同情和关爱的男人身边。

潘老大年满四十，早已成家，他的婆娘已给他生了一个儿子和一个女儿，因为长年在外拉船，很少回家，不管是在生活上和生理上他确实需要一个女人。

每当夜幕降临，他一个人孤独地睡在这随风飘摇的木船上，望着那月光下的河水、如黛的群山和满天的繁星，听到山中野物那充满恩爱的低鸣，年轻旺盛的欲望搅得他心绪不宁，焦躁难安。

每当把船拉到了县城，一阵忙碌过后，他就要到"香艳楼"去欢娱一番，把长时间压抑的欲望尽情地发泄出来。

潘老大看着秋瓜儿标致的身材，脸上虽然有几颗不太明显的麻点，但在他的眼里，她就是仙女，是山中的啥子精灵修炼成仙的仙女，然后顺流而下来到他的身边！是仙女思凡，是苍天的恩典，水鹞子真是高兴极了。

两个你情我愿的男女，就在这条小小的木船之上，在这清澈透底的巴河山湾，男欢女爱，恩爱缠绵……

过了几个月，秋瓜儿的肚子慢慢地鼓了起来，凝聚着青山绿水的灵气，秋瓜儿生出了一对可爱的双胞胎女儿。他们给先出生的女儿取名叫"桃花"，妹妹取名叫"荷花"。

两个女儿出生之后，确实给他们带来了很大的快乐，秋瓜儿脸上终于露出了久违的笑容，她笑起来更加好看！

水鹞子的心里像是灌满了蜜糖一样，甜丝丝的，闲来无事，就站在随波飘摇的船头，望着高高的巴山，对着平静温柔的巴河，扯开嗓子放声唱道：

哎、呵、嗬……
　我是巴河推船哥，
妹是巴山丹顶鹤，
哥在船上放声唱啰，
妹在山中和情歌。
妹儿有胆你下山来啦，
哥儿等到太阳落。
太阳下山月出坡嘛，
情哥情妹好快活！
哟、嗬、嗬
……

他们这种平静、安逸的日子过了两年，却被一场意外的事故给打破。

一天，潘老大上山打柴去了，船上只有秋瓜儿和两个孩子。一阵山里的狂风吹来，小木船就剧烈地摇晃起来，荷花先掉进了河里，桃花伸手去拉她的时候，也掉进了河里……

秋瓜儿见状就急忙跳进水里，好不容易才将两个宝贝女儿救上岸来。这时，她心里吓得咚咚乱跳，好半天才回过神来！

秋瓜儿好不容易才有了这两个宝贝似的女儿，可天天生活在这小小的木船之上，还要经过很多的急流和险滩，若遇夏天涨水，那滔天的洪水……万一有个啥子，船翻人亡，那可怎么办呢？此时她越想越怕！

作为母亲，她必须要保护好自己的女儿，要保证她们绝对的安全，不能有半点闪失，这可是她的心尖宝贝啊！一定要让她们平安长大！

潘老大看见两个女儿一天天长大，而且老家还有一个家，更觉得担子过于沉重，加之长期生活在船上，确实太不安全。于是两人商量了许久，决定将两姐妹拜托给"香艳楼"潘老大原来的旧相好，在城里找户人家来抚养。

桃花和荷花在城里，随着年龄的增长，她们遗传了父母各自的优点，身材像她们的母亲一样亭亭玉立，脸上却没有那麻麻点点的"麻雀屎"。雄伟的巴山和秀美的巴河孕育了这对美丽的孪生姐妹。

真是山清水秀出美女啊！在那笑贫不笑娼的年代，两朵艳丽的巴河之花长大成人之后，自然而然地就在"香艳楼"里开始接客挣钱了。

几家米市商行的老板，刚开始跟罗列夫合作做大米销售生意的时候，真算得上顺风顺水。但是到了后来，罗不愿再与他们合作，不再将库存的大米借给他们周转。这且不说，而且罗自己开了一家大商铺，他的这家商铺规模大、实力强、货源充足，机器加工出来的大米质量又好，整个销售成本极低，所以他把卖价又降了几分……

这下可好，他这样子做，自己的生意倒是红红火火、越做越大了，但几家米市商铺的生意变得十分清淡，门可罗雀。因此对他恨之入骨，又拿他没啥办法，陈师长、李专员、吴县长等都是他的靠山，这些当官的谁惹得起？

看着自家商铺日渐清淡的生意，连续几天都在打"白板"，他们只有连连摇头，唉声叹气，长此下去，破产关门的厄运早晚会来临。

但是为了生存，为了一家老小要吃饭、要活命，几家米市老板常在一起商量对策。

俗话说："不怕贼偷，只怕贼惦记。"有一天，他们又在一起商量办法，这时苟老板说道："最近我反复想过，我们把罗列夫确实莫得啥子办法，他财大气粗，靠山又硬……但是我打听过了，他手下那个袁属山，就是加工厂那个袁厂长，这个人有一大嗜好，那就是喜贪杯中之物。我们可以从他的身上打主意、想办法……"

还没等苟老板把话说完，邢老板一下子就兴奋起来，"好主意、好主意，东方不亮，西方亮，落了太阳有月亮，我们拿他罗列夫没得办法，但可以把袁属山给拉下水，他又在具体管加工厂。只要我们把他拉下了水，直接就可以从他的手里去拉米。嗯，好主意，好主意！"

他边拍着手边说道："我等命不该绝呀，苍天有眼，老天开眼啦！苟老板，你真是一语点醒我等梦中之人，你有才，你太有才了，你真是我们的智多星，孔明转世了啊！哈……哈……我等不及，佩服、佩服！如此高招，也就只有苟兄你能想得出来。"

苟老板接着说："袁属山这个人喜欢喝酒，好酒者，必好色也。给他再物色两个乖妹儿，让他慢慢上钩。酒色能乱性，跟他先来个温水煮青蛙，然后再去把老朋友——江湖好汉刘大汉请来，文武两道，双管齐下，何愁他袁属山不下水！"

众人齐说："真乃高招、妙计！"

袁属山在几家米市老板的精心安排之下，打麻将、喝好酒，几个老板还给他买了房子，安了外室。两个像天仙一样的美女"桃花""荷花"成了他的心肝宝贝。大把赢钱，大碗豪饮，点着烟枪吞云吐雾，夜夜搂着美人睡。真是神仙过的日子啊！

这一切的花费他都不用自己掏腰包，只需在苟老板他们的运粮出库单上签个字就可以了。

长此下去，厂里的亏空越来越大，有一天，他把厂里的姚会计叫到办公室，姚会计把账本给他看了，望着账本上那惊人的赤字，这时他才惊出一身冷汗！沉思了半天才跟姚会计说道："等下个月新谷子上市，那时谷子价格要便宜些，我会去买回来补齐的。"

姚会计说："那要是总公司来人查账怎么办？"

袁满眼充满了血丝，沉思了半会儿说道："我来想办法，但你不要主动说出去，嗯？"

他现在已经被两朵"鲜花"掏空了身体，又让苟老板他们掏空了厂子！心里充满了茫然和恐惧——他深知，他掏空的不仅仅是公司的大米，那可是军粮啊！如果一旦被查出在这国难当头之际贪污军粮，那可是要上军事法庭的！军法从事，到那时自己的脑壳都怕保不住了。他越想越怕，此时他的内衫早已被冷汗湿透了。

姚见袁丢魂失魄的样子，没有吭声，拿起账本低着头走了出去。

过了一天，袁属山把刘大汉约到厂里，又把姚会计和生产科的陈科长叫到他的办公室，袁把刘大汉向姚和陈作了介绍，就借故要上茅房出去了。

姚和陈二人只见刘大汉满脸络腮胡，眼露凶光，身高足有五尺以上，上身穿一件黑短褂，粗壮的手臂上长满了汗毛。正当他们二人胆怯地望着这个不速之客的时候，刘大汉从绑腿上抽出一把寒光闪闪的尖刀，朝自己的手臂上划了一道口子，一股鲜血马上就冒了出来，他却连眼睛眨都不眨一下。然后再把锋利的尖刀使劲地插在桌子上，阴冷地说道："你们两个龟儿子给我听好了，袁大哥是老子的朋友，袁大哥的事，就是老子的事，哪个龟儿子敢出卖老子的朋友，老子跟他白刀子进，红刀子出，老子将他满门抄斩！嗯……明跟你两个龟儿子说，老子就是那吃血饭的绿林好汉，嗯，跟老子记住！"说完拔出尖刀，头也不回地扬长而去。

姚、陈二人哪里见过这般阵势，望着地上刘大汉刚才流出的鲜血，早已吓了个半死，两人此时面如土灰，半晌也说不出话来。

这时袁属山走了进来，对二人说道："你们两个不要担心，只要二位把口封牢，不要乱说，我保证二位的绝对安全，当然啰，'祸从口出'，二位都是聪明人，我想你们应该明白这个道理，啊？"

姚、陈二人忙说："明白，明白，我们完全明白，不敢乱说，不敢乱说，厂长您放心，我们决不乱说！"

袁属山见姚、陈二人已被他彻底征服，于是就对陈科长说道："你去把加工剩下的糠壳用麻袋装好，然后再与库房里装有稻谷的麻袋混堆放在一起，明白我的意思吗？"

陈忙答道："明白、明白，我马上就去办。"说完赶忙走了出去。

袁又对姚说道："你就按库房堆码的麻袋数量记账，明白吗？"

姚也忙说："明白、明白，我一定按厂长您的意思去做。"

袁这时放缓了口气说道："老姚啊，你可是与我共事多年的老部下啰，我一直把你当成朋友。还是那句话，等到下个月，新谷子上市之后，我一定买来补齐。罗总经理与我可是老同学啰，我一定不会做出对不起他的事！"姚会计听了之后点了点头走了出去。

命运之神

罗文达在西南联大读书期间，罗列夫的事业正如日中天。人在走境的时候，想不发财都不行；有些人天天都在想赚钱，但是财神爷就是不来光顾。常言道："人找钱，不见钱，钱找人，不淘神！"罗列夫是财神爷来找的他，真是财运到了，挡都挡不住！

军粮加工、大米销售、食盐购销，生意越来越红火，印刷厂已投产，书店生意也不错，师范学校眼看就要开学了，水电站大坝已经合龙，正在采购设备……

人一旦有了钱，办什么事都是那么顺利；一旦有了钱，达官贵人都来称兄道弟。真是"莫愁前路无知己，天下谁人不识君"啊！罗列夫知道，事业的成功除了自己的努力之外，还离不开那些有权有势的朋友们的帮助。因此，他先后加入了国民党，青红帮，复兴社，还是上校军需官。县长、专员、驻军师长、团长、警察局局长都是他的拜把兄弟。他需要这些人的帮助和保护，这些人也得到他的金钱和好处。

自己的理想正在逐步实现！事业的顺利成功，使他有些飘飘然了。年轻人一旦得意，有多少人能够做得到谦虚、慎为、低调做人的呢？

所谓年轻有为，并非全是好事，年纪轻轻的就已经成功了，很容易忽视以后人生道路上的各种激流和险滩、危险和陷阱。

所谓衣是人的脸，钱是人的胆，年纪轻轻的就拥有了巨额的钱财，胆子自然也就大了，在这个世界上还有啥子事是可怕的呢！但这不一定就是好事，福兮祸所伏嘛！

在官场，他和那些达官贵人打得火热，"近朱者赤，近墨者黑"，与他们相处久了，他与他们一起吃喝嫖赌，挥金如土！

20世纪40年代，国民政府多么腐败，官员们中饱私囊，吃花酒、养情妇。刚开始他还很不习惯，仅仅作为应酬而已，但到了后来也就慢慢地习惯了，而且还觉得与这些人的交往，可视为一种社会地位的象征。自己有钱，有靠山，他认为自己在社会上没有摆不平的事，觉得自己真的可以不可一世了。

乙酉年的初夏，他来到重庆北碚的晋云山，这里是他公司的驻渝办事处。一天，他和董事长彭建东在晋云山的小路上散步，他边走边谈了公司近期的情况。

他说："董事长，明月江电站大坝已经建成，现在正在采购发电机、变压器、输电线路，还需一大笔资金，如果资金到位的话，今年春节就可以把电送到县城了。"

董事长彭建东说道："抗战打了快八年，物价飞涨，国民政府财政极为困难，尽管这样，我这里还是可以先给你贷一部分，但主要还是靠你自己想办法筹集啰。"

他们说着说着就来到了一个小院落，这个院子不大，白墙青瓦，院坝是用青石板铺就，阶沿上摆着几盆兰草、芍药、海棠等比较名贵的花草。

一个身穿白短褂的半百老人正在打太极拳。罗、彭二人看见老者神情专注地打拳，就站在一旁没去打扰他，倒是老者看见有客人到来，轻松地做了一个收式动作，然后热情地招呼道："彭先生，来、来、来，二位请坐，请坐。"

老者将他们二人领到堂屋，忙吩咐用人泡茶。彭建东说道："胡先生，打扰您了。"

老者说："哪里，哪里？二位能到寒舍，蓬荜生辉，欢迎，欢迎！看茶，看茶！"

彭对罗列夫介绍道："这位是胡先生，他在北碚开了一家诊所，医术相当高明，同时对易理、阴阳、国学颇有研究。诊病犹如扁鹊转世，看人可谓入木三分，被人称为'透尔骨'，意即可以看透你的骨头。"

胡朗朗地笑道："夸张、夸张，徒有虚名，岂敢、岂敢。"

他又对胡先生介绍道："这位是罗先生，是我的好朋友，年轻有为，但他身体不太好，从绥东县专程而来，劳烦胡先生给他切诊切诊，指点指点。"

这时罗列夫打量了一下这位老者，只见胡先生鹤发童颜，长胡飘逸，脸色红润，中气很足。罗列夫道："烦请胡先生赐教。"

"有朋自远方来，不亦乐乎，欢迎，欢迎！"

他先静了静神，然后慢慢地拉着罗列夫的手，轻轻地将食指、中指、无名指切在罗的寸、关、尺的脉位上，眼睛仔细盯着罗的脸，神情专注地观察他气色。四诊之后，他又摸了罗的头、骨、背部，然后又问了罗的生辰八字。

他这时呷了口茶慢慢地说道："罗先生是第一次来到寒舍，既是彭先生的好朋友，从绥东专程而来。恕我有话就直说了，请你不要见怪哟！也可能说得不中听，还请海涵、海涵。"

罗说："君子问灾不问福，请先生直言。"

胡先生说："我先来说说你的病，然后再说你的命。"

罗点了点头。胡先生说："从先生的脉象来看，你不像是一个才只有三十多岁的年轻人了，脉象迟沉，脸色青黄。从先生的脏腑来看，嗯，肾乃先天之根，固精而不可乱泄；脾乃后天之本，纳食而不可无节；肺纳天地之精气；肝造血解毒于体内……先生的五脏六腑均被邪气所伤。平日里恐纵欲过度，饮食不节，思绪不宁，劳心伤神……嗯，肾属水，被脾土所克；肺属金，被心火所克；肝属木，又不被肾水所生。嗯，先生五脏六腑阴阳失衡、气血双亏；听先生说话时声带痰音，先生必常有咳疾，而痰中还带有血丝。"

说到这里，罗说："先生看病真入木三分，恳请先生施以医术治我身体。"

胡先生说："药石只可调理，主要还是要靠你自己啰！哎！'色'字头上一把刀呀，年轻人哟，嗯，女人不可不有，但不能纵欲过度，佳肴不可不食，但要有节制。心绪需宁静，魂魄方能附体。嗯，这样子，我先给你开几服中药调理调理，但是主要还是要靠你自己，年轻人，身体才是本钱哟。"

罗忙点了点头："先生所言极是，晚辈将牢记在心。"

胡先生手握羊毫，铺开处方，开了几张单子给罗列夫，"你回去照单抓几服先吃，若有好转再跟它几服。好在你人年轻，只要坚持，一定会慢慢地好起来的。"

罗双手接过处方说道："劳烦胡先生了，谢谢！谢谢！"

胡先生这时拿起罗的八字，又仔细查阅了万年历说道："我现在再来说说你的命：先生命中'正财'较多，骨格较贵，我'克'为才，'生'我为印，先生一生财运旺盛，又逢命中'天德''月德'之吉星，遇事多有贵人相助；但先生命带'桃花'，女人太多了，又带'魁罡'，性情刚烈自傲！虽有雄心壮志，但恐有不测风云。四柱之中又带'隔角''囚狱'和'天罗地网'，加之颧骨坑陷……"

他说到这里忽然停了下来，摇了摇头，端起茶杯又慢慢地呷了一口。

罗、彭二人正听得入神，见他停下不说话，忙问道："胡先生，你说的这些术语，我们听不太懂，你说这结果会怎样呢？"

胡先生正色地说道："先生恐有牢狱之灾。"

罗、彭二人听后，感到十分惊讶，不假思索地同时说道："那怎么可能呢？"

胡先生道："命该如此，依你的'大运'和'流年'已遇'天克地冲'，不出所料，应该就在今年。"

罗喃喃地说："不会吧，不会吧。"

他是一个非常自信的人，凭他现在在当地的经济地位和社会地位，他无论如何都不会相信自己还会有那么大的灾难。平时生活虽然放纵了些，但却从来没有做过什么伤天害理、违法违规的事呀！他又问道："那以后呢？"

胡先生道："人的一生几十年，道路会很漫长，你不愿平庸地过完一生，将会遇到很多的坎坷。所以，你终究是要过这道坎的，你过了这道坎自然会好起来的。哎！好在你吉星当令，命不该绝。水无常形，势无常态，世事难料，好自为之，好自为之！"

胡先生边说边将他的八字递给了他，意思是我该给你说的都说过了。

"我的身体不太好，敢问先生我的寿年几何呢？家人可好？"罗又忙不迭地问道。

"人过七十古来稀，过了古稀之年可来见我，至于家中之人嘛，可要出一'绝房'哦，但香火不断，儿女双全，多积德行善，后代必可昌隆！以后若遇急难之事，你可静思默想我的音容，也许对你有所帮助。望能常记，常记。缘分哪！"

这时罗列夫见胡先生不愿再说，于是从衣袋里摸出一沓钞票给他，他却说："我只收诊费，这太多了。"于是他只收了几张小钞，把多的钱还给了罗列夫。

罗列夫从来不相信这些看相算命之类的东西，他认为这些只不过是那些瞎子、跛子、残疾人用来骗人骗钱谋生的江湖把戏。人生的命运要靠自己奋斗来改变，岂是由八字先生算出来的呢！

在当地，他的一些亲朋好友拜托他把真正犯了事的人从监狱里保出来，他只要跟在警察局的拜把兄弟打个招呼就办到了，自己怎么还会有此牢狱之灾呢？他无论如何都不相信，也不愿意相信胡先生的这种毫无科学根据的推测。

从胡先生的小院里出来之后，罗列夫对彭建东说："这个胡先生诊病还可以，看相算命这套我自是不相信。"

彭说："看相算命这套我原来也不相信，但胡先生曾给很多有头有脸的人看过，他们都说他真还有点本事。我是慕名来过几次。先不说信与不信，因为你不了解这个东西就说不信这个东西，这种结论也是不科学的。我认为，任何事情，应该先了解后，再说信与不信，这才是对的。因此我曾多次向胡先生请教过，他将中医中的阴阳和五行中的生、克、制、化、刑、冲、化、害、合这些基本理论同样用到人的命运推测之中，从道理来讲应该是讲得通的。周易八卦，阴阳五行，是中华文化的国粹，能流传几千年，必有其精华所在，当然肯定也有糟粕。胡先生深通医理、易理、奇门遁甲等学问，他的话你还是应该引起重视才是。"

罗答道："彭兄所言，小弟当以铭记，以后是应当多注意一些，言行自当检点，'吾日三省吾身'嘛。"

回到住处，他想起胡先生和彭先生的话，也真的反省了自己的过去。过去他认为自己人际关系好，靠山很硬，事业如日中天，要钱有钱，要人有人，不免骄傲自大、目中无人。也许无意之中得罪了很多人而自己还不知道呢。

他在这样想着想着，迷迷糊糊就睡着了。他做了一个梦，在梦里他见到了远在云南昆明联大读书的小弟，弟弟英俊的面孔浮现在眼前。这是他唯一的兄弟，比他小八岁，他平时十分喜爱这个热情、正直、富有才气和理想的小弟。自己怀有强烈的实业救国、振兴教育的抱负，事业发展得很快，既忙于业务，又要忙于应酬，实在太累了，他多么希望小弟早日学成归来，帮他打理自己的公司。

但是，他又不忍心让才华横溢的弟弟回到大巴山这个小县城。他要把他送到国外去。到欧美去留学，将西方国家先进的科学技术学到手，更好地回报这个积贫积弱的祖国。弟弟的天地应该更加广阔，前途应该更加光明、远大。

他梦见小弟远离昆明，飞翔在浩瀚的大海之上，往美国飞去，弟弟在向他挥手，在向他微笑，也在向他告别，离他远去！

忽然他觉得自己站在高高的山边，背后是万丈深渊，他生怕掉了下去，小弟急忙伸出双手来拉他，结果没有拉住，连同他一道掉下了这万丈悬崖！他惊呼了一声，醒来却是一场噩梦，让他虚惊了一场。

弟弟不管学业有多忙，总是经常来信，在信中不但如实地向他这位尊敬的兄长汇报自己的学业，也向兄长坦露自己的心事，向兄长毫无保留地谈到他和冉雪芳的爱情。

字里行间他谈到了自己对人生、对社会的看法和认识，同时也谈到了自己的理想：他是想改变这个社会制度来拯救祖国。他在信中说："列夫胞兄，您要我大学毕业后到国外去留学，我深感胞兄的疼爱和厚望。但是没有民主进步的社会制度，再先进的科学技术也就只能服务于少数独裁专制的统治者，不能彻底地改变广大劳苦大众的悲惨命运！只有推翻这个黑暗的专制统治，只有人民大众真正当家做了主人，社会才能进步，人民才有幸福，国家才能强盛！"

想到弟弟的这段话，他突然发现弟弟的理想和自己的理想其实是不一样的。虽然兄弟俩都想救国图强，他是想用推翻现在这个社会制度来实现，这可能吗？弟弟还这么年轻，怎么能这么想呢？自古叛逆者的结果是多么凶险……他越想越怕。他突然想起胡先生说过的"绝房"，梦中的情境也再次浮现在眼前。他马上就要给弟弟写信，把弟弟从危险的边缘拉回来，他不能失去弟弟！父母膝下就只有我们两兄弟了，平安才是最大的幸福啊！

于是两兄弟在信中展开了一场人生观、价值观、世界观的大讨论。弟弟在回信中也劝导他应远离那些达官贵人，与腐朽的生活方式告别，振奋精神，施展自己的才华，造福于百姓。

但他能离开这些有权有势的袍哥兄弟吗？离了他们，自己的事业将会步步维艰。他笑他太天真了。

弟弟在信中谈到自己的学业、信仰和理想，是那么的才华横溢和热情奔放；哥哥在谈到自己的事业和抱负时是那么的慷慨激昂和豪情满怀！

这对年龄相差八岁的兄弟为了自己的理想和追求，同时都为了救国图强的抱负，各抒己见，畅所欲言。

他们哪里知道，一场灭顶之灾正悄然无息地向他们袭来，抱负、信仰、理想就像天边美丽的彩云，可望而不可即！

在重庆"四行联营处"办妥了贷款，他要急着回公司去，公司还有很多事在等他回去处理。出来将近十天了，他很想回去看看自己的宝贝女儿和儿子。

临走时他给公司发了一封电报。一大早，吃过早餐，坐上赵强开的汽车就往回赶，两百多公里的路程，要走七八个小时才能到家。

这条公路是从陕西汉中修到重庆的，称为"汉渝公路"。抗战时期，这条公路是国民政府陪都重庆往陕西方向运送物资的主要通道。公路修到绥东时，一条宽宽的洲河挡住了去路，于是就在这条河上架起一座桥梁，这座桥梁的设计者是著名桥梁专家赵祖康。

公路是从陕西通往四川的，故起名叫"通川桥"。公路和桥梁修通之后，大大提高了重庆通往西北方向的运输能力，大量的抗战物资经这里源源不断地运往前线。因此，日本鬼子常派飞机来轰炸这座桥梁。桥梁没有被炸掉，炸弹落在了城里，炸死了很多无辜的平民，炸毁了很多民房。

罗家的住房离通川桥很近，好几次险被炸弹炸中。因此，罗列夫的父亲就在离城不远的一个叫"桃花坪"的地方买了几间民房，全家人都可以搬到乡下去住，以期躲过日本鬼子的飞机轰炸。但罗列夫的公司在城里，所以他还是经常住在城里，不时抽空到乡下去看望父母和家人。

当车开到了县城外的杨家坝，一个人拦住了他的车，拦车的人叫郑二娃，是公司的勤杂工。赵强看见郑二娃拦车，急忙停了下来，问："二娃，啥子事？"

二娃说："总经理在车上没有？"

罗忙问："二娃，啥子事？"

二娃说："张襄理叫我在这里等您，他叫您先不要进城去。"

"有啥子事吗？"

"我也说不上来，张襄理说这几天李专员派人在到处找您，看来没有什么好的事情。"

这时罗列夫思索了一下，他马上想起胡先生的话来，于是他冷静地想了想，自己没有做啥子违法乱纪的事嘛，有什么可怕的呢？他对二娃说："走，上车，回公司去。"

回到公司，襄理张大青急忙来见他。"总经理，辛苦了，这几天李专员天天都派人来打听您回来没有，说有急事找您。我们问有啥子事，他们也不说，说您去了就知道了，看样子莫得什么好事情。于是我就叫郑二娃在城外等您，是想让您先有个思想准备，考虑一下如何应对。先去打听一下，然后再去见李专员，您看如何？"张襄理一口气说了一大堆。

罗列夫说："我细细想了一下，应该没有啥子出格的事吧，怕啥子呢？专座与我也是多年的朋友嘛，待会儿我洗个澡，再去见他。"

罗列夫洗完澡后，换了一身整洁的长褂，他要以一个朋友的身份去见李专员。虽然是李专员的常客，但他心里还是有点忐忑不安。见到李专员后说："专座，您好，您好，听说您最近在找我，有啥子急事？小弟刚从重庆回来，让您等久了，多多包涵。"

李专员拉着罗列夫的手说道："请坐，坐下说，坐下说。"

他又停了一会儿说道："是这个样子的，最近，大竹、开江、宣汉几个县，市场上都在缺盐，是怎么搞的？几家商号联名告到我这里来，到底是怎么回事？你赶快去查一下，过两天给我回个信。一定要尽快恢复食盐供应啊。"

罗列夫一听是食盐购销的事，悬在心中的石头一下子落了地，忙说："三天之内，保证市场上有盐卖。至于是怎么一回事，我尽快去查，给专座复命。放心，请放心。"

李专员说："我等的就是你这句话，好吧，今天你刚回来，也该早点回家一趟，令尊大人和嫂夫人还在等你，我就不留你了。"

罗说："专座不要客气，改天我做东，把几个相好的约来，不醉不归，哈，哈！"于是与李专员拱手告别。

从李专员那里出来之后，罗列夫没有马上回家。他回到公司，马上召集负责食盐购销的人员开了一个紧急会议。

他要尽快弄清情况，马上恢复食盐供应。

原来是负责食盐购销业务的王经理得知通、南、巴、平一带因缺盐而价格高出市场好几倍，于是就将从重庆运盐的船，擅自从三汇经巴河把盐运到通、南、巴、平几个县去了，造成了大竹、开江、宣汉、梁平、绥东这几个县无盐可卖。

罗列夫听完之后，雷霆震怒，大骂了王经理他们几个。骂归骂，气归气，还得及时想办法把市场需要的盐调过来才是。

好在每次调运食盐的时候，他都要在库房留点备货，以备急用，这次刚好派上用场，解了他的燃眉之急。

食盐脱销事件顺利地过去了。罗列夫照着胡先生的药单子抓了几服，吃过之后，感觉很不错。他想起了胡先生和弟弟的忠告，日嫖夜赌的生活习惯减少了很多，身体和精神都比以前好多了。

过了些日子，他有事又到了重庆"四行联营处"，办妥事情之后，他想再到胡先生那里去一下。一则再去开几张药单子；二则再让胡先生看看骨相。

几个月过去了，但他心里一直感觉不踏实，胡先生现在不一定还认得他，看他这次又怎么说。于是他只身一人到了胡先生的住处。

见到胡先生之后，施礼寒暄几句，他说道："烦请先生把把脉，再给晚生指点迷津。"

胡先生轻轻地为他切脉，眼睛微闭，神情专注。把完脉之后，又看了他的舌苔，说道："你上次来过，吃过我的几服药后，应该比以前好多了，是不是啊？"

罗佩服他的记忆，几个月过去了，他仍然记得，忙答道："先生真乃神医呢，是比以前好多了，多谢，多谢！烦请先生再给我开几服药。"

胡先生于是拿起笔又给他开了几服药，并吩咐他应该注意调理。

开完药单子，胡先生又一次摸了摸他的头部面部，又排了他的生辰八字，说道："你的命相虽属富贵。但颧骨坑陷，印堂灰暗，多有破败，四柱中正财较多，财运虽佳，但命中带有'魁罡''桃花''囚狱''天罗''隔角'之煞等不吉之星，大运与流年又逢'天克地冲'，如今兵荒马乱，盗匪成灾。牢狱之灾怕是免不了的哟！"

他边说边摇了摇头："唉——"长叹了一声。

"敢问先生此灾如何化解？"罗列夫听到这里，心里一紧赶忙问道。

胡先生停了半晌慢慢地说道："年轻人哟，人的一生，命运多遇坎坷，福兮祸所依，祸兮福所伏。我们讲的天人合一，阴阳平衡，顺应天意。福至心善，福至心宽。但水无常形，势无常态，世间万物都不是一成不变的。你的一生虽好事做得不少，但性情刚烈，积怨甚多；你身边的人或是同行，'相克''相害'者较多。望能谨慎行事，多积德行善，并能细察人事，做事不能太过，做人则以孝、善为本，容天下难容之事，行世间至善之理，慎以防小，智于志大。若能如此行事，方可减轻或化解。不过好事能变坏事，反之坏事亦可变好事。先生不必太过担忧，过了此劫，后来反倒平安吉祥了。是祸躲不过，躲过则不为祸。天意难违，望能好自为之，好自为之。"胡先生面带善容娓娓告之。

从胡先生那里回来之后，罗列夫的心情说不清是担心呢，还是恐惧，说话做事倒变得谨慎起来了，他推掉很多不必要的应酬，生活上也检点了很多。

公司里的事还是那么忙碌，明月江电站正在加紧安装设备，预计年底就可以发电了，川东北这个小县城从此就可以用上电了。只要有了电，就可以造福于家乡，带动很多产业的发展！

罗列夫想到自己创办师范学校、开书店、开印刷厂、建电站，这一切都应该说是造福于家乡、服务于桑梓的善事。暗自心想"为善必昌隆"，既是命中有劫，也应该可以化解。想到这里，心里也就坦然了许多。

熊熊烈焰

一九四五乙酉年立秋过后，炎热的夏天已经过去，气候变得凉爽宜人，中秋节马上就要到了。罗列夫召集公司里的中、高层人员和各位董事开了一个座谈会。

他在会上侃侃而谈。谈到公司的过去，回顾了公司前期艰辛的历程；谈到公司的现在，他充满了自豪之情；展望公司的未来，满怀必胜的希望。军粮加工、食盐购销、粮食商号、师范学校建设、印刷厂、书店等业务都有很好的效益。当谈到明月江水电站年底即将发电，将会给自己的家乡带来光明，永远结束点灯用桐油的历史，首创家乡用电的先河时，他眉飞色舞，满怀豪情，参会的各位董事、襄理、经理、协理个个都受到他的感染。他们在发言中对自己这位总经理不乏恭维之词。大家认为，在罗总经理的辛勤经营和管理之下，公司将会给他们带来颇丰的效益，他们仿佛看到随着公司业务的发展，财源滚滚而来，个个都可以赚得盆满钵满。

这时罗总经理指着满桌的水果、糕点和瓜子，说道："明天就是中秋节了，请大家来聚一聚，不要客气，都是自己人！散会之后，公司备了几桌酒席，今晚大家可以开怀畅饮，都不要推辞哟。喝了酒，愿意打牌的就留下来搓几圈，看哪个今晚手气好哟。"

大家也都满心欢喜。"今天晚上总经理一定要多喝几杯，喝了酒我们陪您打醉麻将，牌桌上见分晓。"襄理张大青首先欢叫起来。整个会场气氛非常热烈。

这时秘书递给罗列夫一封电报，他随手拿起笔在秘书的收文簿上签下自己的名字，并迅速地看了一下电报的内容：

"速调拨军粮大米 50 吨。"

这是公司与粮食部军粮调运处的正常业务往来，他看完电报之后，对大家说："今天的会就开到这里，一会儿大家多喝一杯。"他又对袁属山说："袁厂长你留下。"

参会的人都已离去，袁属山走到罗列夫面前轻声问道："总经理，您有何吩咐？"

罗列夫将电报递给袁属山说道"军粮调运处要调50吨大米，你去准备一下，把运粮的船叫过来，明天就装船。"

袁属山听后，站在那里没有吭声，脸色一下子就变了，罗列夫说："你今天怎么了，身体不舒服吗，脸色咋这么难看？"

袁属山像是从梦中醒来一样，赶忙答道："这几天天气凉了，有点感冒，晚上觉也没有睡好，没什么，我尽快派人去通知船老大。我今天就不陪总经理打牌了。"

罗说："你有事就去忙吧，打牌有的是时间，去吧，去吧。"

袁属山有点魂不守舍地走了，罗列夫看见他离去的背影，有点纳闷："他今天怎么了？"这时秘书过来对他说："总经理，你不去开席，他们可都坐在那里等您哩。"

罗列夫说："马上过来，马上就到。"

罗列夫与几个襄理、协理、经理打牌打到子夜时分，感觉肚子有点饿了，就吩咐郑二娃去弄点宵夜。他今晚打牌手气特别好，正所谓人逢顺事精神爽啊！

从德国进口的座钟敲响了十二下，他们几个牌兴正浓，睡意全无。这时二娃将点心、醪糟鸡蛋端了上来说："请总经理和各位吃点宵夜。"

襄理张大青说："要得，吃了宵夜继续整，整他个一晚到天亮。"

当罗列夫他们端起醪糟鸡蛋正在吃的时候，二娃对罗列夫轻声说："总经理，我刚才进来的时候，看到西边不知哪里失火了，把天都烧红了。"

罗忙问道："在哪里？"

"就是我们加工厂那个方向。"

罗马上放下碗，起身随二娃一道出去了，其他几个看见总经理出去了，也马上跟了出去。

罗列夫站在公司的大门口，往加工厂的方向望去，只见西边烧红了半边天，一股浓烟腾空而起，浓烟中有很多火星直往上冒。

大街上已经站满了人，各种猜测都有，大家都在议论纷纷。

这时罗列夫的心一下子就绷紧了，"该不是自己的加工厂出事了吧？"他在心里默默地祷告，忙吩咐二娃："去把赵强叫来，把车开过来，快到加工厂去看看。"

罗列夫焦急地赶到加工厂，眼前的情景让他目瞪口呆：只见加工厂的仓库和厂房正在被熊熊的大火吞噬着，一股股浓烟夹着狂乱飞舞的火星腾空而起，稻谷和大米烧着时发出噼噼啪啪的声响，像炒爆米花一样。人站在几十米之外都感觉热浪滚滚，风助火势，火越烧越大，不要说去救火，人连站都站不拢去。

罗列夫看见眼前的情景，脸一下子就白了，心里直说："糟了，糟了！"

就是这场大火，改变了罗列夫和一家几代人的命运。这是后话。

第二天清晨，罗列夫安排人清理现场，统计受灾损失，并马上派人找身为厂长的袁属山，但四处寻找，根本就没有袁属山的踪影。

这时李专员派人通知他过去一下，他连脸都还来不及洗就赶到专署。李专员、吴县长、警察局的周局长等人已在等他了。"罗总经理，这是怎么回事？"李专员见到罗列夫后，没有任何寒暄就急忙问道。

罗列夫答道："不幸，非常不幸，敝人下属的粮食加工厂昨晚失火了，损失惨重，我也正在清理调查之中，等把具体情况弄清楚后我定当向专座和各位如实汇报。"

李专员又说："老弟呀，这是军粮啊，抗战虽打完了，但是仗还没打完哟，军粮呀，上峰一定要追查下来的，叫我如何向上峰交代哟，我的罗大总经理！"

吴县长和周局长也说道："麻烦了，麻烦了，祸事摆起了。"

李专员说道："这样子，你三天之内把情况弄清楚，给我们写成书面的东西，看我们怎样向上峰交差哟。"

罗说："一定，一定尽快把事情搞清楚，写一个专题报告呈送给专座。"说完与各位道别。

从专署出来之后，罗列夫心乱如麻，对于这个才三十多岁的年轻人来说，平生一直都在走顺路的他，哪里遇到过如此大的灾难！此时的他不知如何是好。

他突然想起胡先生来，胡先生那慈祥亲切的面容、殷切委婉的忠告。

他在告诫自己，遇事应该冷静。"猝然临之而不惊，无故加之而不怒"。应具有大将风度！要尽快把事情搞清楚，然后再想出具体的对策。想到这里，他头脑顿时清醒了许多。

他急忙赶回公司，召集大家开了一个紧急会议。公司所有的人都已在等他了，公司出了这么大的事，大家心里也都十分着急。

他马上叫这些人都到会议室，他静了静神，把昨晚的火灾情况简单地说了一下，然后环顾大家一眼，看所有的人都来了，唯独关键的人物没有来，那就是厂长袁属山。

于是他问了一句："袁厂长怎么没有来？"

这时襄理张大青答道："总经理，据初步调查，这场大火就是他勾结土匪刘大汉专门放的。"

罗忙问："他为啥子要放火？"

张说："据厂里的姚会计说，他把加工后的大米借给了苟老板和邢老板他们，现在连借据都莫得，还勾结刘大汉私自拉到汉中去卖了高价。"

罗说："就算是这样子，他也不该放火呀！"

张说："他平时除了烧鸦片之外，还包养了几个妓女，给她们还买了房子。厂里账上亏空太大了。您昨天叫他调运大米，他拿不出来，自知事情败露，无法交差，于是就伙同刘大汉一起放火烧了仓库。"

罗说："前几天我到厂里去，看到仓库里还有那么多的存货嘛。"

张答道："那是糊弄您的，他是将加工出来的糠壳用麻袋装起来，堆在那里给您看的。"

罗说："这些情况你们为什么不早说？"

张说："我也是今天早上把姚会计叫来问情况，才知晓的。"

罗指向姚会计问道："你们为什么不早报告？"

姚会计战战兢兢地答道："总经理，我们有罪，我们对不起您，袁厂长把刘大汉带到厂里来，他把刀摆起，威胁我们说，要是哪个敢把这些情况说出去，就杀了我们的全家。袁厂长也说过，等稻谷价格降了之后，他会买回来填起的，所以我们就没有向您报告，请总经理饶恕。"

罗列夫听后，连声说道："可恶，可恶，我太大意了。"忙吩咐张大青说道："赶快报警，快把刘大汉和袁属山这两个狗杂种抓回来。"

弄清情况之后，他写了一份专题报告到专署，见到李专员，把详细情况又跟李专员作了口头汇报。李专员说："既然是袁属山和刘大汉他们作的案，那要尽快把他们弄回来，不然不好交差哟。"

罗心里想，他们作了这么大的案，既然在逃，哪那么容易就弄得回来的？但在嘴上连声说道："是的，是的，两个杂种，就是跑到天涯海角，也要把他们抓回来交给专员处置。"

天色已晚，一弯冷月挂在天边，满天的寒星眨着眼睛，像是在嘲弄他，也像是在安慰他。罗列夫心力交瘁地忙了一天，拖着疲乏的身子回到家里。一家人早就在堂屋里等着他了，年逾古稀的父亲焦急地问道："老四呀，事情咋样了？袁属山那个狗东西找到没有？唉！"

母亲低着头抹着眼泪，嘴里喃喃地说道："这啷个作哟，啷个作哟，啷个得了哟！"

妻子儿女眼巴巴地望着他，眼里闪着泪花，一种绝望之情从他们的眼里流露出来。看着家人，一股酸楚、悲哀的感觉顿时从罗列夫的心底涌出。亲情，那血浓于水、骨肉相连的亲情哟，只有在这个时候才真正地体现出来！

他们是从内心在为他担忧，他深感由于自己的大意和过失给家人带来多么大的伤害和不幸啊！他深深地内疚和自责。但在这个时候，他只能好好地安慰他们："爸爸，妈，没有什么大不了的事，天无绝人之路，遇事想办法就是了。"

这时佣人王妈来说："先生，师部钱副官来了。"

罗列夫打起了精神说道："快请，快请，赶快泡茶。"

钱副官见过罗的父母，问候了几句。说道："总经理，我们师座听说你出了事，很是着急，问你有什么打算。师座说你军粮被烧，此事非同小可，弄不好可能要上军事法庭的，估计地方上是帮不上什么忙的了。师座说，您是不是先出去躲一躲，等风头过后再做打算。他说我们在上海有一个办事处，您可以先到那里去，我们可以派一个班的人护送您到万县，坐船到上海。师座说了，朋友有难理应全力帮忙，您家人由我们负责照看，您在上海耍一段时间，那里很安全，等过了这阵风头，再接您回来。"

这时罗的父亲说道："是啊，出了这么大的事，你先出去避一避也好，我把老幺叫回来，家里的事叫他帮忙张罗。"

其母也含泪说道："老四啊，你就按他们说的，出去躲一躲风头。我们这把老骨头不值钱，我们自己会照看好自己的。"

妻子儿女低着头，轻声地哽咽着。罗列夫望着他们，思索了很久，说道："请钱兄转达我对师座的谢意，师座乃是我平生真正的朋友。危难之时见真情啊！但这件事非同小可，我上有老，下有小，公司还有一大帮人，我怎能弃他们不顾而去亡命天涯呢！天大的事只有我来顶起，岂有让其他人来代我受过的道理！师座的美意我领了，容我考虑考虑再回复师座如何？"

钱副官说："先生乃真正豪杰，危难之时还能为他人着想，令人佩服！三十六计，走为上，此事本来你可以一走了之。好吧，我定当把先生的意思转达给师座。"说完两人握手而别。

罗列夫家中共有八口人，上有七旬老父老母，下有嗷嗷待哺的儿子和女儿，还有两房贤慧忠厚的妻室，兄弟又远在云南昆明读书，他是这个家的顶梁柱，如果他一走了之，家人怎么办？公司怎么办？他要是走了，公司就要有其他人来顶罪，自己的过失岂能让其他人来代受过。自己平常生活虽然有些放浪，但自认为还是行得端、走得正的。没有做过任何伤天害理之事，也从未有过违法违规之举。加之自己在地方上还有这么多有头有脸的朋友，他们总不会全部都袖手旁观吧。想到这里，他决定留下来，静观事态的发展。主意已定，决心一下，心里顿时感到轻松了许多。

又过了三天，罗列夫主动到专署去见李专员，李专员问道："老弟呀，袁属山有下落了吗？"

罗说："听说跑到陕西汉中去了，目前尚无下落。"

李专员说："既然这样子，我看你就先住在我这里，最好不要再出去了，不然军事法庭来人把你带走，那就麻烦了。在我这里有吃有喝也很安全，家里的人和公司的人都可以来见你。老弟呀，我这是在保护你哟，等把袁属山和刘大汉抓到过后你再回去，怎么样？"

罗列夫明白，李专员是要把自己软禁在这里，怕我跑了，他不好交差。只说道："我的生活用具没有带过来，谢过专座的爱护之意。"

李说："这不用操心，我这里什么都给你准备好了。"于是吩咐勤务人员："你去给罗总经理把房间准备好，他需要啥子，就给他配齐，然后再到罗总经理家里去说一下，就说住在我这里，免得家里人着急。"

罗列夫被李专员软禁在专署，李专员隔三岔五地过来聊上几句，李说："袁属山他们有没有啥子消息？"

罗答道："哪里有那么容易哟，他们在事前都是预谋好了的，怪我太大意了，太大意了！给专座添了这么多麻烦，对不起了，唉！"

李说："前几天，重庆军事法庭来要人，我和陈师长极力推拖，我说，'在地方上出的案子，应该由我们地方上来查办。'给了他们一点儿小意思，把他们的人打发走了。"

罗说："承蒙专座、师座念及多年兄弟情分，内心十分感激，若此生再有机会，定当厚报。"

李说："大家都是袍哥兄弟，理应'义'字当先，人这一辈子哪个莫得磕磕碰碰的时候，在我这里，定当尽力而为，不过事关重大，你也应该有个思想准备哟。"

一个星期过后，周局长领着几个警察将罗列夫带走，算是被正式逮捕，关押在县法院的看守所，从此身陷囹圄，过了长达五年之久的牢狱生活。罗列夫仰天长叹："天意难违啊，命该如此，命该如此，命运啊！"

罗列夫被正式逮捕收监之后，社会上各种传闻说什么的都有：有的说他监守自盗，腾空放炮；还有说他直接勾结土匪有意焚烧军粮，自己放火烧了仓库；说如果他能活命，必定是用重金买下的人头……

这就是发生在20世纪40年代中期震惊绥东地区的"军粮焚烧案"。

罗列夫在狱中度过了大半年的牢狱生活，没有人来过问过此案，这令他十分纳闷。他向典狱长许大金打听，许也是袍哥兄弟，论辈分许应尊称罗为大哥。许说："罗大哥，您这案子太大了，判重了，与法律不符，判轻了，又怕担受贿之嫌。当地法院的法官都不愿意接手，听说要从万县那边调一个法官来审理您的案子。"

罗听后，想到既然是这样，那就既来之则安之，慢慢等吧。

投身大潮

罗列夫锒铛入狱之后，远在云南昆明读书眼看就要毕业的罗文达闻讯急忙赶了回来。其兄是家中的顶梁柱，而现在却身陷囹圄，自己也是家中的儿子，应马上赶回家去，共同应对这突如其来的变故。于是他放弃了学业，回到家乡。

他要尽快弄清兄长的案情，尽量想办法来营救这位他视为慈父的兄长。罗文达在监狱里见到了兄长，两兄弟百感交集，抱头痛哭起来。兄长原来是多么的风光，很多人见了他都要对他恭维施礼。在弟弟的心中，兄长是一位难得的俊才，他威严中透着慈爱，有理想，有抱负，讲诚信，处事果断，敢作敢为。如今却失去了自由，好像雄鹰折断了翅膀，身陷牢房令他倍感伤心。

罗文达详细地询问了兄长整个案子的过程，并认真查阅了国民政府时期的《律法全书》。他认为兄长应负的责任就是主管失职失察之责，至于什么"勾结土匪，监守自盗，自焚军粮"这些都与事实不符，更无任何证据来佐证，于是他详细地为兄写下了上万言的《我的答辩状》。

罗文达回到家乡后，与思念已久的冉雪芳见了面，两人相见紧紧地拥抱在一起。冉雪芳对罗说："亲爱的，你什么都不要说，我晓得你现在心里很痛苦，四哥出了事，你们两兄弟的感情又那么深，你看我能帮你做些啥子就尽管说出来，也好为你分担。"

罗说："四哥的案子造成的后果确实严重，那可是军粮啊！但案子的主犯应该是袁属山和刘大汉，四哥应该是要承担失职失察之责，好在他平时人缘好，在狱中还没有受到啥子虐待。"

冉说："四哥过去那么风光，那么能干，身体又不好，不知他如何接受这么残酷的现实。"

罗说："我去看他时，见他的身体和气色比原来还要好些，也许是远离了过去那些声色犬马、灯红酒绿生活的缘故。唉！这个案子他是太大意了。"

冉轻声地对他说："你要回来，也不先写封信告诉我。"

罗说："事情发生得太突然了，我得知四哥的消息之后，就马上往回赶，没有来得及嘛。"

"那你准备待多久呢？"

"我不走了啊！"

"真的不走？好啊！"冉雪芳高兴得跳了起来。

罗说："我想到你们学校也去谋个教师职位，你们学校的王校长是四哥的朋友，我明天去找他，你看行不行啊？"

"好啊，这样我们就可以天天在一起了。"冉雪芳依偎在罗的怀抱里高兴地说道。

第二天，罗文达见到了女子中学的王校长。听说他是昆明联大的学生，又是罗列夫的兄弟，王校长满口答应了罗文达的要求。"好啊，小罗老师，我们正缺你这样的人才，欢迎，欢迎，屈就，屈就了。"

罗文达在女子中学当起了老师，他有扎实的知识，讲课时语言幽默，又面容亲和，学生们都非常喜欢这位自己还像个学生的老师。

罗文达在昆明西南联大读书时就加入了中共地下党，回到家乡后，很快与党组织接上了关系。与他联系的是中共川东地区工委委员杨于棠，杨也是女子中学的老师，不是本地人，已是入党快八年的老党员了。

杨向他传达了中共南方局和重庆市工委关于党在近期的工作方针和具体任务。

杨说："国共两党就要全面开战，伟大的人民解放战争就要开始了，我军在山东、东北地区打了很多大胜仗。四川是国民党的大后方，兵源、壮丁、粮食、物资都要从四川调运，为了迎接革命高潮的到来，配合我军战略反攻的任务，我们的主要任务是要广泛发动群众，壮大革命力量，抗丁、抗粮、组织武装暴动，揭露国民党反动派的专制腐败；要民主、争自由、反饥饿、反独裁；要组织工人罢工、商人罢市、学生罢课，把国统区的大后方搞得不安宁；争取早日迎来解放、迎接新中国的到来！"

杨满怀革命的激情又向罗文达说："革命形势发展很快，党在农村已经把广大群众发动起来了，我们要依托游击队在华蓥山的根据地，组织农村武装暴动，壮大革命力量，打碎反动武装在大后方的坛坛罐罐。"

罗文达听了杨于棠的传达之后，问道："在这革命的大好形势下，我的任务是什么？"

杨说："你这次回来，主要是寻找机会组织学生罢课、教师罢教，在学生和教师当中培养和发展党的组织，并把有阶级觉悟、表现突出的同志送到农村去，农民搞武装暴动也需要有文化的党员同志加以引导。"

杨停了一会儿又说道："你哥哥的案子，他烧的是国民党的军粮，客观上也拖了反动派的后腿，你可以采取合法的手段尽力营救。"

杨于棠说到这里，点燃一支烟，慢慢说道："罗老师，革命形势虽然发展得很快，但是，往往是快到天亮的时候，也是最黑暗的时候，敌人是不会甘心失败的。现在特务横行，到处搜捕我们的人，而我们的队伍里也有一些意志薄弱的人。所以，我们在努力工作的同时，更要百倍地提高警惕，注意安全。你这次回来，找机会把个人婚姻问题解决了，小冉这个人我们是了解的，她可是个好姑娘哟！也等了你这么多年了，你们都是二十好几的人了，我们共产党人不是清教徒，也要结婚生子嘛！"

罗说："感谢组织上的关心，不过现在这么忙，等忙完这阵子再说吧，小冉她会理解的。"

回首往事

罗列夫的案子，是由万县地方法院抽调过来的法官审理。地方检察院在法庭上宣读了起诉状。起诉状说"……罗列夫勾结土匪、监守自盗、自焚军粮……"

罗文达与田律师以大量的事实和法律条文，驳得检察官无话可说，法官只好宣布休庭。

这次开庭后不久，罗列夫收到法院的一审判决，判处罗列夫死刑。罗列夫当然不服，提出上诉，上诉至四川省高等法院。过了一个多月，四川省高院以一审判决与事实不符，引用法律不当为由，将案子发回重审。

后来田律师找到一审法官问道："你为什么判得那么重？"

"这个案子，社会影响实在是太大了，我也知道这么判与事实不符，证据也不充分。但如果判轻了，社会上肯定说我得了罗的好处，我们判就判他个死刑，看社会上那些舆论还有啥子说的。"

田律师听后在心里说："你为了个人的名声就可以草菅人命，乱判刑，作为法官，其公正性到哪里去了呢？"

案子发还重审，一拖就是一年，没有人愿意再来接手这个烫手的山芋。罗列夫知道，自己在短期内是出不去的了。他也慢慢地适应了狱中的生活，由于朋友的照顾，在狱中，他可以看书、看报、写字，在监狱的院坝里散步，家里的人也可以随时去见他。

监狱生活给人的感觉是那么漫长寂寞，百无聊赖，罗列夫在狱中耐心地等待案子的重新判决，日复一日、月复一月、年复一年，人生有限的时间就这样在难耐的寂寞中度过！他想起了过去，也想起了自己的亲人，该想的、不该想的都浮现在眼前，出现在脑海。

他想起了自己的第一次初恋。初中快毕业时，一位女同学因病休学了半年，病愈复学过后，学习成绩跟不上了，她的父母找到学校的老师，想叫老师补习一下。于是老师向这位女同学的父母推荐了罗列夫，罗列夫愉快地答应了下来，帮这位女同学补习数学。这位女同学姓郑叫郑秀蓉，大家都叫她"蓉儿"，与罗列夫同龄，芳龄十六岁。已出落成一个亭亭玉立的大姑娘了，大大的眼睛，长长的睫毛，一双又黑又粗的长辫子。大病初愈，还带着一种病态的娇美。

罗列夫为了帮她补习数学，常常将已学过的数学重新复习到半夜，罗列夫的数学成绩也因此有了很大的提高，真是"教学相长"啊，蓉儿十分尊敬这个比她才大几个月的同学兼补习老师。

罗列夫也非常喜欢这个聪慧、漂亮的女同学。渐渐地、渐渐地，他们都把对方埋藏在心底，如果哪一天，包括星期天没有见到对方，心里就有一种失落惆怅之感，青春年少的他们第一次感觉到了异性的魅力在吸引着彼此，心里第一次泛起春潮的涌动。

初中快毕业了，县教育局给学校下了几个到重庆高等工科学校去定点报考的指标，罗列夫的成绩（特别是数学成绩）在班上名列前茅，于是学校选择了他到重庆去参加定点报考。他的考试成绩很好，因此很顺利地被学校录取。

在重庆读书的时候，他给她写过几封信，由于年龄尚小，他们都没有勇气直接说出对对方的爱慕之情。三年的学生时代过去了，当他毕业回到家乡之后，听说蓉儿已经出嫁了。他得知这个消息之后失眠了好久，他自责自己是一个懦夫，悔不当初啊！

这场初恋来得无声无息，去得悄然无声，整个世界也许只有他们两人才知道曾经相互深爱过。初恋就这样结束了，但却给他整个一生的情感世界留下了不可磨灭的记忆。

罗列夫的父亲是一个忠厚、老实的人，从年轻时就给"尚珠绸缎庄"做记账先生，后被东家升为记账先生兼掌柜。几十年来，一直忠厚诚实地履行自己的职责，从未出过任何差错。

东家姓王，视他为兄长，非常信任这位掌柜兼记账先生。东家有一位侄女，自小父亲去世，母亲改嫁，是他从小把她养大成人，还送她读书读到师范。一个女子，能做一名教师，可以保证有一个正当的职业，这样就可以做到衣食无忧了。

罗列夫是东家从小看到大的，他非常喜欢这个英俊、聪明的年轻人。于是他向自己这位掌柜提出了这桩婚事。

罗的父亲认为与东家几十年的深厚情谊，双方知根知底，加之这位姑娘又有文化，也是亲眼看着这位姑娘长大成人的，人虽不算漂亮，但却很温顺、老实、善良，于是满口应承了这门婚事。

罗列夫见过这位王姑娘，王姑娘个子不高，但五官还算端庄。也许是从小失去了父爱和母爱的缘故，王姑娘显得沉默寡言，不苟言笑。罗这时自然而然地想起了蓉儿，越是在这个时候，蓉儿那大大的眼睛、甜甜的笑容越是挥之不去！他不喜欢，也无法喜欢眼前这位王姑娘。但他也没有拒绝，因为父亲在给他谈起这桩婚事的时候，反复强调东家对罗家的情谊：是东家给了罗家一碗饭，是东家养活了罗家一家老少，做人要懂得知恩图报！况且东家这位侄女有文化，人又本分，是一位难得的好儿媳。

罗列夫听了父亲的这番话，还能说什么呢？人总是要结婚生子的，总不能一辈子就生活在对蓉儿的那种虚无缥缈的怀念之中吧！于是他听从了父亲对自己婚姻大事的安排。

婚后他们的夫妻生活谈不上有什么乐趣，也没有那种年轻人的激情，他像完成一个人生必须完成的任务一样。婚姻生活虽然平淡，却也平静。

但是，有一件事情，却给他们的婚姻生活带来了严重的危机。

一年过后，经医院检查，夫人不孕！"不孝有三，无后为大。"中国几千年的风俗形成的巨大压力，考验着这桩平淡无奇的婚姻。一种五味杂陈的感觉顿时涌上罗列夫的心头。

王夫人太不幸了，从小失去父母，叔父虽待她不薄，但毕竟无法弥补她应享受的父爱和母爱。婚后，她对自己的丈夫非常喜欢（尽管丈夫经常对她表现出一种冷漠），她想用自己的温顺、善良来打动他，她想要给他生育很多的宝贝儿女，当丈夫疼爱自己的儿女之时，也一定会慢慢地疼爱自己的。

可是自己却不能生育，她觉得好愧疚、好无奈、好不幸、好无助啊！她变得更加少言寡语，她知道自己的丈夫将会离她而去，她无法，也没有任何能力再来维系这桩平淡无奇的婚姻，她整天忐忑不安地等待自己的丈夫对婚姻死刑的宣判。

罗列夫想了很久，他要和她解除这桩自己并不满意的婚姻，他不能没有自己的儿女，他不能失去做父亲的权利，他不能让老父老母因此失去含饴弄孙的天伦之乐。他要让罗家人丁兴旺，后继有人！于是他下了决心要向王夫人摊牌——提出离婚。

昏暗的桐油灯下，他和王夫人坐在床沿边，王夫人打来洗脚水轻声说道："把脚洗了，今天累了吧，早点休息。"

罗列夫看着王夫人，鼓足了勇气，拉着她的手轻声说道："今天晚上，我想……"还没等他说下去，他看见她已是满脸泪花，伤心地抽泣着："你莫说了，是我对不起你，是我对不起爸爸和妈，对不起你们罗家，你想怎么办，你就怎么办吧，我不怪你，只是我一个结过婚又无生育能力的苦命女人……"

罗见她眼泪巴巴、十分痛苦无助的表情，心立刻就软了下来。是啊，自己这位老婆命多苦啊，如果我把她休了，她一个被前夫休了，又没有生育能力的女人，在这个20世纪40年代封建习俗还十分浓厚的环境下，将会怎么办，她如何生活？她毕竟才二十多岁啊！以后还有漫长的人生道路，她如何能独自走下去！以前自己怎么没有想到过这些呢？

她毕竟是自己明媒正娶的妻子啊。这时他先前鼓足的勇气一下子就消失得无影无踪，他的心软了，他不能只顾自己而弃她不顾。但他又不知该怎样来处置。

这个晚上，这对夫妻辗转反侧，内心充满了矛盾和痛苦。各自都想着自己的心事，失眠了！

皎洁的月光穿过窗户照着这对无眠的夫妻，他望着身边这位和自己婚前没有感情基础、婚后又不能给他生育儿女的妻子，他虽然不爱她，但又十分同情她，他也不知该如何来处理，他的心乱极了。

他又想起了蓉儿，想起了自己那难忘的初恋。他实在无法入睡，满怀心事地披衣起床，走进自己的书房，望着银色的月光、摇曳的树影，一种悲愁凄凉的复杂情感涌上心头。此生谁是知音？谁是自己的至爱？他拿起笔在日记本上尽情地宣泄：

> 仰天长叹空对月，
> 愁似秋风催落叶。
> 天公不公薄待我，
> 长夜相思空悲切。
> ……
>
> ——列夫于甲申仲秋之夜偶感

他写完这首诗，也许情感得到了一种宣泄，心情反觉平静，畅快了许多。

罗列夫好几天心里很乱，他没有回自己家，到乡下父母亲那里住了几天。父亲见他满怀心事、愁眉不展的样子，说道："老四啊，是不是有啥子心思，你说出来啊，是我对不起你，你媳妇不能给我们罗家生个一男半女，这确实是个事情，我和你妈多想在有生之年抱抱孙子啊！不过你媳妇她也命苦啊，做人还是要讲良心。不然你再续一房吧，那些有钱人哪个不是三妻四妾的。"

罗列夫答道："爸爸，现在的法律是一夫一妻制，纳妾是不合法的。是我不好，没有能够让你们二老享受到抱孙子的天伦之乐。这事还得从长计议，慢慢想办法吧。"

过了一段时间，罗列夫经过反复思考，终于将杂乱的思绪初步理出一个头绪：他不能与她离婚，作为男子汉，作为负责任的丈夫，他不能抛弃她而不顾。至于生育子女的问题，他可以叫弟弟婚后多生几个，自己在弟弟那里领养一个。

主意一定，他回到家里，他要尽快将自己的决定告诉妻子，妻子一定每时每刻都在焦急地等待自己的决定。

回到家里后，妻子用复杂的眼神看着他说道："先生，这几天你没有回来，我也好好想了一下，为了你，也为了罗家，我们去把离婚手续办了吧。"

还没等她说完，罗拉着她的手，轻轻地抱着她说："我不让你离开我，我决定了，让老七兄弟以后多生几个，过继到我们名下，侄儿也是儿嘛，反正都是我们罗家的血脉。"

王夫人说道："小弟还小，婚都还没有结，那要等到什么时候呀？不然……我另外还想了一个办法。"

"什么办法？"

"你再续一房吧，再找一个妹妹来帮我给你生儿育女，我们共同来抚养。"

"现在的法律是一夫一妻制，纳妾是不合法的。"

王夫人说："那些有权有势的人，哪个不是三妻四妾的？"

罗说："别人干违法的事，我管不着，但我不能这么干。"

她说："我还想了一个办法，那就是你再去找一个，登记结婚时另用一个名字，这就叫'一字跳两房'。这个妹妹我来帮你选，保证给你生一大群儿女。"

罗听后没有吭声，这是他第一次听说"一字跳两房"这个办法，也许是个不错的办法。

一字两房

这个县城北边的一条小街，有一个好听的街名：荷叶街。这里是那些贩夫走卒打尖歇脚的地方，街面不宽，却十分繁华热闹。

在小街的北面，开着一间饮食店，"郑记包面店"的木质招牌钉在店面的上方，两边木刻一副工整的对联：

不仅饱腹充饥，更觉鲜味十足。

店面不大，但很干净整洁，生意很兴隆。

店里的包面味道很有特色，包面里肉馅多，红油、胡椒等各种佐料搭配得恰到好处，特别是那碗中的汤，是专门用乌骨鸡和棒子骨文火慢熬出来的。包面吃完过后，你再慢慢地品味着这鲜味十足的面汤，给人的感觉那真要用一个"爽"字来形容。

店主人叫郑世和，人称"郑包面"，年约五十岁。他负责煮包面和调佐料，妻子李氏负责包包面，他们的宝贝女儿负责收碗筷和收钱。一家三口经营的这个小生意，由于质量好，生意也就好，生活也过得平静而殷实。

一天黄昏，正是吃晚饭的时候，店里的生意正忙。这时来了三个川军的兵娃子，他们是第一次来这里吃包面。他们从来没有吃过这么好吃的包面，像八辈子没有沾过油荤的样子，吃了一碗又一碗。三个兵娃子吃完之后，摸了摸口袋，说道："老板，算账。"

郑姑娘忙过来说道："你们一共吃七碗，十四块钱。"

其中一个兵娃子嬉皮笑脸地说道："记到，欠起。"

"我们小本生意，从来不赊账，请三位老总原谅。"

另一个兵娃子淫邪地说道："妹儿，脸嘴长得还不错，下次我们还要来吃，吃完过后，我们一起结账，兵哥哥可以多给你些钱，嘻……"

说着就起身往外走，郑姑娘一听，就明白这几个"烂丘八"想赖账白吃，于是拦着他们赔着笑脸柔中带刚地说道："三位老总，我们做的是小买卖，从来不赊账。"

兵娃子说："老子在前方打仗，命都是阎王老爷的，吃你几碗包面，也当是你们慰劳老子，老子今天莫得钱，啷个办嘛……不然你把我留在这里陪你端碗，擦桌子，嘻嘻……"

这时在厨房的郑老板跑了出来，说道："老总，我们是做小买卖的……"

还没等他说完，其中一个兵娃子将桌子掀翻在地，咆哮道："老子们在前方卖命，军饷都没有给，老子今天莫得钱，咹个办嘛！"

店里吵起来了，很多人围观看热闹，大家议论纷纷："惹不起哟，一群'烂丘八'，惹不起哟。"

当店里吵得不可开交的时候，一个年轻的军官来到店里。这个年轻军官姓王，在广安县中读书的时候，正值抗战爆发，他抱着满腔的爱国之志投笔从戎参了军。几年的军旅生活，让这个有文化的年轻人很快从文书升到连长。

他询问了整个事情的经过后，厉声呵斥了这几个兵娃子，但这几个兵娃子口袋里确实没有钱，几个月都没发军饷了，哪还有钱嘛！王连长从自己口袋里摸出一沓钞票，向郑姑娘说道："小妹妹，今天对不起了，包面钱和打烂的碗我一同代他们给了，请原谅！"

郑姑娘望着这位和善又通情达理的年轻军官，对他产生了极大的好感，忙说："谢谢，谢谢老总！"

郑老板也忙说："算了，算了，今天看在你的面子，就算我请客。"

"不行，不行，你们小本买卖，也不容易，钱我一定得给，请收下，请收下。"

郑姑娘见他执意要给，于是感激地看着他，接过他递过来的几张钞票。王连长说："听说你们这里的包面很好吃，改天我专门来品尝品尝。"

郑老板说："你一定要来哟，我一定要请你，今天太感谢你了。"

王连长后来真的来店里吃过几回包面，由于上次兵娃子赖账事件，王连长对郑家留下了很好的印象，觉得他们待人亲和善良，诚实经营，特别是郑姑娘那勤劳朴实，善良勇敢，面对三个兵娃子蛮横粗暴，透出一股女性中鲜有的刚强。

郑家对王连长也有很好的印象，觉得这个年轻的军官正直善良、文明和善。

他看上了她，他用军人直率的性格直接向郑家求婚，他要做郑家的女婿，他要把心爱的郑姑娘带回广安自己的老家。

对于王连长的求婚，郑姑娘从心里是愿意的，她喜欢这个知书达礼的年轻军官。但郑老板和妻子李氏却犯了难。

郑老板和李氏婚后没有生育，郑姑娘是在两岁的时候从哥嫂那里过继过来的，还将李姓改为郑姓，郑家待她视为己出，十分疼爱。如今姑娘已到了十九岁，是谈婚论嫁的时候了，他们把她养大是想找一个能够养老送终的女婿。他们的后半生就全靠自己女儿和女婿了。

而现在王连长这个外乡人要把自己的宝贝女儿带到异乡去，他们今后老了怎么办？病了怎么办？谁来为他们养老送终？

但他们觉得王连长这个后生确实是一个难得的好人，他们也非常喜欢这个后生。难啊！难啊！

时间一过就是几个月，王连长再没有到店里来，郑姑娘像丢了魂一样，整天沉默寡言。原来王连长他们的队伍换防到了顺庆，因为是连夜开拔，没有来得及向郑姑娘告别就走了。

一天，他收到王连长从顺庆写来的信，信中说了他对她的思念之情正日渐浓烈。还说他们的队伍要出川抗日，让她等他回来，今生今世非她不娶。

王连长他们出川抗战已过了五年，刚开始还断断续续地收到他从前线寄回来的信件，但是后来就一直没有他的消息，五年中，郑姑娘将期待思念之情深埋在心底，她拒绝了很多提亲说媒的媒人。父母知道她的心事：她在等待，等着她的心上人！看着她的年龄一天天地变大，心里虽然着急，但他们没有催逼她。

有一天，她终于收到一封朝思暮想、望眼欲穿的从前线寄来的信件。信中说：

"……上尉连长王伦已为国捐躯，他生前将你的地址告诉了我等，现来信告知，望节哀顺变，另寻终身幸福……"

郑姑娘收到信之后，一个人躲在屋里大哭了一场。等了五年、五年啊！将近两千多个日日夜夜的期盼，等来的却是一个噩耗！她的心碎了，她的心在流血！她的心在剧痛！她变得更加少言不语，她似乎已把男女之间的感情、婚姻看得很淡很淡。

王夫人很喜欢这里的包面，经常来郑记包面店里来吃香喷喷的包面，因而，她与郑家三口都成了老熟人。

她见郑姑娘整天满腹心事的样子，于是问她有啥子想不开的心事。郑姑娘见王夫人问她，便将这一切向这位比她大五岁的王夫人尽情地倾诉了一番。

王夫人亲切地安慰着她："五妹呀（郑姑娘的小名），事情都过去这么久了，伤心也没有用了。不过他是为国捐躯，也算是死得其所！以后你就把我当成你的姐姐吧，有啥子事，你跟我说，我尽量来帮你。你人这么能干，又朴实善良，我以后帮你找一个好婆家，保证让你满意。"

郑姑娘向王夫人畅快地倾诉了压在心里的痛苦过后，又听了王夫人亲和的劝解，心里感觉轻松了许多。

王夫人从郑记包面店出来，她突然觉得郑姑娘就是自己要找的这个人。天意啊！真是天意。郑姑娘是再合适不过的人选了。她人很忠厚、勤劳，身体健康，养父养母又指望她养老送终，罗家又这么有钱，养活郑姑娘一家是毫无问题的，加之郑姑娘对王夫人很有好感，在以后漫长的家庭生活中要朝夕相处，共有一个丈夫，郑姑娘以后生了儿女，凭她现在的家境和她本人的性格，王夫人相信她不会以"母以子贵"而欺负到自己头上。

于是她下定决心要亲自来促成这桩婚事。这真是：众里寻她千百度，蓦然回首，那人就是郑姑娘！

王夫人在心里想到：太好了，太合适了，她要把这件事办得稳稳当当、妥妥帖帖过后再对自己的丈夫说，要给他一个惊喜！

郑姑娘一家三口听了王夫人亲自为自己的丈夫保媒，他们感到十分为难，对于罗先生，他们是知道的，因为罗先生在这个县城里可以说是一个有钱有势、有文化又能干的名人！有时也到郑记包面店来品尝他家的包面。但是郑家仅把他当成一个有钱有势的顾客而已，从未想过这位名人顾客与自己全家的命运会有什么关系。

郑姑娘开始觉得很委屈，自己虽然年龄偏大，但毕竟还是一个未出阁的大闺女，给人家当妾，她无论如何都无法接受这个现实。郑姑娘的父母也觉得很为难，对于罗家和罗先生，像他们这样的平民百姓，平常要想巴结恐怕都没有机会；但是自己的宝贝女儿还是一个黄花大姑娘啊，怎能让她去承受这样大的委屈，郑家三口没有承诺，但也没有坚决地拒绝。

王夫人三天两头到面店里来，她对郑家反复承诺，她说："五妹过来以后，她什么活都不用干，家里有几个佣人，她只当太太就行了，生了娃儿，我们共同抚养，保证把你当成亲妹妹看待，决不让你受半点委屈；对于两位老人，我们罗家一定保证养老送终。"

王夫人又将"一字跳两房"的意思解释了一遍，她说："由罗先生用罗耀宗的名字去和郑姑娘正式办结婚登记，在法律上郑姑娘就是罗耀宗的正式妻子，所以她就不会因妾的身份受半点委屈。"

听了王夫人的反复承诺和对"一字跳两房"的解释，郑家终于同意了这门亲事。

王夫人把这一切都做得妥妥帖帖之后，才向自己的丈夫说出了郑姑娘的事。罗列夫之前到包面店里来吃面，是慕名去品尝那香辣可口的包面的，在他的印象中只觉得郑姑娘是一个平常平民百姓的女子。

她五官相貌倒是长得端庄，人很勤劳朴实，但他之前从未想过这个卖包面、收碗筷的姑娘与自己有什么关系。他对她谈不上有什么深的印象，但是听王夫人反复保举，他动心了，他此时很感激王夫人，感激她能为他和罗家的传宗接代所做的这一切。只要自己首肯这桩婚事，郑姑娘就可以给他生一大群儿女，那该多好啊！

把郑姑娘娶过来之后，是要与王夫人和我们罗家全家人共同生活的。一个男人同时拥有两个女人，同在一个屋檐下共同生活几十年，家庭关系将会变得十分复杂。郑姑娘是王夫人自己选定保举的，加之郑姑娘性格忠厚，家庭背景简单，这些都将大大地减少由于复杂的家庭关系而造成的各种矛盾。

罗列夫经过反复思考，十分乐意地答应了这门婚事。于是王夫人将郑姑娘带回罗家与父母见了面，罗的父母见到郑姑娘后，也非常喜欢这位勤劳朴实的姑娘。父母抱孙心切，于是罗的母亲要了郑姑娘的生辰八字，去找了一个算命先生定下一个黄道吉日，以期尽快完婚。

八字先生将郑姑娘的八字与罗列夫的八字排算过后，说郑姑娘的命是先苦后甜，命中子嗣较多，但与罗列夫的生肖"子午逢冲"恐有不吉之事，但"逢冲"也可以将"财库"冲开，罗家娶了郑姑娘，还可望给罗家带来更大的财运。

听了八字先生的话后，罗家觉得还是比较满意的，于是将婚期定在下个月的十八日。

婚期定下来了，为了不让自己这位新夫人受半点儿委屈，罗列夫准备把婚礼办得隆重些。但是，结婚的新房布置在哪里呢？这可让他颇费了一番心思……

金屋藏娇

罗家是在清朝乾隆年间"胡广填川"时从江西萍乡迁到四川来的，祖上来到这个小县城之时，先居住在东门外叫"凉水井"的地方的一个小院子里，后来抗日战争爆发，日本鬼子的飞机经常来轰炸通川桥，凉水井离通川桥很近，日本飞机几次丢下的炸弹险些炸掉罗家居住的院子，罗老太爷决定另外找房子，以躲避日本飞机的轰炸。

这时罗老太爷已经从东家的绸缎庄退休回家，退休时东家（也是罗老太爷的亲家）为了感谢他几十年勤勤恳恳、兢兢业业地操劳，给了他一大笔退休金。罗老太爷退休时，罗列夫已是腰缠万贯的大富翁了。罗家有一个传统，那就是作为子女的一旦开始挣钱有收入的时候，就要每个月向父母交孝敬钱。罗列夫每月都给父母交一大笔钱，一是表示作为儿子的孝心，二是罗列夫确实太有钱了，钱多到不知该如何花。罗家的日常生活开支，也是由罗列夫将钱交到王夫人那里，由王夫人来安排全家人的生活。因此罗老太爷每月只有收入，却无开支，加之一大笔退休金留在手上，不知做何使用。

罗老太爷盘算着将如何使用这一大笔的闲钱，这时正值日本飞机来炸，所以他决定另外买一处相对安全的房屋，再买些田地。他认为，中国几千年来，不管世事如何动荡，社会怎样改朝换代，土地都是永恒的不动产，地租将是十分稳定的收入，而且还可以将这些田地、房屋等不动产传给子孙后代。

罗老太爷主意已定，他将自己的决定告诉两个儿子。

罗列夫说："爸爸，钱是您自己的，您想怎么办就怎么办。"

罗文达却说："买房子躲日本飞机，为了全家人的安全，这是应该的，但土地应该归还给种田的农民，孙中山先生也说过，耕者有其田嘛。"

老太爷说："那些大道理我不懂，你哥老四现在是在挣钱，但三贫三富不到老啊！现在兵荒马乱的，时局又不稳，哪晓得以后是哪个样子？我现在手头上有这点钱，但是由于物价飞涨，这点儿钱放在那里，只会是越来越少，还是买些田地房屋比较放心些；二来以后你们的事业和生意不管怎样，有了田地就不会挨饿，这也是为你们留下一条后路……"

两个儿子见父亲执意要买房买田地，也就只好顺从了老人家的意愿。

但他老人家哪里知道哟，一心为了子孙后代而置下的田地房屋，在几年过后却使子孙后代成为无产阶级专政的对象——地主阶级，成了子孙沉重的政治包袱。这自是后话。

买房买地的主意一定，罗老太爷便四处托人，并亲自选择。他在离城三里外一个叫"桃花坪"的地方选中了一个四合院。这是一个典型的川东民居，木壁青瓦，青石院坝，房屋后面的小山坡上，竹木成林，郁郁葱葱。小山坡的上面是一个不是很宽却很长的平地，平地上有四川土著人不知在哪朝哪代修建的土堆窑洞，土窑洞是用大块砖（块砖之间用榫头联结，不用任何胶接材料）砌成圆拱形，留置门洞，然后再用黄土将整个窑洞堆起来。整个窑洞很像一座碉堡。一共有九个，每个之间相隔有一百米左右，当地人称它"蛮洞"。这里有一句顺口溜："桃花坪，九个包，转个弯弯就进城。"院子前面是一片平整的田地，不远处有一道小山，翠绿的洲河从山下流过，翻过这座小山就是日本飞机轰炸的目标——通川桥。这座小山刚好对这里起到了很好的保护作用。

这里离城不远，不到半个时辰就可以回到城里。全家大小居住在这里，就不怕日本飞机来轰炸了，至少全家人的安全都得到了保障。

罗老太爷认为这个地方真是太理想了，自己年纪大了，闲来还可以栽点花草，种点蔬菜，"采菊东篱下，悠然见南山"，过一种田园式的悠闲晚年。

买了房子他开始准备买地，有人给他介绍城北丁家坝洲河边上，有成片的田地要卖，他急忙坐上滑竿，亲自去看。这片田地就在洲河边上，离城十里左右，土质是洲河长期冲积的沙土，松软肥沃，地价也不算太高，几经讨价还价，很快成交。

房也买了，地也买了，手里还有一大笔钱，听说丁家坝这个地方还有几间瓦房要卖，他一口就应承了下来。丁家坝这个地方，山清水秀、土地肥沃，自家的主要田产在这里，以后少不了要经常到这个地方来。

他还准备把从小跟自己长大的侄子一家安排在这里，对产业也好有个照看。自己的兄长是晚清的秀才，可惜年轻时得病早亡，嫂子一直守寡、抚养幼子。侄子慢慢长大，也该结婚成家了。

加之以后自己来看庄稼、收租子，也好在这个地方能住上几天，在县城住了几十年，乡村的美景深深地吸引了他：金黄色的油菜花，粉红色的桃花，洁白的梨花、李子花，青青的麦苗，翠绿的小草，成群的鸡鸭，牛、羊在欢叫！

在城里，整天都提心吊胆地担心被日本飞机轰炸，几十年绸庄掌柜和记账先生的生涯，年复一年地与算盘、账本打交道。此时，他深感乡村的美景是这么迷人，令他心旷神怡。

想不到自己晚年还能过上神仙一般无忧无虑的田园生活，此时他感到自己买房置地的计划是完全正确的。

而罗列夫现在城里的住房是在一种极其偶然的情况下买下的：

一天下午，他和几位牌友在一起打麻将，牌兴正浓，手气又好。这时二娃出去给他买烟回到他身边轻声说："总经理，外面有个老太婆要见您。"

罗问道："是哪个？认不认识？"

二娃答："不认识，但她说是您的老熟人。"

罗说："叫她进来。"

随二娃进来的是一位五十多岁的老太婆，"罗先生，不好意思，打扰您了。"老太婆说道。

这时罗列夫刚好和牌，正在点烟，他看了一眼老太婆，觉得似曾相识，但一时半会儿又想不起来。只见老太婆五官端庄，面容慈祥，年逾半百，但风韵犹存，可见她年轻时一定是个美人。于是他问了一句："你找我有啥子事吗？"

老太婆回道："罗先生，你不认识我，我是蓉儿的妈呀！"

罗列夫听说是蓉儿的妈，忙起身热情地说道："原来是您老人家哟，十多年没见，变了，差点认不出来了。唉，您找我有啥子事吗？"

老太婆看罗列夫正在打牌，欲言又止，没有马上回答。罗列夫忙说："二娃，你先来陪他们打几圈，输赢都算我的，我陪老人家说说话。"

罗列夫把蓉儿妈领到小客厅，并为她沏好了一壶茶，说道："先喝一杯热茶，有事慢慢说，不着急。"

蓉儿妈说："今天来打扰，真对不起。"于是她慢慢地说出了来意：

"蓉儿出嫁后的第二年，她爸爸得了一场病就过世了，蓉儿的哥哥太不争气，整日游手好闲，又喜欢打牌赌钱，家里的几个钱都让他给输完了，现在只剩下我们住的几间房子。那个败家子哟，现在又想打这几间房子的主意，我只剩下这点家业了，要是让这个败家子给败光了，我一年年地老了，以后怎么活呀，所以我想找一个有经济实力的人家，把这几间房子卖给他，房钱不用一次性付完，每三个月根据我们的生活开支情况付一次，一次不能跟我们付得太多，不然那个败家子会来要，哎！"

"您把房子卖了，那你们住哪里呢？"罗关切地问道。

"我的房子是一个大院子，房子卖了以后，蓉儿那里给我留了两间偏房，我把房钱付给亲家，能住就可以了。"

"那蓉儿现在过得怎样呢？她晓不晓得您要卖房子？"罗又关切地问道。

"她夫家有几亩薄田，一年多少有点收入，勉强可以过得去，这一次决定卖房子，就是她叫我来找您的。"

"那您准备卖多少钱呢？"

"有几家来谈过，能卖到三十万就可以了。谈过几家，要么没那么多现钱，欠起我又不放心。要么就是虽然能够全部付完，这样钱我倒是收到了，但我又不放心我那个败家儿，所以我想就这个价格卖给您，剩下的房钱存放在您这里，您的经济实力和您的人品，我都是信得过的。"

罗列夫听她这样说，一种亲切之感油然而生。这是他终生难忘的初恋情人和她母亲对他的信任啊。

他略加思索就爽快地答应了，并主动提出把蓉儿的哥哥安排到公司里来，以便给予关照和监管起来，让他也好有个正当职业和正当收入。蓉儿妈喜出望外，连声道谢，说道："罗先生您真是一个好人，都怪我家蓉儿没有福气哟，缘分啊！"

罗列夫与她说完，回到牌桌上，见二娃又赢了一大堆钱，他顺手拿起牌桌上的钱，叫二娃数了一下，一共有五万。他把这五万块钱递给蓉儿妈说道："您老人家先把这点儿钱拿去，明天我叫田律师写个契约，这点儿钱就算是订金。"蓉儿妈拿起钱千恩万谢地走了。

田律师第二天将房契写好，罗让父亲将凉水井世代居住的老房子卖掉，因为这个老房子离通川桥太近了，好几次都差点被日本的飞机炸掉，太不安全了。

房契写好后，他来到这个院子收房子。

蓉儿娘家姓郑，所以这个院子叫"郑家院子"，罗列夫读书的时候曾经和蓉儿一道来过这里。

郑家祖上在清朝光绪年间是一个做官的，也算是个官宦人家。这个院子四周有高高的封火墙，院坝中间有假山、鱼池，阶沿下栽种着各种花草，院坝是用青石板铺就，左边长着茂盛的芭蕉树，右边两棵桂花树香气四溢。

可惜郑家从蓉儿爹过世之后家道中落，郑家少爷又不务正业、游手好闲，还沾上打牌好赌的恶习，而今蓉儿妈只得变卖祖业勉强度日。罗列夫在学生时代和蓉儿一起来过这里，当时给他留下的印象是这是一个书香门第，环境高雅优美。

十多年过去，他再来到这个地方，一切都没有变，只是要换主人。时过境迁，令他百感交集。

罗列夫就要迎娶郑夫人，新房选在哪里？离城三里的桃花坪是父母和他与王夫人的住处，为了在与郑夫人结婚时不让王夫人感到伤感，他不能把新房选在那里。

新买下的郑家院子是蓉儿的故居，蓉儿在他心中，是唯一保存着纯洁爱情的圣地，他不愿意只为了生儿育女而结婚的凡俗事来亵渎了这唯一的精神家园。

于是他把新房选在离城十里的丁家坝。这里山清水秀，环境优美，又远离王夫人。在这里他可以尽情地与郑夫人一起度过他们二人的蜜月。

新房选定过后，罗列夫想把婚礼办得热闹而隆重，他亲自坐上滑竿到丁家坝去安排布置新房。丁家坝离城十多里远，还要经过石龙溪，这里是进入大山的主要隘口，林木参天，地势险要，经常有土匪出没。罗列夫的婚礼物品甚多，那一天起码有几十个抬盒，为了安全起见，切实做好警卫工作，陈师长叫钱副官把警卫连的人全都调了过来。

阳春三月，百花齐放，三月十八日这天是一个黄道吉日，也是罗列夫第二次婚礼之日！十里迎亲路，三步一岗，五步一哨，沿途都有当兵的。当兵的腰上都系上红绸腰带，甚是喜庆威严；锣鼓唢呐吹吹打打，二十多个抬盒抬着各种生活用品，吃的、穿的、床上用品、各种器皿，样样俱全，甚是热闹壮观！

新郎骑上高头大马，红绸系腰；新娘坐着八抬花轿，十分豪华。在这20世纪40年代，大巴山的乡民们哪里见过这么大的结婚场面，纷纷前来驻足观看，个个称奇。小孩子跑前跑后，嬉戏打闹，更增添了迎亲队伍热闹的气氛。

陈师长、吴县长、商会的杨会长等达官显贵，坐着吉普车赶来；公司所有员工放假两天，全都跟在迎亲队伍的后面。整个迎亲队伍浩浩荡荡，声势浩大，足显罗家的尊贵和富有。

罗列夫和郑夫人在丁家坝度过了使他们终生难忘的蜜月。天遂人愿，罗家第一个后代降生了，婚后郑夫人先给他生了个女孩。给全家带来了极大的喜悦，但两位老人多想要个孙子啊！罗家几代单传，到了老太爷这一辈，本来他还有一个哥哥，但年仅中年就撇下一个孤儿便撒手而去。他多想罗家兴旺发达、人丁兴旺啊！于是他给这个宝贝千金取了一个完全表达自己心愿的乳名——招弟。

时隔一年多，正值抗日战争胜利的一九四五年，全国全民族都沉浸在抗战胜利喜悦里，一个小男孩在全家人的期盼中，在姐姐的招唤下，降生在罗家。

罗家全家老少无比喜悦，罗老太爷更是喜不自胜，罗列夫对父亲高兴地说道："爸爸，你来给你孙子取个名字吧。"

老太爷摸了摸有些花白的胡须，喜笑颜开地说道："你是他爹，书名你取，乳名我来取。"

他略加思索后说道："抗战胜利了，我也儿孙满堂了，夫复何求，就叫'庆福'吧！"全家人听后都拍手称好。

郑夫人后来又给罗家生育了一个儿子和一个女儿，这是后话。

想到这里，看现在自己身陷囹圄，真是让人感到世事多变，令他唏嘘不已，感慨万千！

罗列夫在狱中又等了半年，法院终于又开庭审理他的案子。这次法院判了他十五年有期徒刑。他刚开始还是不服，这时周局长来劝他说："罗先生，你的案子只要能判个有期徒刑，我们几个袍哥兄弟就能帮你办个'保外就医'，算了，十五年就十五年，反正你很快就可以出来，这件事包在我们身上！"

罗列夫听周局长这么一说认为也有道理，那就认了吧。凭他的为人和各种社会关系，以"保外就医"的方式出狱应该是没有啥子问题的，于是他息诉服判，耐心等待出狱的消息。

坚贞不屈

一九四八年的年初，杨于棠、罗文达，还有川东地工委书记冉一智，他们领导群众把革命运动搞得如火如荼。他们组织农村的抗丁抗粮、武装暴动，县城的罢课、罢市，还组织师生到县政府和专署去示威请愿……但是，革命形势越是高涨，他们几个就越容易暴露。特务把他们几个都列入了立即予以逮捕的黑名单。

党组织从内线得到这个消息之后，立即召开会议研究对策，地工委书记冉一智说："为了避免不必要的牺牲，凡被特务列入黑名单的同志必须马上转移。"

于是罗文达他们转移到了下川东的开县去继续开展革命工作。罗文达身穿一件学生装，手里提着装着衣物的行李箱，告别了父母，与杨于棠两人一道踏上了去开县的小路。

他们刚走到桃花坪村口，一条大黄狗跑了出来，将罗文达的裤子死死地咬住不松口。这条大黄狗以前见到他的时候，总是摇头摆尾以示亲热，但这次大黄狗将他的裤子都咬破了，还是不肯松口，直等大黄狗的主人出来拿起木棍打了几棍，大黄狗才依依不舍地跑开……

大黄狗哟，难道你真的有灵性，舍不得他就这样一去不复返吗！罗文达只得又再次回到家中换掉被狗咬破的裤子，与杨于棠一道重新踏上新的征程。

"风萧萧兮易水寒，壮士一去不复还。"这一去，他永别了家乡，永别了父母，永别了日夜思念他的恋人。

他们三人在下川东工委的安排下，在开县县立中学以教师的身份安定下来，开县中学的革命基础很好，第一届学生刘伯承曾在这里树起"拯民于水"的革命志向，后来成为一颗璀璨的帅星；抗战期间，学生们在地下党的领导下，先后成立了"启民剧社""江涛剧社""新生剧社"等进步团体，多次演出抗日戏剧，进行抗日宣传。

杨于棠、罗文达来到这个学校之后，很快在学校发展了党的组织，并建立了中共开县中学特别支部。冉一智、杨于棠、罗文达等人代表下川东地工委对开县县委进行了整顿和组织，冉一智任下川东地工委书记，杨一棠任下川东地工委委员兼开县县委书记，罗文达被任命为县委组织委员（不设组织部长）。

阳春三月春意盎然，大地一派生机勃勃，罗文达来到开县已有两个月了，他这次出来没有跟冉雪芳和父母细说原委，只说有点急事要离开一段时间。在国统区白色恐怖的环境中，地下党有着严密的工作纪律。

他给冉雪芳和父母亲分别写了长长的一封信，在信中他只说因有一关系甚好的老同学在开县一所中学里刚当上校长，盛情邀请他到这个学校任教，算是帮老同学这个忙，所以他不好推脱，离开了家乡和亲人来到这里。

本来冉雪芳和罗文达双方的父母正在为他们筹办婚事，原定在今年暑假期间就要举行结婚仪式，看来婚事又无法如期举行了，他对她深感内疚，他觉得辜负了她对自己的期待和厚爱。但是作为一个革命者，当自己真正树立起坚定的革命信仰之后，自己的一生包括生命都交给了党。怀着献身于推翻黑暗专制统治，实现共产主义理想的远大抱负，个人的私事都是小事。

罗文达、杨于棠、冉一智他们积极组建"川东游击队"，在积极分子中发展党员，壮大革命队伍，组织群众抗丁、抗粮、罢课、罢市，将下川东地区的革命工作搞得如火如荼。

当下川东地区革命运动搞得热火朝天、轰轰烈烈的时候，不料重庆市工委主要负责人刘国定被特务逮捕，他禁不起敌人的威胁利诱和严刑拷打，供出了下川东的负责人冉一智，而冉一智也同样成了可耻的叛徒，供出了杨于棠、罗文达等一大批党的干部和党员。

下川东地区的六月，是一个灾难的日子，一九四八年六月十六日的夜晚，敌人对被叛徒出卖的党员干部进行了大搜捕，几十名党的优秀儿女落入了敌人的魔掌。

川东的六月，正是春去夏来的季节，百花即将凋谢。在开县警察局的刑讯室里，罗文达与杨于棠被五花大绑地捆在木柱上。"杨书记、罗委员，你们不好好地当老师，去搞啥子暴动，啊！说吧，把你们晓得的都说出来，免得皮肉受苦！"警察局的黄局长嘴里叼着一支烟冷冷地说道。

杨于棠和罗文达微闭着双眼，没有理睬他。黄局长见他们不吭声，走到罗文达的身边，说道："罗委员，共产党的组织委员，哈哈，说说你发展了哪些人加入到你们的党！组织委员嘛，嗯，专门是管人的啰，肯定知道哪些人是共产党！啊，你都把他们给我说出来，嗯。"

说完又指着杨于棠说道："杨委员，县委书记、共党头目，领导干部，哈哈！看你们两个文弱书生，年纪轻轻的，你们可还是我娃儿的老师哟，我儿子还说你们书教得好。当个教书匠多好嘛，还参加啥子共产党嗨，你们这可是犯了杀头之罪哦！可惜，可惜！"他边说便摇了摇头。

这时他突然转过身来，怒目圆睁冲着罗文达穷凶极恶地大吼了一声："说！"

罗文达看了他一眼，冷静地说道："吼啥子吼，我要说的你也听不懂。"

"那你说。"黄局长急切地等待。

罗说："欧姆定律、三角函数，我一个教书匠，就知道这些，这些你听得懂吗！"

黄局长愣了一下说道："罗老师，你书教得好，这我知道，那你就好好地教书嘛，何必去搞啥子暴动，反对政府，与党国为敌呢？我是没有读过多少书，你讲的那些我是不懂，可是你应该把你懂的这些知识教给那些学生娃娃呀，让他们学懂这些多好啊！罗老师，可惜啊，你还是要好好想一想，把该说的都说出来吧！"

他又对杨于棠说："你是他的领导，先做个样子给他看，先带个头，早说早出去，那些学生娃儿还在等你们去上课呢。"

杨冷笑了一声答道："今天进来了，落在你的手里，就没有打算再出去，要杀要剐随你的便。"

"我晓得你们共产党人骨头硬，嗯，但也有识时务的人哟，我让一个人来劝你们，他可是你们的同党，还是你们的领导哟！他就会识时务，我这是看到你们两个是我儿子老师的份儿上，我才做到仁至义尽！"

说到这里，他拍了一下巴掌，于是小特务带进来一个人。这个人低着头低声地对杨、罗二人说道："老杨、小罗，你们要听局长的劝，把你们晓得的都说了。"

杨于棠和罗文达抬起头来瞅了来人一眼,杨于棠带着愤怒和鄙夷的神情说道:"冉一智,你这条没有骨气的疯狗,呸!"

冉一智面带愧色地说道:"酷刑难耐啊,好汉不吃眼前亏哟,那些刑罚比他妈的要命都难受,实在是……啊!"

这时,罗文达对冉一智吼了一声,"可耻,滚!"

冉一智低着头摇了摇,轻声说道:"等会儿你们坐上老虎凳就晓得了。"边说边走了出去。

黄局长对杨、罗二人说道:"给你们免受皮肉之苦的机会,你们不珍惜,硬是要当死硬分子,可惜,可惜!"

又对几个打手说道:"给老子大刑伺候。"说完就走了出去。

在这阴森森的刑讯室里,杨于棠和罗文达饱受了敌人的老虎凳和电刑之苦,那是一种什么样的酷刑啊!撕心裂肺地疼痛,有生以来,他们的身体从未遭受过如此野蛮的摧残。政治啊,为了征服对方,把人类最为残酷的办法发明出来,使你的身体遭受痛苦,想把你的灵魂征服!

但是,他们用年轻的身体和坚强的意志硬是挺了过来,党的县委书记和组织委员,有多少党员同志和亲密战友在他们的心中!几次昏死过去,敌人又用冷水把他们浇醒,他们咬紧牙关,嘴唇都咬出了血印。他们深知,他们坚守的可是自己这些同志们的生命线啊!

老杨与小罗互相交换了一下眼色,这是战友之间互相的鼓励、互相的赞许,充分的信任、无限的深情!

对方的眼神,多么真诚、多么珍贵。此时此地,在这非常的时刻,在这特殊的环境,这种充满信任的眼神交流,给双方增添了无穷的力量,身受酷刑,对于共产党人的铮铮铁骨又算得了什么?

开县警察局用尽各种威胁、利诱和酷刑都无法让杨于棠和罗文达开口,于是,重庆西南长官公署通知他们把杨于棠、罗文达秘密押往重庆歌乐山"中美合作所'渣滓洞'集中营"去。

在这里,他们度过了生命中最后的一年半的时光;在这里,他们见到了很多和自己一样年轻的同志；在这里他们感受了国民党政治的黑暗。

在这漫长的牢狱生活之中，最让罗文达挂心的是自己的家人和那深爱着自己的恋人。父母年逾古稀，长兄如今还在绥东的牢狱之中，他们如何能经受得住仅有的两个儿子都被关进监牢的现实！这样残酷无情的事实对于两位老人的打击实在是太大了。

自己还这么年轻，才二十多岁，正是风华正茂的年龄，从小学、中学到大学，寒窗苦读十多年，学到的知识还没有回报祖国和社会。二十多岁的年轻人啊！人生的道路还漫长。自己所信仰的共产主义，已经露出灿烂的朝霞，为之艰苦奋斗创建的新中国已经诞生。在黑暗中历经艰苦跋涉的崎岖山路，眼看就到了尽头，黎明前的黑暗即将过去，曙光就在前面，这一切自己也许不会亲眼看到了，多么可惜，多么遗憾啊！

他更觉得对不起冉雪芳，他辜负了她的一片深情。想到这些，悲从中来，常常在夜深人静的时候，心如刀绞，热泪盈眶。

他非常痛苦，但是没有后悔。因为他深知自己是一名革命者，是一名光荣的中国共产党党员。此时此地、此情此景，他百感交集。这时，一股悲壮之情在心中涌动，此时此刻他不能浑毫泼墨，只有在心里反复的默诵：

> 能悲亦喜真豪杰，
> 苦恋多年伤离别。
> 风华正茂狂风摧，
> 多彩人生悲夭折。
> 慈母含泪呼儿归，
> 老父捶胸心滴血。
> 天边彩云褶生辉，
> 恰似朋辈皆壮烈！
> ……

子夜深沉

　　罗老太爷婚后共生育了十个子女，但最终长大成人的就只有两儿两女。大女儿潜心信奉佛教，终身未嫁，年仅四十二岁就得病早亡；四女儿婚后因生产时大出血，母女双双不保。

　　让他感到无比欣慰的是两个有出息的儿子：大儿子罗列夫在当地可算得上是商界英杰，足可让罗家光宗耀祖，富裕风光；幺儿罗文达天资聪慧，又十分懂礼孝顺，当代大学生，可谓天之骄子，前途无量。

　　但这两个宝贝儿子前后相隔不到三年就双双深陷监牢，都惹上了杀身大祸。前世做了啥子孽哦，老天要把这样大的灾难降临到自己的子女头上！年届古稀，老年多难，有啥子罪过嘛，老天来惩罚老夫吧！莫让我的儿女们来承担如此大的灾难啰！

　　罗老太爷和老伴整日以泪洗面，罗老太婆天天念佛祈祷："南无观世音，大慈大悲救苦救难的菩萨哟，免除我两个儿子的灾难吧！要遭啥子罪，菩萨来惩罚我吧！"

　　罗列夫的两房妻子，带着一个五岁的女儿和一个三岁的儿子，也是整日忧心忡忡，以泪洗面。

　　王夫人是这个家唯一有文化的年轻女人，她不但要安慰悲痛欲绝的公公和婆婆，还要出去应聘教师职业，挣点微薄的工资补贴家用。由于列夫和文达均已深陷囹圄，已没有经济来源，家里八口人，现在只能靠原来的积蓄和一点地租过日子，为了丈夫和小叔子的案子她要四处求人，处处都要打点，坐吃山空啊！

　　丈夫和小叔子连连遭事，家里已失去了顶梁柱，郑夫人要抚养两个幼小的子女，原来请来的佣人已全部解雇。煮饭、洗衣、打扫卫生、带娃儿等一切家务事全由她一个人来承担。加之娘家养父养母也是年老多病，郑记包面店早在几年前就已关闭。夫家遭受这样大的灾难，已是泥菩萨过河——自身难保，那还顾得上他们呢？两位老人的生活已无其他经济来源。全靠她在忙完家中的家务事之后，帮人做点针线活，或帮人洗衣服挣点微薄收入，悄悄地周济养父养母。

郑家院子，这座曾经充满欢乐、幸福、热闹的高墙深院，桂花树仍然飘着沁人心扉的花香，芭蕉叶还是那么充满生命的翠绿，假山鱼池中的金鱼仍然在悠然游动。但这一切，都更加显得这座高墙深院的冷清甚至有点阴森恐怖。

郑夫人和王夫人还住在这里，两个年轻的女人守着两个幼小的孩童，在这冷清恐怖的大院里是否安全？公公和婆婆极为担心，所以让他们搬到乡下去和父母亲住在一起，全家也好互相有个照应（他们这一搬出来，到了桃花坪，就再也没有搬回来，到后来，全家就属"农村户口"）。

常言道，"夫妻本是同林鸟，大难来临各自飞"。罗家遭受如此大的不幸，她们除了悲伤，全家人没有互相埋怨，他们互相安慰、互相体贴，用最朴实的信念相信，自己没有做什么亏心事，命运总会得到改变，期望中的好日子一定会到来！两个聪明可爱的孩子就是他们全部的希望！人一旦有了希望。面对再大的不幸都有了生活下去的勇气。

炎热的夏天，牢房的气温异常闷热，罗列夫和他的狱友小雷正在天南海北地漫谈。小雷刚满十六岁，这个还未成年的青少年，看上去有些清瘦，但两眼透着坚毅的目光，是因为参加共产党领导的"龙潭暴动"而被捕入狱的。

刚被抓进来的时候，警察对他施以"吊鸭儿浮水"的严刑拷打，这个瘦弱的少年不但毫无惧色，反而破口大骂警察。

罗列夫由衷地感动，同时对他还有着几分敬佩。自己的弟弟不是也和他一样吗？是什么力量能让一个人如此坚强？

后来他通过狱中的朋友、以他来开导为由，把这个关进黑牢里的少年"土匪"要了过来，同他住进了这个受特殊优待的牢房。他所住的牢房通风采光都比较好，不但可以读书、写字，还可以接待客人，只要不走出监狱的大门，他在这里也算是比较自由和享受特殊优待了。

罗列夫问他："小雷啊，你年纪还这么小，正是读书的年龄，怎么不好好读书而参加共产党的暴动呢？"

小雷说："因为我是一个革命者呀！"

"那你为什么要革命呢？"

小雷说："中国之所以贫穷落后，老百姓之所以处在水深火热之中，是因为蒋介石国民党独裁所致。蒋介石国民党是为少数官僚资本家和地主谋利益的，不顾人民大众的死活。因此，国民党反动统治是最黑暗的统治！只有把这个黑暗的统治推翻，人民大众才能得到解放，国家才能富强。现在全国的革命形势一片大好，黑暗就要过去，曙光即将来临，用我们的话说，那就是'天就要亮了'，等到天亮之后，我再去读书，我要读完中学再上大学。我喜欢文学，我要用我学到的知识和我的天赋创作出中国近代的名著！要向罗贯中、曹雪芹、鲁迅、郭沫若、邹韬奋这些人一样，在中国的文学史上留下自己的痕迹……"

罗列夫神情专注地倾听小雷畅谈人生、理想，他感到眼前这个年轻人太像自己的兄弟了。自己的弟弟在谈起理想、信仰、人生的时候，也是那么热情朝气，充满了高昂的激情。小雷又是一个充满理想、信仰，被共产主义"赤化"的青年人，理想和信仰对于他们来说高于亲情、爱情甚至宝贵的生命。

罗列夫此时似乎明白了什么，但好像什么也没有搞懂。他曾是一名国民党员，甚至还加入了复兴社，他受到的是三民主义的政治教育。对于共产主义，他认为那只是年轻人狂热的理想罢了！要使国家富强、民众幸福，那就是走"实业救国"之路。科学要昌明，教育要发展。要做到这些，必须要有一个稳定的社会秩序。

共产党闹学潮、搞暴动，造成了社会秩序的动荡。他不能理解，也不可能赞同。

但小雷和他弟弟指责国民党贪腐成风，只维护蒋、宋、孔、陈四大家族少数人的利益，而广大民众却生活在水深火热之中，这确实也是事实，他此时的思想很矛盾。

他感到迷茫和困惑。他不相信共产主义，但他所接触过的共产主义信徒都是很好的人，其中当然包括他亲爱的胞弟。他信仰三民主义，也曾为"实业救国"的理想去努力实践。但三民主义的信徒确实有很多人成了贪官污吏！

在狱中，从年龄上看，他比小雷要大二十多岁，但他把他当成自己亲爱的小弟。通过交往，小雷也觉得罗列夫对人讲诚信，是一个富有正义感的老大哥。况且当小雷知道这位老大哥的兄弟是一位共产党员，同样为了革命被特务逮捕之后，对他更加多了几分尊敬。在一年多的牢狱生活中，他们这对同监难友，结下了终生难忘的珍贵情谊。

朝阳如血

罗列夫知道自己亲爱的小弟被捕的消息后非常着急，一天，王夫人来监狱看望他，他问王夫人："小弟有啥子消息没有？"王夫人从口袋里拿出一封信交给他，他忙打开信，上面写道：

伯父、伯母，你们好！

我是罗老师的同事和好友，我们同在一个学校教书，罗老师与杨老师常常下棋至深夜，县警察局以冉老师供出他们有"赤色"嫌疑为由将其逮捕，几经刑讯无果，警察局说已将他们二人押往重庆。

我与罗老师友谊甚厚，况我敬佩他的人品，特来信告知伯父、伯母，望伯父伯母节制悲伤、保重贵体，尽量想法营救！

您们二老儿子的朋友——赵国安拜上

四八年六月二十五日

小弟已押往重庆，这是一封小弟的朋友写给父母的信，罗列夫看完这封信，沉思良久，他在重庆确实有些朋友，但他已经入狱三年了，这些朋友基本上没有再来往过。

这时他突然想起一个人来——周林，自从周林调到张晓康那里之后，他们时不时还通过信。张晓康在粮食部军粮调运处当处长，因为"军粮焚烧案"受到牵连而被免职。

张晓康何许人也？当他还在处长的职位上的时候，早就利用职务之便搞起了运输业务。从处长职位下来时，正值抗战胜利后原先在抗战时期迁到陪都重庆来的下江人（指长江下游武汉、南京、上海等地的人），都要迁回去。他们不但人和家要迁回去，而且很多老板还要将厂子迁回去。这将会是多么大的一个运输需求啊！这又是多么好的一个商业机会！他必须要牢牢地抓住这千载难逢的发财商机！

于是凭借他和孔祥熙的亲戚关系，贷来了款，买来了船，正式成立了一家长江水运有限公司。

抗战结束后，国内暂时没有了战争，他又找关系从军队上低价买来十几辆美国产"道奇"军车。

因为他当了这么多年的军粮调运处处长，对运输业务太熟悉了。周林给他当了几年秘书，在重庆陪都，周林与他一道出入各种高级社交场合。周林有文化，人漂亮，经过各种场合的熏陶，已经出落得亭亭玉立、落落大方、雍容华贵了，张晓康很多业务的洽谈、应酬都有周林的功劳，他们真是珠联璧合，配合得十分默契。

张晓康的公司水上运输忙、陆上忙运输，一股银水直往包里流来。

罗列夫入狱的第二年，张晓康和周林搭乘运输车来看望过他，张晓康对罗列夫说："四哥（这时他顺着周林对罗列夫的称呼），军粮加工对你来说是好事变成了坏事，我也为此丢了官。但对我来说却是坏事变成了好事。我现在可以光明正大地专干我的运输业务了，也不担心哪个来说我的闲话。哈哈！"

罗列夫对张晓康说道："由于我的原因，使你受到牵连，惭愧啊！我也就只好说一声对不起老弟了。"边说边摇了摇头。

张晓康忙说："哪里哪里，要不是免了职，我哪有这么多的精力和时间来专心搞运输啊，是你帮我发了财哟！"

他边说便摸出一张填好了的支票给罗列夫，说道："你现在正是用钱之际，这点儿钱，你先拿着，如果以后有啥困难，再给我打招呼。"

罗列夫忙说："我怎么能要你的钱呢？不行不行。"边说边坚决地拒绝。

这时周林从张晓康手中拿过支票，跟罗列夫说道："四哥，就当是小妹的心意了，收下吧。"

张晓康连忙说："四哥，你是我的兄长，我现在可是你的妹夫了哦，你给了我一个这样好的妹妹，这几年我能发点小财，你妹子可是功不可没哦！"

周林听张晓康这么一说，脸一下子红了起来，说道："四哥，现在你是有难处，正需用钱，收下吧，我已经去看望了干爸和干妈，也给他们二老敬了点孝心。"她边说边将支票放在了桌子上。

罗列夫还是没有去接支票，嘴里喃喃地说道："命运哦，缘分哦，哎！"

罗列夫让王夫人到重庆去找周林和张晓康，并同时写下了其他几个朋友的姓名和住址。为了营救小弟，他虽心急如焚，但也就只好先让王夫人到重庆摸清情况再说。

王夫人到了重庆，找到周林，周林通过各种渠道摸清了情况：从川东各县送来的共产党、政治犯都是军统直接在管。军统和美国人在重庆歌乐山下征用了大批民房，开设了专门的特务机构"中美合作所"。方圆几十里都不准人进入，所有的政治犯都被关押在这里，戒备森严，外人根本无法进入。据说杨森市长的侄女都关在这里，也没有放出来。

王夫人从重庆回来，可谓无功而返。她把这些情况告知了罗列夫，罗列夫确实也没有啥子办法了。罗列夫对王夫人说："只有再找人打听，静观事态变化，也许以后判个有期徒刑，到那时再想办法把小弟营救出来。"

让我们永远记着这两个悲痛的日子吧：

一九四八年六月十六日，这是罗文达被捕的日子，从这一天起，他失去了自由，惨遭各种酷刑，在渣滓洞这口活棺材似的牢房里，度过了长达一年半的牢狱生活。

一九四九年十一月二十七日，震惊中外的"一一·二七"集体大屠杀发生了，这是年仅二十九岁的罗文达同几百名难友牺牲的日子。

山河悲鸣、苍天垂泪，歌乐山下几百名朝气蓬勃的年轻生命顷刻之间在敌人的机枪扫射下，血流成河、尸横遍野，他们用自己青春的身躯铸就了永恒的丰碑！在熊熊的烈火之中得到了永生。

如今歌乐山下、红岩广场，游人如织，后来者怀着崇敬的心情，向他们表达最崇高的敬意。

一本《红岩》小说，在中国大地上广大的青少年中广为流传；

一曲《红梅赞》，唱响了祖国的神州大地，流传至今；

一首《共产党员的自白》，那充满革命激情的光辉诗篇，使无数的青少年坚定了革命意志、陶冶了革命情操！

罗文达的书信："二十世纪，是一个伟大的时代……"在红岩纪念馆的正面墙上闪闪发光……

江姐、陈岗、双枪老太婆、许云峰……这些带着传奇色彩，耳熟能详的英名激励了中国几代有志的热血青年！在这些青年之中后来又有多少人成了科技尖兵、劳动模范、国家栋梁。

罗文达、杨于棠，你们的英名和江竹筠、陈然他们一样，将永远记载于共和国英烈名录之中。你们的身躯已经化作了伟岸的青山，你们高尚的品德铸就了永恒的"红岩魂"！

一九四九年年底，随着蒋介石政权的土崩瓦解，一个崭新的时代已经到来。

此时，罗列夫度过了长达五年的牢狱生活，和小雷终于走出了囚禁他们的监狱大门……

一九五〇年的春节快到了，冉雪芳来看望两位老人，罗老太婆拉着她的手亲切地说道："女儿啊，都怪我们罗家没有福气哟，让你苦等了这么多年，对不起哟！"

冉雪芳说："伯母，文达不在了，我永远都是你们的女儿，您老要保重身体。"

老太婆看着冉雪芳，不停地点着头，眼里饱含着悲痛的泪水。

这时，罗家的四合院里锣鼓喧天，鞭炮齐鸣，当地政府来给"烈属"拜年。

罗列夫忙给客人们让座递烟；王夫人和郑夫人忙着端来凳子，热情地招呼着客人，还给来的客人每人煮了一碗热气腾腾的荷包蛋。喜欢热闹是孩童们的天性，招弟和庆福姐弟俩看见自家来了这么多客人，很是高兴，他们看见这些客人握着爷爷的手，很尊敬地跟爷爷在说些什么，只见爷爷流着眼泪，不停地点头。他们不全知道大人们的意思，只晓得他们从小就非常喜爱的叔叔牺牲了，但他们不知道"牺牲"这两个字是什么含义。大人们对他们说，从小抱他们、亲他们、逗他们玩的叔叔永远不会回来了！因此他们也感到十分伤心，似乎明白了爷爷奶奶流泪的原因。

罗家收到了一张《烈士家属优待证明书》和三百斤大米的抚恤粮，当地政府敲锣打鼓地把这些送到罗家，并把一块漆黑发亮、烫着金黄色的"光荣之家"四个字的木质匾额钉在了罗家堂屋的大门之上。

罗老太爷同时还收到了一张"人民代表大会特邀代表证"。罗老太爷双手发抖，捧着这张沉甸甸的"代表证"，老泪纵横，口里哽咽着不停地说道："儿啊，儿哟，我的幺儿哦！"

天边美丽的彩云，在阳光的照射下，周边像镶嵌了一条金红色的彩带，它好像沁润着志士们的心血和汗水、青春和爱情，甚至是生命和鲜血！在和煦的春风吹拂下，从遥远的天边飘来。

新的时代来到了，犹如汹涌滚滚的春潮，承载着多少仁人志士的抱负、理想和希望，终于在20世纪50年代初来到了神州大地。在这滚滚的历史潮流之中，它将给罗家带来了什么？罗家人的命运又将会是如何？

第二篇
青春万岁
DI ER PIAN
QING CHUN WAN SUI

金秋硕果

宽敞明亮的会议室里，坐满了参加会议的人员。主席台上，罗东明正在作重要的发言。他用他那极富男性特色的声音说道："……现在这个时代，是中国历史上最好的时代，纵观上下几千年的历史，没有哪个时代可以像现在这个样子。

第一，完全免除了从古到今几千年来应由农民交纳的'皇粮国税'。为了提高农民种粮的积极性，国家倒给种粮户补贴。

第二，为了让人民大众都能享受改革开放的成果，对于生活困难、收入偏低的一部分人发放一定数额的低保金；只要到了退休年龄，就可以按月足额地领到退休金；生了病而住院的，也可报销一定比例的医药费。总之，生、养、病、老都有了保障！

第三，任何时候都没有像现在这样言论自由，人们可以畅所欲言，政治民主，人民真正可以当家做主人！

第四，'三大差别'正在缩小，绝对贫困正在消除……人民群众的物质生活和精神生活都得到大的提高。人民大众现在需要什么？人们的需要就是市场的需求！紧紧地抓着这种需求，就是抓住了商机……"

罗东明的讲话逻辑严谨、语言精辟，他停顿了一会儿继续说道："关于人们的衣食住行，我现在重点说一下'行'的问题。

随着人们物质生活水平的提高，有车有房成了人们特别是年轻人的基本需求。一个男人，从小就喜欢两样玩具，一是'枪'；二是'车'。"说到这里，他点上一支烟，慢慢地端上茶杯呷了一口，继续说道："人们有了车，现在很多人都有了车，这么多的车开出去要停放啊，停在哪里？乱停乱放可是要被交警拖移或贴罚单的哦！"

"不知你们注意了没有，"他扫视了大家一眼，问道："这是一个多么急需要解决的需求啊！这里面隐藏着多么大的一个商机——建停车场！而建停车场需要场地，现在的城市是寸土寸金啊！哪来的场地呢？"他停顿了一下，略作思索地自问了一句。

随着又将声调提高地说道："向地下要场地，建地下停车场！"

这个时候所有的人都在专注地听他讲话，随着他的音律在不由自主地微微点着头。他极富口才，他那抑扬顿挫的声音可以把听众带进一个广阔的想象空间，能让你的思维随着他的思路去思考。

他接着又说道："建停车场如何实施，这就是今天开会要讨论的主要议题，请大家畅所欲言。但要强调一点，这个项目是刚被提出来的，属于企业的商业秘密，任何人只能在这个会上说，不得随意外传，这要作为一条会议纪律来约束。"

会议开了近两个小时，散会过后，他又约了几个高管人员把公司的其他几个问题做了研究。

这个时候天色已晚，整个城市华灯初上，于是他开着车回家去。他本来配了一个专职司机，但是他喜欢自己开车，也不愿意司机自己的出行而受到过多的约束。

他开着车行驶在流光溢彩的大街上，随着如潮的车流缓缓而行。作为这个繁华城市中的一员，他经营着自己的企业和如日中天的事业，并在事业中创造了不菲的财富。有了爱车、住房、年轻貌美的娇妻和娇妻给自己生育的一个活泼可爱的幼子，这一切对于一个土生土长的农村娃来说，他感到十分满足。一种愉悦的心情随着车内悦耳动听的音乐，伴着他轻快的歌声弥散开来。对于这一切他十分知足，他懂得"知足常乐"这句话的深刻含义。

"亲爱的，回来啦"。回到家里，迎接他的是爱妻温柔的问候。他首先拥抱了一下自己的妻子，亲吻了自己的宝贝儿子。娇妻已将晚饭煮好，一家三口边看电视边吃着可口的晚饭，真是其乐融融。吃完晚饭，他倚靠在阳台的扶手上，点上一支香烟，悠闲地抽着……

他的住房在翠屏山下，依山傍水，房前一条大河从东而来。这条大河发源于崇山峻岭的大巴山，经过绥东，再流入渠江，然后在合川汇入嘉陵江，直到重庆与长江汇合。

都说天下江河向东流，而这里的河水却恰恰相反，州河自东向西而来，在翠屏山下停了下来,向西北方向绕了一个弯,流到白塔山下,再向西南方向流去。

州河的下游，建了一座梯级的发电站，这个电站有一个好听的名字——金盘子。电站的大坝使奔腾湍急的河水一下子就变得平缓温柔起来，将大河变成了大湖。河的对岸是繁华的老城区。此时已完全入夜，万家灯火和各种美艳的霓虹灯倒映在湖中，像是满天的星斗坠入水中，随着湖水的波动，它们调皮地眨着闪亮的眼睛。

住房的后面是长满了各种花草树木的翠屏山，此时倦鸟归来，山风慢起，蛙声随风传来，好像远离了都市的嘈杂而置身在远郊的山林。面对这美丽的夜景，罗东明突然来了诗兴，走进书房，挥毫而就：

知　足
半是青山半是城，
一江秋水自东临。
娇妻幼子长相守，
最是人间有福人。
……

有比较才有鉴别，只有经历过痛苦磨难的人，才能真正体会到现在生活的美满和幸福。

艰难求学路

20世纪50年代初，罗东明在新中国成立后不久的一个冬天来到这个世界。罗家几代都不是农民，罗列夫曾毕业于重庆高等工科学校，现在又是革命烈士的胞兄，一家八口人，老的老，小的小，三百斤的抚恤粮眼看就要吃完，生活的重担压得他实在喘不过气来。于是他买来几架织布机，招来几个工人师傅，开始织起布来。卖布所赚来的钱很微薄，养活八口之家实在困难。这个时候，他想起一个人来，时任地委组织部副部长的何进盛，他是胞弟罗文达的战友，当他找到何部长时，何热情地接待了他，并马上给他写了一张便条：

绥东水电公司
　　罗列夫先生系罗文达烈士之胞兄，望能在你公司给予安排工作。
　　　　　　　　　　　　　　　　何进盛
　　　　　　　　　　　　　　　1951年7月10日

　　他将便条递给罗的时候说道："罗先生，水电公司原来是你创建的，现在收归国家，你对那里的情况很熟悉，就到水电公司去工作吧。嫂夫人学的是师范，就在当地教书吧。"

　　罗十分感谢。从何部长那里回来之后，就到了水电公司。在这里工作了一年多的时间。后来各单位在对干部队伍进行清理时，说他参加工作的手续不全予以辞退，罗再次失业回到家里。他只好又去找何部长，这一次他带上了自己的学历证和烈属优待证。到了地委组织部，组织部的同志说何部长已调到中央党校去了。组织部的同志认真地看了罗的毕业证和优待证，又给远在北京的何部长打了一个长途电话。然后热情地对罗说："你家是烈属，你本人又是知识分子，学有专长，符合参加工作的条件。"说完给他开了一张正式的介绍信，并加盖了鲜红的印章，说道："你到绥东县人委（县政府）去报到。"

　　就这样他很快被安排到县人委工作；王夫人一直都在学校教书；罗老太爷和老夫人因年事已高，经不起失子之痛的打击，在相隔不到五年的时间里先后离开了人世；郑夫人带着三个未成年的小孩，还要参加农业社的劳动，很辛苦。

　　罗家在土改划分阶级成分时，因为罗老太爷在解放前买了一些田地的缘故，因此被划成了地主成分。

　　罗东明就出生在这样一个复杂的家庭，家庭出身地主，但又是烈属。家里所有成员都未当过农民，而他一生下来就在农村，是一个土生土长、不折不扣的农民。但他又是那种不安于现状，不愿平庸过完一生的性格。这就注定了他的一生，将会成为一个有故事的人物。

　　五十年代末，罗东明在公社中心校入学读书了，教他的老师是一个长得漂亮而极富母性温柔的女老师。女老师姓陈，她有一个和她人一样美的名字——

陈靓美。年仅七八岁的学生们很喜欢自己的老师。

　　罗东明读的是一年级"甲班"，学校是刚从州河边上的废庙——白马寺迁过来的。新学校的教室是用红砖、红瓦建成，教室里窗明几净，崭新的课堂还散发着油漆的味道。陈老师不但教他们的语文，还教他们的音乐。每当陈老师脚踏风琴，用她那甜润的歌喉教他们唱歌的时候，学生们都感到非常幸福。

　　　　　　金瓶似的小山，
　　　　　　山上虽然没有寺，
　　　　　　美丽的风景已够我留恋。
　　　　　　明镜似的西海，
　　　　　　海中虽然没有龙，
　　　　　　碧绿的海水已够我喜欢。
　　　　　　东方那边的金太阳，
　　　　　　虽然上山又下山，
　　　　　　你给我的温暖，
　　　　　　却永在我身边。
　　　　　　……

　　　　　　美丽的哈瓦那，
　　　　　　那里有我的家啊。
　　　　　　明媚的阳光照新屋，
　　　　　　门前开红花。
　　　　　　……

　　她将这优美的旋律注入孩子们幼小的心灵，使孩子们在以后的一生中，任何时候回忆起来，都是那么的甜蜜、那么的难忘。陈老师在他们幼小的心灵中简直就是圣母。

　　这美好甜蜜的童年，对于小小的罗东明来说太短暂了，只有一年时间就结束了。

学校还在建设，也许建校的资金有问题，教室是用泥土筑的墙，俗称"干打垒"。罗东明在一年级"甲班"陈靓美老师的班上读了一年，第二年入学后，教导主任到班上宣布了一个重要的决定："重新分班。"

"干打垒"教室已经修好，因此，另外开设了一个"丙班"，班主任老师姓王，是一个蓄着络腮胡的男老师。

甲班和乙班是"公办班"，而丙班则是"民办班"。王老师本来是一个农民，中学毕业过后由学校招聘来代课教民办，他不是正式编制的教师，而是一个随时都可能回去种田的农民。

原来在甲、乙班的学生中，凡是地、富、反、坏、右"五类分子"家庭出身的子女，都被分配到了丙班。

丙班的教室里没有崭新整齐的课桌和坐凳，而是学生从自己家里搬来吃饭的饭桌或独凳，这样就显得参差不齐，十分凌乱。教室的窗户没有明亮的玻璃，而是用竹席吊在窗框上，晴天无风的时候就将竹席卷起，一旦刮风下雨，再将竹席放下，这个时候教室里的光线暗淡极了。

当罗东明听说自己被分到丙班的时候，痛苦地哭了，他舍不得离开那像圣母般的陈老师，更不愿意从窗明几净的砖墙教室到"干打垒"的土墙教室中去。

他哪里知道，在王老师的丙班才读了半年，王老师就被生产队叫回去当了一名记工员，丙班因此停课，罗东明和几十个"五类分子"出身的同学一起随之失学了。这一年，他还不到九岁。

命运啊，第一次给了这个少年幼小的心灵重重的一击，给他留下了终生难忘的痛苦记忆。就因为这个地主成分，使他第一次感觉到自己比起其他的人，仿佛天生就要低人一等。

罗东明失学后，父母亲非常着急，他们不能眼看着自己的孩子这么小就失学，没有文化，那一辈子不就是一个"睁眼瞎"吗？父母亲几经商量，只好把罗东明弄到王夫人教书的学校去继续读书。

王夫人（这时大家都叫她王老师了），从解放前到现在都一直在教书，因为家庭出身地主的缘故，公社把她派到十几里远的山区去教书，当了一名名副其实的山村女教师。方圆十几里地再没有其他学校了，这个学校就只有她一个老师，山区农民的孩子要上学，年龄大的来读高年级，年龄小的就读低年级。

她一个人教两个年级两个班，所以就叫"复式班"。

学校只教语文和算术，不设音乐和体育。教高年级新课的时候，低年级的学生就自己复习做作业；教低年级新课的时候，高年级的学生就自己复习做作业。她教书非常严肃认真，也许因为从来没有生育过孩子，也许因为长时间孤身一人在山区教书，性格中少了些母性的温柔，多了些女性少有的坚毅和刚烈。

其丈夫罗列夫感念她在家中最困难的时候不离不弃、共渡难关，上能孝敬公公婆婆，下能共同抚育自己的孩子，与郑夫人还能和睦相处。所以他让孩子们叫她"妈妈"，把郑夫人这个亲生母亲叫"奶母"。罗东明从九岁开始，就只好到了这个离家有十多里山区小路的山区小学，跟着这个妈妈兼作老师的王夫人继续读书了。

他从甲班分到丙班，因丙班停办而失学，对他来说是不幸的，但比起其他那些"五类分子"家的同学们来说，他又是幸运的，他还可以在这山区小学继续读书，而其他那些同学从此就失去了受教育的权利，一辈子真的就成了"睁眼瞎"。

罗东明从生下来就从未离开过自己的生母，现在要到这个山区小学，去和这个表情严肃的妈妈住在一起来读书，他是多么的不习惯和多么的不情愿啊！

况且妈妈从来都是不吃晚饭的，因为她一个人教两个班，班上的学生离家都很远。学校上课的时间是从早上八点一直到下午三点，这就叫"一段式"教学。放学后，离家近的学生还可以早点回去帮家里干点农活或放一会儿牛，割点猪草；离家远的学生回家时可以不摸夜路。所以这种"一段式"的教学方式很受学生和家长们的欢迎。

等下午放了学，学生走完以后，她才开始烧火煮饭，这个时候吃了午饭，晚饭也就自然给免掉了。到了夜晚，一盏煤油灯下，妈妈在备课，他在做作业。做完作业之后，他屙了尿，就该上床去睡觉了。

但是，他睡在床上翻来覆去，无论如何也睡不着，因为这个时候他太饿了，近十岁的男孩，正是长身体的时候，他如何能忍受这不吃晚饭所带来的饥饿呢！

他不敢对妈妈说，因为他十分害怕她，学生们给她起了一个绰号——王铁匠。而学生家长们却说，当老师的，就是要威严些，不然两个班几十个学生怎样管得下来？

当妈妈备完课之后，看见他还在床上翻来覆去地没有睡着，就严厉地说："快点儿睡觉，明天早上起来还要上课。"

这时他忍不住说了一句："我饿蒙了！"

她停顿了一下说道："那起来吧，柴火灰里还有一个烧红苕，去把它吃了，快点睡觉。"

罗东明实在是不愿在妈妈这里住宿，放学过后，他不怕有十多里的山路，他要回去，回到自己的生母身边。因为住在妈妈这里，他不但感觉肚子饿，最主要的是精神上感到十分压抑。

但是要回去，这十里的山路中间有一个叫"枣树梁"的地方，山梁下是一个死山弯，山梁山下到处都埋葬了很多坟墓。因为这个地方僻静，离城又不是太远，很多城里的人死了，都葬在这里，这里就成了一片阴森荒凉的坟场。

当地那些胆子大的农民经常把坟墓打开，将那些葬进坟墓中的柏木棺材挖出来，改制成木板，用来修自家的猪圈。挖出来的尸体，被那些胆子大的放牛娃把裹在身上的尸布扯出来挂在桐子树上，那红色的、绿色的尸布在桐子树上随风摆动。

到了傍晚，阵阵山风吹过，一群乌鸦、老鹰几声哀号，哇，哇……更显得这荒郊野外坟场的阴森恐怖。莫说一个细娃儿，就是一个成年人，独自路过这里的时候都会不寒而栗！

下午放学过后，罗东明要回去，这正是日暮风起的时间，也正是这段路最恐怖的时刻。他最害怕走这段小路，每次路过这里，都不敢抬起眼睛，只有低着头，一口气跑过这令人毛骨悚然的荒凉的坟场。

他在这里读了两年初小后，以很好的成绩考进了他原来失学的学校——公社中心校读高小。

学校还是原来的样子，原来甲班的同学还在这里，同时又增加了很多原来不认识的新同学，这使他感到非常高兴，但高兴之余，隐隐有些担心，会不会再来个"重新分班"？会不会再次失学呢？

他的姐姐哥哥都在县城最好的中学读书，他每次到他们那里去耍，都十分羡慕哥哥姐姐他们。他们所读的学校是他心中的天堂！他最大的心愿就是能和他们一样到这个学校来读书，这就是他最大的梦想和期盼。所以他读书十分努力，当他还在公社中心校读高小的时候，哥哥已经以优异的成绩考上了大学。他暗暗地下定决心，要像哥哥一样，读了中学，也要考上大学。

当高小快毕业的时候，中国大地一场"伟大的革命运动"——社会主义教育运动（即"四清"运动）开始了，"四清"运动的主要内容之一就是清阶级。爷爷在解放前所购买的田地挣下了地主成分，就因为这个该死的地主成分哟，就别再指望要上县城最好的中学了。他的梦想、他的期望，就像美丽的肥皂泡一样破灭了。高小毕业之后，他又一次失学。他哭了，他比五年前哭得更伤心、更痛苦、更绝望。

年仅十二岁的罗东明回到了农村，但是他不甘心，他认为自己是不是在考试的时候发挥得不好，考题答的不对。父母鼓励他好好复习，来年再去重考。他根本不知道这是"四清"运动中要贯彻阶级路线使他失去了上学的权利。"四清"运动如果早来两年，他的哥哥恐怕也很难考上大学，哪怕学习成绩再好，因为你成分不好！好在他在"四清"运动前两年就考上了大学，这就是天意啊，这就是命运！

一天，他正在家里聚精会神地复习功课，生产队的王队长来了，王队长站在他的面前说道："东儿，你怎么不出工，在屋里干啥子？"

罗东明天真地答道："我要复习功课，今年再去重考。"

"嗯，一个地主娃儿，不好好劳动，还想去读书。"边说边将罗东明的书和本子收了起来，继续说道："难道我们这些贫下中农就该吮牛屁股，该挑屎桶子，你们地主娃儿就该去读书！嗯，明天上坡挖地去。"说完他将书和本子重重地摔在地上，恶狠狠地走了出去。

看来重考的希望又破灭了，他只能和大人们一起上坡下地去参加农业劳动。

一天，同他一起没有考上中学的同学找到他说："远在三十里外的河江办了一所'半农半读'的农业中学，现在正在招生。"

这个同学名叫黄必亮，家庭成分刚在"四清"运动中被划为资本家，因此也没有考上中学。

九月中旬的一天中午，吃过午饭，罗东明约了黄必亮和另外一个也未考上中学的女同学张高清一道，兴致勃勃地沿着州河边上的汉渝公路，直奔三十里路以外的河江镇走去。

三个十二三岁刚失学的少年，一路欢歌，一路笑声，讲着从各方听来的故事，兴高采烈地来到河江。

　　到了河江，已是黄昏时分，他们打听到了农业中学的地方。这所学校开设在一个四合院的农舍里，房屋的后面紧傍高高的凤凰山。这就是现在赫赫有名的"神剑园"，是著名的神剑将军张爱萍的故居。

　　罗东明他们三人找到学校负责人，负责人也姓张，是农业中学的校长，张校长首先问罗东明："你是怎样没有考上中学的呀？"

　　罗停了一会儿非常不情愿地答道："家里成分不好。"

　　张校长问："你家里是啥子成分呢？"

　　"工商业兼地主。"罗东明答完后，好像做了什么亏心事一样，心里怦怦地乱跳。

　　张校长"嗯"了一声，又向黄必亮问道："那你为什么没有考上中学呢？"

　　黄答道："我的成分也不太好。"

　　张问道："你家是啥子成分呢？"

　　黄答："资本家。"

　　张"哦"了一声。又转向张高清："你呢？"

　　张高清答道："我们家是'小商'成分。"

　　张校长连说了几声"好、好、好"。

　　昏暗的煤油灯下，四合院的农民社员已经煮好了晚饭，这时，一位年过五旬的老大妈过来说："看你们几个细娃儿还没有吃夜饭吧，来、来、来……和我们一起吃，莫拘礼。"

　　听老大妈这么一说，罗东明他们三个这才感到肚子十分饿了。走了三十里路，又正值长身体的时候，肚子早已空了。他们哪还顾得上"拘礼"呢，端起主人桌上的苞谷糊糊狼吞虎咽地吃了起来。这是令他们终生难忘吃得最香的一顿晚饭。

　　待苞谷糊糊填饱肚子以后，张校长已经走了，他叫另外一个老师来对他们三人说："张校长说了，你们两个男生回去吧，这个女同学可以留下来。"

　　这时罗东明和黄必亮脑子一片空白，半晌说不出话来。小小年纪有生以来像听到了一个十分不幸的判决一样，失望、失落、悲伤的感觉顿时油然而生。

下午那三十里土公路，他们三个人有说有笑有唱，满怀希望而来。"农中"的大门似乎已经向他们敞开了，"农中"的教师似乎在向他们微笑着，"农中"的同学们似乎向他们伸出了热情的欢迎之手……哪怕这是一所地处山区的农业中学，而且还是半农半读的农业中学，可在他们幼小的心灵之中，这也是一所他们求学的神圣殿堂啊！然而他们又一次失望了。罗东明和黄必亮眼里噙着泪花，他们再一次感觉到家庭出身地主、资本家，政治包袱是多么沉重。这该死的地主、资本家成分哦，硬是要毁掉他们一生的一切希望吗？

他们听了这位老师的话之后，对老大妈说了一声："大妈，谢谢你的晚饭，我们每个人身上只有五角钱，给你，但是没有带粮票。"

老大妈说，"看你们几个这么小，算了，算了。"

罗东明又说："大妈，钱你一定要收下，我们马上回去了。"

大妈说："这么晚了，你们今天下午已经走了三十多里路，都很累了，今天晚上就在我这里将就住一晚上吧，明天早上再走。"

说实在的，罗东明他们听大妈这么一说，感到真的累了，于是就在大妈的木楼上，铺了些稻草很快就入睡了。

半夜，乡下成群的蚊子叮醒了罗东明，罗东明想起了自己小小的年纪，求学竟是这般艰难，从甲班分到丙班，再从丙班停办到山区妈妈的学校读书。本来后来自己读书已经很用功了，为的就是要到哥哥姐姐读过的县城中学去读书，但"四清"运动来了，由于自己是地主家庭出身让希望和梦想第一次破灭！他想来年重考，可又让可恶的王队长粗暴地阻止了；他天真地想到，到三十里地以外的河江来读农业中学，这个地方王队长应该是管不着的呀，哪里知道，当农业中学校方听到自己是地主成分之后，再一次将他拒之于门外。

蚊子咬，心里烦，他眼里含着泪水，在铺满稻草的楼板上辗转反侧。

张高清听到罗东明和黄必亮没有被学校录取时，也似有物伤其类的感觉，说道："他们两个读不成，我也不想在这里读了。"

于是他们三人无精打采地回到家里，罗东明求学无望，只有安下心来扛起锄头、挑起粪桶，当一个地地道道的农民。

汗滴禾下土

秋天来了，秋雨绵绵，"一场秋雨一场寒，十场秋雨就穿棉"。罗东明已是快满十六岁的小伙子了，王队长给他划了一块田，这块田地处大山的山谷，足有三亩多，由他来负责耕。

一般来说，一块"冬水田"从收完谷子到来年栽秧，其间要耕三次：第一次是秋天收完谷子之后，要把留下的谷桩翻耕到土里埋起来，这就叫耕"板田"；第二次是春天刚到来之时再耕一次，这就叫抄"老荒"；第三次是在栽秧的时候再耕一次，这就叫耕"栽秧田"。老农们说："三犁三耙，稻谷到家。"

罗东明头戴斗笠，身披蓑衣，在这大山的山谷里耕着这块"板田"。牛在前面吃力地拉，他在后面不停地吆。右手紧握着犁耙，左手挥舞着一根使牛棍，从田的东头走到西头，又从田的西头转到东头，反反复复，周而复始……天下着绵绵细雨，山谷里除了哗哗的流水声之外，就只有他对牛"使得，使得……"单调的吆喝声，更显得这个世界是那么寂静和孤独。

他和牛周而复始地就这样转着、犁着，年轻的脑子里不由自主地胡乱地想了很多很多。

一个十六岁的大小伙子，十六岁啊，已经开始步入人生的黄金时代，正是激情燃烧、朝气蓬勃的青春岁月！也正是充满理想、希望，既长身体又该长知识的时段啊！

看看自己在这人生最美好的时段里，却在这大山的山谷之中孤单地与牛为伴、以犁为具，周而复始地就在这三亩田里转圈圈，他扪心自问：前途在哪里？这一生还有希望吗？难道就这个样子过一辈子？难道也要和那些老农民一样，口里含着一根竹烟杆，吧嗒吧嗒地烧着呛人的旱烟吗？

想到结婚生子，这辈子怕是讨不到婆娘啰。谁家的姑娘愿意嫁给一个在农村的地主娃儿哟？

在这大山山谷的冬水田里，罗东明就这样百无聊赖地犁着、转着、想着，当天色将晚，他回头一看，今天把三亩田耕了一半，算来他今天又挣了十个工分，价值人民币三角钱。

过了两天，田犁完了，天也晴了。他和其他的男社员一道去城里挑早粪。天还没有亮，随着启明星的升起，闻着周围村庄此起彼伏的鸡鸣狗叫，他挑起了能装一百多斤的粪桶到城里去。城里这时已有早起的人，将头天晚上厕的屎尿用木桶装起，在等待罗东明他们这些乡下农民来挑，这就叫"收早粪"。

罗东明来到城里，到了郑家院子这条街，郑家院子早就物是人非，因为这个院子是一个高墙深院，所以已被政府改作了监狱。他曾经听父亲说过，世事难料啊！原来的高墙大院，我们搬走了，现在却变成了牢房，真想不到啊！

罗东明每次到这里来收早粪，心里也都是五味杂陈，有一种说不出的滋味。这里还有很多父辈的老街坊，当他们知道罗东明是罗列夫的儿子时，摇了摇头说："想不到啊，罗先生的儿子现在也来收粪了，真是三十年河东，三十年河西噢。"

罗东明挑了一挑早粪回来之后，吃过早饭，扛起锄头，又开始了一天的农活劳动。到了晚上，他到记工员那里，把今天的劳动记在自己的工分本子上，细算了一下，加上早上挑的早粪，今天他又挣了十二点五分，价值人民币三角七分钱。

罗东明从内心深处不满足现在这样的生活，他的父亲、母亲、叔父、妈妈、哥哥、姐姐全家都是读书人，而唯独自己天天和屎桶子、锄头、犁头打交道，他不甘心就这样平庸地过下去。

父兄在家里留下了很多书，他把这些书翻出来看，那些英语、数学、物理、化学，无论他怎样努力地去看，都无法看懂。但语文、历史、地理这些书，他还是能看得懂一些，不管是囫囵吞枣，还是一知半解，总觉得开卷有益。他以一颗年轻旺盛的求知之心，如饥似渴地读着他勉强能读懂的这些书。

后来，他不再满足家里的这些书，开始找朋友、同学去借书来看。他借来的书杂七杂八的，什么内容都有。有中国古代四大名著，也有近代史中的各种小说、杂文，还有外国的书，等等。反正借到什么书就看什么书。没有借到书的时候，他就感觉到特别的无聊和空虚。

他没有自己的书桌，喜欢靠在床上看书。有一次，他借到一本巴金写的书《家》，当看到鸣凤投湖自尽这一段时，他怀着对书中人物的一份哀婉的同情，不由自主地长叹了一声，看着、看着他就倒在床上睡着了，书从床上滑落到了地下。

一觉醒来，他到床下的地上去捡书，顿时他吓呆了！床底下有一大堆蛇皮。他从小就十分怕蛇，这个时候正是午夜十二点，也没有啥子办法，只好将就睡一晚上，睡着了过后，老是做梦，梦见好多好多的蛇……

书看多了，他感觉自己比以前聪明了些，同时也明白了很多过去没有明白的道理，随之心事也多了，一颗少年之心慢慢有了多愁善感的性格，忧患也多了，真是人生识字忧患始啊！

随着年龄的增长和各种杂七杂八书籍的阅读，他强烈地意识到：自己决不能就这个样子活了，一定要想方设法去改变自己的命运。

雾罩冬日

寒冷的冬天还没有过去，一年一度的春节就要到了。俗话说："大人望栽田，细娃儿望过年。"过年对于罗东明这个年轻人来说，是既想过，又怕过。

想过年的原因，是因为过年这几天不用上坡下地去干活，家里至少有点腊肉吃，又能穿上新衣服，和同伴一起去城里逛街，还可以看一场电影。

怕过年的原因是：每一年春节前，全大队要召开一次"斗争评审大会"，时称"斗评会"。戴了地、富、反、坏、右"五类分子""帽子"的人是被斗争和评审的对象，这类人属于"敌我矛盾"。要站在高高的阶沿上，低着头，一个一个地向"贫协"组织汇报近期的思想状况和劳动改造情况，并保证在春节期间不得外出，不得乱说乱动。有文化的"五类分子"还要写出书面保证书。

他们的子女和没有戴"帽子"的地主、富农、资本家等成分不好的人则是参加"斗评会"的陪斗者。这类人则属于"人民内部矛盾"，罗东明和他的母亲则是这种"斗评会"的陪斗者。

"斗评会"是由支部书记、民兵连长、贫协主席、生产队长和党员、团员以及各个生产队的骨干积极分子参加。"贫协"主席主持会议，支部书记在会前和会后都要作重要讲话。

开这种会，一般都定在春节前的某一个下雨天，因为下雨天开会不误农活。全大队一共有二十多个"五类分子"，"斗评会"从中午吃过午饭一直要开到晚上。

支部书记严肃地讲完话之后，就由二十多个"五类分子"分别将自己的思想状况、劳动改造的体会作如实的交代，最后还要作一个自我总结，自己认为应该被评审为几类。

因为"五类分子"共分为五类，第一类属于改造得比较好的，第五类则是最坏的。如果连续五年都被评为"一类"，据说就可以摘掉"帽子"。摘掉"帽子"过后，就可以享有基本的公民权，有选举权，但没有被选举权，就可以从一个被斗者变成陪斗者，从"敌我矛盾"转化为"人民内部矛盾"。

每一个"分子"自己交代过后，再由支部书记、民兵连长、"贫协"主席、生产队长等参加评审的人员针对"分子"的"交代"再作评审发言。

这批"分子"当中，有一个年轻的地主分子，名叫张嘉定，父母在解放前买了些田和地，开了几间绸缎铺，家境算是富裕。解放前，其父让他几弟兄都去学医，老大张嘉定从名中医为徒，老二、老三送到医科学校学西医。父亲认为，医生是社会上最好的职业，不仅可以治病救人，也是最好的谋生技能。其父不让他们几弟兄参与政治，他认为政治是没有什么是非标准的，政治就是尔虞我诈的残酷相争！

而医生不管在什么时代，都是人们所需要的。是为人解除病痛、挽救生命的崇高而神圣的职业。因此他挥毫题写了几幅《悬壶济世》的字幅，分别送给自己的三个儿子，寄托了他对儿子们"不为良相，但为良医"的美好愿望。

但是，他哪里知道，自己虽然为子女们选择好了终生的职业，但他当初买下的十几亩地却给子女们"挣"下了一个地主成分。

张嘉定学医，出师后就开始行医。解放初期，刚满二十岁的他在填写本人成分的时候，他填了一个"医生"。支部书记朱文章（排行老大，人称朱老大）说："填得不对，阶级成分里没有'医生'这个成分。"要他重填。他又填了个"自由职业者"。朱书记又说填得不对，把填的表还重重地摔到他的脸上，恶狠狠地对他吼道："你老汉是地主，解放时你已经满了十八岁，你也应该是地主。"

张嘉定低声回道："我父亲是地主，但我一直在行医啊，我应该填医生啊。你说阶级成分里没有'医生'这个成分，但我填'自由职业者'没有错呀，我为啥子要填地主呢？"

朱书记听他这么一说更加来气，对他粗暴地吼道："我说你是地主，你就是地主。"

年方二十出头的张嘉定回敬了朱书记一句："那要是别人说你杀了人，你就杀了人……你不能指鹿为马嘛。"

于是两人就针锋相对地吵了起来。这时朱书记气急败坏地对民兵连长命令道："把这个地主龟儿子捆起来，开他狗日的斗争会。这个狗日的还敢公开隐瞒阶级成分，想闹翻天啦，想复辟啦！"

这个斗争会开过后，张嘉定就被戴上了"地主分子"的帽子，被剥夺了公民的基本权利，成了广大贫下中农进行无产阶级专政的"专政"对象。每年春节前开"斗争评审会"，张嘉定就自然而然地成了重点斗争的对象。

在一次"斗评会"上，他如实地交代了自己的思想状况和劳动改造的体会后，又把春节期间不得外出、不得乱说乱动的念了一遍。保证书中有一句话是这样写的："……我在春节期间，不得乱说、乱动，不得随意外出，来客定向民兵连长和'贫协'主席禀报……"

当他念完之后，会场上突然站起一个人来振臂高呼口号："坦白从宽，抗拒从严。"

全体参会人员也举起手臂跟着他喊道："坦白从宽，抗拒从严。"

领头的又高呼吼道："敌人不投降，就叫他灭亡！"

参会人员又跟着高呼："敌人不投降，就叫他灭亡！"

领头的再次吼道："千万不要忘记阶级斗争！"

群众又跟着吼道："千万不要忘记阶级斗争！"

领头的又高呼："谁反对，谁就是反革命！"

参会人员也跟着："谁反对，谁就是反革命！"（这句口号后来成了大家的笑谈，因为反对谁都没有说清楚，就成了反革命！）

口号喊完之后，"贫协"主席雷正友站了起来，开始对张嘉定进行斗争评审："这个、这个、这个……啊，这个依我看哪，地主分子张嘉定的这个啊，这个、这个……的自我评审啊，你的这个、这个保证书啊，这个、这个啥，是想蒙混过关，极不老实，你这个、这个说啊，来客'定'向我们禀报，这个、这个，我要问你几句，这个、这个，你要'定'我们，你今天这个、这个、这个要郎个来'定'我们，你的这个、这个……的名字叫张嘉定嘛，这个、这个……是不是还想这个、这个——由你来'定'我们啊？是不是还想这个、这个——再爬在我们头上拉屎撒尿啊？是不是这个、这个……让我们再受二遍苦遭二茬罪啊？"

这时领头呼口号的又站了起来带头高喊："打倒地主分子张嘉定，踏上一只脚，叫他永世不得翻身！"

群众又跟着高呼："踏上一只脚，叫他永世不得翻身！"

领头喊口号的名叫王七娃，是王队长的兄弟，他十分喜欢在开这种斗争会的会场上带头高呼口号。他觉得参加会议的人全部都跟着他高声吼叫的时候，他像一个合唱团的指挥或者领唱者一样，他吼叫什么，参会的全部人员都跟着吼什么！包括这个会场上的最高领导人——支部书记朱老大。他这时的感觉真是美极了，心里充满了极大的快乐和满足！

"贫协"主席雷正友没有文化，因为家庭出身好，上几代人都是帮地主种田的贫雇农。"四清"运动工作组的同志推选他当了这个"贫协"主席，还培养他入了党，所以他对搞政治运动非常积极。

是工作组的同志给了他政治生命，是工作组的同志如此看重他，又如此信任他，他非常感谢工作组同志，所以他处处都模仿工作组同志的举止言谈，工作组里有一个同志在讲话的时候，总离不开说"这个、这个"的，所以他也学到了这句"这个、这个"的官腔。

他身上穿的棉衣也是工作组评给他的补助，蓝色的面布，白色的里子，一根用稻草搓成的绳子算作腰带系在腰上，腰带上经常别着一根竹筒烟杆。他边"这个、这个、这个"地发言，边吧嗒吧嗒地抽着叶子烟；然后在抽叶子烟的同时又向地下吐了几大口清口水。身上的棉衣从穿起那天起，整个冬天就从来没有换洗过，一股酸腐的汗臭混杂着叶子烟刺鼻的味道弥漫着整个会场（因为像他一样的人有好几个，他们都含着竹筒烟杆，边抽烟边吐清口水，都同时散发出相同的味道）。

这二十几个"五类分子"就按斗争评审张嘉定的模式一样，"斗评会"从下午两点钟一直开到晚上八点钟才结束。二十几个"五类分子"要在阶沿上就这样低着头站上六个多钟头（中途可以举手报告需要拉屎撒尿，经批准后方可离开一会儿，但必须要有全副武装的基干民兵押着）。

罗东明和其他地、富、反、坏、右的子女就要一直坐在后面陪斗，斗争会结束后，"五类分子"被放回家了，但支部书记、贫协主席、民兵连长、生产队长这些人要把罗东明他们的这些子女们留下来训话。"你们这些人要和自己的父母亲划清阶级界限，要认清形势。无产阶级的江山，是铁打的江山！你们想复辟翻天，那是痴心妄想！当然啰，你们这些人当中大多数是可以教育好的啊，但是……"这时他声调突然提高严厉地说道，"也有少数人对我们共产党不满，对社会主义不满，啊……我要严正地警告这些人，要好好改造，自觉接受贫下中农的监督教育，才是唯一的出路。"

此时，这些陪斗者个个都低着头，不敢吱半点声，生怕朱书记点到自己的名字。除了朱书记严厉的呵斥声之外，整个会场静极了，只有煤气灯发出"吱，吱"的声音和雷正友他们吸过旱烟后的咳嗽声。

这个时候的罗东明，脑子一片空白，他对这些感到麻木。这些空洞无物的政治语言，这些整人、训人的呵斥声，多么苍白、多么无聊啊！又是多么令人厌恶！

就在这个时候，他突然冒出一个念头：这些人就是共产党员吗？难道他们同自己最敬爱的叔叔是同属一个党的同志吗？

叔叔可是和这些人不一样的啊！从他的日记、书信中可以看出他是一个有教养、有理想、有信仰、有抱负，知道尊重别人、爱护别人，深受他人爱戴的一个人啊！

朱书记、雷主席这些人比起自己的叔叔来，那真是天壤之别，格格不入了。他们怎么会同为共产党员呢？难道先烈们用鲜血和生命打下的江山，竟是这般人整人的社会？罗东明不理解，他感到十分迷茫。

朱老大对陪斗者的训话会，又开了将近一个小时，才终于散会。罗东明牵扶着母亲回到家里，肚子早已饿了，狼吞虎咽地吃了中午的剩饭，怀着十分沉重、矛盾、迷茫的复杂心情，慢慢地进入了梦乡。

第二天，王队长来到他家，和颜悦色地说道："请你们今天下午到大队办公室去开会。"

罗东明不明白王队长今天态度怎么会这样好，也不知道今天下午又要开什么会，令他感到莫名其妙起来。

罗东明准时到了大队部，主持会议的仍是朱书记，参加会议的人员则全都是复员退伍军人、烈军属。

朱书记笑眯眯地和参加会议的人打着招呼。开会时，还是他首先讲话："同志们，要过年啦，今天把大家请来，我代表党支部给大家拜个早年……"

罗东明和其他参加会议的人员坐在一起，嗑着瓜子，喝着茶水，吃着水果糖。大队民办学校的雷芳秀老师，给参加拜年会的人员递"春耕"牌香烟、端茶。当她走到罗东明面前的时候，递过一支香烟甜甜地笑了笑："东儿哥，请抽烟。"

罗也笑了笑答道："谢了！谢了！"

他望着朱书记那和蔼的脸庞，听他轻言细语的声音，和昨天的斗争评审会上的他判若两人。罗东明现在的感觉是多么复杂。昨天下午，他是一个斗争评审的准对象、陪斗者，在那个会上，令他感到十分沉重的政治压迫和人格歧视！而今天下午，他又和这些行使无产阶级专政权力的人坐在一起，这些人还要和颜悦色地向自己和其他参会人员拜年问好。此时他不但没有了政治压迫之感，反而感受到一丝的温暖，至少没有了人格被歧视的感觉，反倒觉得他比雷正友那些人还高了一等。此时他从内心感叹了一声：政治啊，你简直就是一个魔术师，可以让人像掉进了寒冷的冰窖，也可以让人像沐浴着温暖的春风。他深知这一丝的温暖是自己那敬爱的叔叔用生命和鲜血换来的。

寒冬梅香

张嘉定这个人，个子不高，文弱得像个书生，脸上总是带着和善的微笑，平时说话也是轻言细语。整天都是乐呵呵的，他和你说话的时候，总是先听到他的笑声，再听到他的说话声，让你感觉到他好像是这个世界上最快乐、最幸福的人。

他有一手中医医术，方圆十几里的病人都爱来找他看病。他给人看病就只需要三样东西，一支笔和一张纸，另外就是一块洁白的棉布块。这块棉布块非常干净柔软，他给病人诊病的时候，就让病人把手放在上面，他再全神贯注给病人切脉诊病。

他先给病人望、闻、问、切，随即从衣袋里摸出一张纸来，就给病人开处方。病人吃了他的药，大多都有好转。他给病人看病，不分地方，可以在他家里，也可以在田间地头。他对病人总是一视同仁，不管是地位高的领导干部还是平民百姓，甚至那些曾经粗暴斗争过他的人，他都会严肃认真地给病人诊断、开处方，决不马虎。

他给人看病，诊费随病人给，家境好的多给，他也收；若是贫困家庭，也可以一分钱不取。他不但中医医术较好，而且与中医理论相关的各种书籍也读得不少。他常说："所谓大医者，必大儒也，我比起那些大医、大儒者还差得远呢。"

他还懂《易经》"相学""四柱"等传统国学知识，他说："医者易也，医者调身，易者调神，医易相通，人的身体与大自然的阴阳和五行中的生、克、制、化是密不可分的。人的命运与大气候（即政治大气候）也是密不可分的。"

罗东明很佩服他，当地的社员群众也很尊重他，大家都叫他张先生。但是党的阶级斗争路线和政策不能容忍他，朱书记、雷主席、王队长这些党的基层干部不能容忍他，特别是朱书记对他怀有切齿之恨。

朱书记在家里排行老大，此人心胸狭窄、为人凶残，凡是与他有过节的人，或看不顺眼的人，特别是那些敢顶撞他，有损他这个书记威信的人，他都要想方设法地整倒。张嘉定是他的眼中钉、肉中刺，为了提高自己的威信，每次开斗争大会，张嘉定就成了他案板上的肉，任他宰割。他对张嘉定的无情打击、残酷斗争，主要目的是要树立起自己的绝对权威。

张嘉定虽然在政治上饱受欺凌、打击、歧视和压迫，但他身体结实，从不得病。他对生活看得很开，常常自寻其乐。一身衣服，满是补丁，但很整洁。补衣服则是他的拿手好戏，他补的衣服平平整整，针脚非常匀称，衣服也洗得干干净净。他喜欢拉二胡，一曲《二泉映月》常使人如醉如痴。他还特别能睡觉，他只要一坐下，眼睛一闭，几分钟就可入睡，不管周围环境有多嘈杂。

他把对他的斗争和欺凌，看成是生活对他的磨炼。用他的话说："我如果不这样子生活，坟头上的草怕早就长得好高了。"

正因为如此，虽有人恨他、整他，但也有人尊重他，甚至还有人爱慕他。就在他饱受政治打击的时候，他却收获了人世间最宝贵的情感——爱情。

在明月江的上游，有一户王姓人家的砖平房，这里山清水秀，河水像一条蓝色的飘带绕村而过。王兴淑在河边的石板上洗衣服，她边洗边哼着动听的歌曲。一头乌黑秀丽的长发飘落在她丰满的前胸，红红的脸庞，大大的眼睛，更显得她是那么的健美。

她心里这时有一种甜蜜的感觉，因为明天张嘉定要来到她家，给生病在床的父亲诊病。她早已听说过张嘉定这个人，人们在说起张嘉定这个人的时候，还带着一种神秘、赞美的口吻。有的说他有文化、有见识，医术又好，还懂音乐，一曲二胡独奏可以把人的眼泪给拉出来；又说他如何挨整、挨斗，不管怎样整他，就是整不垮，他也从不生病，还说他能给人用《易经》看相算命，而且看得还很准……

王兴淑早对张嘉定有一种神往，王家成分是贫农，她中学毕业过后，在明月江畔的大队小学当了一名山村民办教师。因为父亲身体不好，常常生病。有一天她和哥哥一道到张嘉定的家里去请他来给父亲看病，当第一次见到这位传说中的传奇人物时，张嘉定那乐观豁达、和蔼可亲的举止言谈中带有一种儒雅的气质，给王兴淑留下了很深的印象。

张嘉定到王家去过几次，经他给她父亲开了几服中药吃了过后，病情确实大有好转。她和她全家都非常感谢他。他每次来给父亲看病，这个时候，王兴淑总要给他煮两个荷包蛋，还要把平常舍不得吃的老腊肉煮出来款待她的意中人，而他只象征性地收几角钱的出诊费。

王家与张嘉定的家相距有十五里，张嘉定每次看完病，吃过饭之后，不管时间多晚，就是刮风下雨，都必须要赶回去，因为他是一个地主分子，是不容许未经贫协主席批准就在外面夜不归宿的。张嘉定每次要回去，王兴淑都要去送他。

初夏的夜晚，银色的月光洒满大地。远处，青山如黛，笼罩在朦朦胧胧的月色之中；近处，明月江的河水在静静地流淌，河面上波光粼粼，清风吹过河面，河面泛起阵阵涟漪。

张嘉定和王兴淑在这美丽的月光下一前一后也走着，王兴淑觉得，月夜多么美好，此情此景多么浪漫！她送他，她多想这一条河边小道越长越好，就让他们这样长久地在一起……

她在他的身后，望着面前这位神往已久的张先生，她突然有些冲动，她很爱他。他也似乎感觉到她的深情，但是，他不敢有此奢望。她是什么，她是一个年轻貌美，又有文化的女子，不但人长得漂亮，性格也很好。山区女教师既有山里妹子的淳朴和野性，又有知识青年的含蓄和文雅，给人的印象是温柔中带有一种刚烈。她就是他心中的女神，而自己呢，则是生活在社会最底层的地主分子。

"张先生，我爸的病好多了，现在都可以下地干些轻微活，谢谢了哈！"

"哈……哈，谢啥子呢，应该的应该的。"

"你救人要救到底，治病要断根，希望你下次早点来啊！"王兴淑生怕他的心上人不再来了，盛情地邀请着他。

"一定要来，我一定要让他老人家完全康复。哎，你们一家对我太好了，特别是你……"

"我对你有哪点好呢，是你本来就好嘛。"

"哎，我们这种人，就好像是那干涸的禾苗，是你那甘甜的雨露，滋润了我的心田。"

"你说出来的话，像诗一样优美，你喜欢诗吗？"

"喜欢，喜欢，诗的语言是人类最美的语言。"

"那你喜欢写诗吗？"

"写呀！"

"那能不能把你写的诗给我看看呢？"

"很遗憾，我每次写完诗之后，都要把它给烧掉，不能保存。"

"为什么呢？"

"文字狱哟，多么可怕！你听说过有人因说过'清风不识字，何故乱翻书'这句话而丢掉性命的故事吗？我除了看病的病历和处方之外，不敢留下任何文字的东西。"

"那你写过的诗，还能记得吗？"

"诗这种艺术，完全是即兴有感而发，灵感的火花一闪，就要及时地抓住它，比如现在，此情此景，就多有诗意！"

"是啊，张先生，你看这月夜多么宁静，让人产生无尽的遐想，你能不能即兴赋诗一首呢？"

"什么题材呢？"

王兴淑停了一下："就以爱情为题吧。"

他略为沉思了一下，轻声诵道：

> 月光如银山如黛，一阵轻风扑面来。
> 千古绝唱梁祝情，彩蝶双飞百花开。
> 七姑不恋天堂美，为爱董永下凡来。
> 更有许仙白娘子，人妖相亲情似海。
> 芳草凄凄河边路，感君月夜长相伴！
> 山水如画人更佳，一任红尘滚滚来！
> ……

"哎，诗情虽在心中涌动，但还不成句，这几句只是偶感而发，还十分粗糙，等我下次再来的时候，我会把经过反复推敲写好的诗奉献给你，望你不要见笑。"

"好啊，真的太好了，你真能出口成章呢，把中国几千年流传的爱情故事抒发得这么美妙，不得不令人佩服。"

"大自然有如此美妙的夜景，又有你在我的身边，良辰美景加美女，又怎叫人不为之动情呢！"

"有一首'生命诚可贵，爱情价更高，若为自由故，二者皆可抛'。你怎样评价这首诗呢？"王兴淑问。

"爱情是人类最圣洁的情感；自由啊，对于我这种人，是多么的珍贵！可惜爱情和自由都与我无缘喽。既无缘，也就谈不上可抛与不可抛了。"

"不，张先生，你现在虽然莫得自由，但你人这么好，应该得到爱情。"

"哈……哈……我一个大火坑，谁愿意往里面跳呢？我又怎能忍心去坑害连累别人呢？"

"不，你不是一个大火坑，你是一个温柔的巢穴，深深地吸引着爱你的人。"王轻声地说道。

两个青春年盛的年轻人，漫步在这撒满月光的河边小道，谈论着诗的艺术和人间真情。这里没有阶级斗争，超越了地狱与天堂，充满着人世间圣洁的情感……

突然，从草丛中"呼"的一声窜出一条蛇来，王兴淑惊叫了一声："蛇！"她不由自主地将张嘉定紧紧地抱住，张嘉定也下意识地抱紧了她。蛇唆走了，但她却把他抱得更紧了，她那丰满的胸乳紧贴在他的胸前，心里怦怦怦地跳个不停。张嘉定搂着她，只觉得一股热血在翻腾，他不由自主地触摸到她优美的身躯、丰满的双乳。他们嘴对嘴地狂吻起来，这是他们有生以来第一次对异性身体的真切接触……

王兴淑动情地说道："我爱你，我愿意跳进你这滚烫的火坑……"

月亮像怕羞一样躲进了云层的后面，天色黯淡了下来。两个正值青春年盛的年轻男女，两个相互视对方为心中女神和白马王子的有情人，久久地相拥不肯松手。

张嘉定快到中年，这是他第一次与女性真正的接触，多少个夜晚，在梦中，他与她亲密地交往，一阵兴奋过后，醒来却发现是一场春梦，但内裤已经湿透了，他是一个医生，他知道自己"梦遗"了。而此时此刻，自己的梦中女神就在自己的怀里，他敏锐地感觉到她此时此刻也是多么的渴望得到他。他们此时都在解开对方的衣裤。夏天的季节，本来就穿得单薄，几秒钟的时间，他们就将自己最宝贵最神圣的躯体暴露给了对方。此时双方的心跳剧烈地加快。明月江畔的草丛中，一对痴情的男女，赤身裸体地紧紧相拥。

瞬间，张嘉定突然推开了她，说道："要不得，要不得，这样做要不得……"

王兴淑问道："啥子要不得呢？"

张嘉定这时站了起来，边穿衣裤边说道："我不配你，你和我在一起，你会受苦的……"

她说："我不怕。"

他又摇了摇头说："你不怕，但你爸爸妈妈他们呢？"

她说："他们也很喜欢你，爸爸说是你救了他的命，他还要好好的谢谢你呢！"

他又说道："你想过没有，跟了我，以后如果有了小孩，可我们的子女将又是地主成分啊。"

"那有啥子呢？"

他又说："我可是一个火坑啊，你这么漂亮，又有文化，你何必往火坑里面跳呢？"

她说："这些我以前都想过了，莫说是火坑，就是万丈悬崖、无底深渊，只要和你在一起，我都会觉得很幸福。"

他还能说什么呢？这也许就是爱情的力量。他再一次深情地拥抱了她，轻声说道："其实我是非常爱你的，你真好，说实在的，我经常在梦中和你好呢，你使我感到，在这个人世间，除了邪恶、歧视、压迫之外，还有真情、还有温暖、还有春风、还有太阳！是你的真情，使我有了生活的勇气……"

她说："你也真好，你是我这辈子遇到的唯一能让我倾心的男人，你是那么儒雅，那么坚韧，让人感觉你有着丰富的内涵，你知道吗？我天天都在盼，盼你来给爸爸看病，现在爸爸的病看好了，你还来吗？"

"要来，要来，我的女神在这里，我一定要来，任何力量也不能阻挡……"张嘉定深情地说道。

她在他的怀里轻声说道："来吧……我真心地把自己的一切都给你。"

她把他紧紧地搂住，再一次解开他的衣裤，他们的激情再一次燃烧，他们的热血再一次沸腾，任何防线，任何杂念，任何理由，任何力量都再也无法阻挡！灵与肉高度的结合，多么美妙，多么快感，多么幸福，他们喘着粗气……

她本能地轻声"哎哟"了一声，一种疼痛和着快感布满全身。

他问她："痛吗？"她点了点头，又摇了摇头，闭上双眼，紧紧地搂着他那上下起伏的身体。突然一阵眩晕，像奔腾的江水一泻千里，他得到了她，她拥有了他。一朵艳丽的野性之花，就在这朦胧的月夜里尽情地绽放了！

此生，因为有了这个终生难忘的月夜，因为有了这个情深如海的第一次，他视她为自己的生命，不，比自己的生命还要重要。她要给他一个完整的家，她要用真情来抚慰那满是伤痕的心灵，她要给他生育很多的孩子，她要带给他人世间最宝贵的天伦之乐……

清凉的晚风，吹干了他们满身的汗水。秧田里的蛙声，小河里的鱼儿，夜空中的群星，树梢上的夜莺，见证了他们坚贞的爱情和甜蜜的情爱。

炎热的夏天到了，学校放了暑假，王兴淑同张嘉定选了一个日子，去办结婚手续。起初，张嘉定所在的生产队不开证明不盖章。王兴淑跟王队长据理力争。王队长说："你怎么去嫁给一个地主分子呢？你可是一个贫农的女儿啊。"

王兴淑说道："地主分子也是人啊，莫得哪条政策规定地主分子不准结婚嘛，把这个地主分子交给我，让我这个贫下中农来改造他！"

王队长说不过她，因为她和自己一样也是贫下中农，所以他不能把她怎样。最后摇了摇头说道："莫后悔哦，你以后莫后悔哦！"边说边给他们开了证明盖了章。

王兴淑从包里摸出一小袋糖果和两支纸烟给王队长说道："请吃喜糖，谢了，谢了！"

有情人终成眷属，张嘉定和王兴淑终于走到了一起，王兴淑先后给张嘉定生育了五个男孩，张嘉定按照"盛"字辈分别取名为："仁、义、礼、智、信"，即盛仁、盛义、盛礼、盛智、盛信。

罗东明和张嘉定同住在一个生产队，同属被无产阶级专政的对象和准对象，罗东明钦佩张嘉定的为人和精湛的医术以及丰厚的文化底蕴；而张嘉定也十分喜欢和罗东明交往，他认为罗东明是一个正直热情、积极向上、不甘沉沦的好小伙子，用王队长的话说，他们是"臭味相投"，是啊，物以类聚、人以群分嘛。

初生牛犊

冬天来了，生产队一年一度的年终分配方案张贴了出来。经王队长授意、会计核算，今年每个劳动日（即每十个工分）价值三角五分钱。基本口粮按每个劳动日一斤二两五。地、富、反、坏、右"五类分子"和家庭出身不好的人，不论是否戴"帽子"，凡是没有做足基本工分的（基本工分每月按二百五十个工分计）则差一分扣基本口粮一两五，这样计算下来，像罗东明的母亲这样的女性劳动力和体力较差的老年劳动力，每月即使出满勤，也只能挣到一百八十个工分左右，这样算来，每个月就要扣掉十斤半的基本口粮，全年就要扣掉将近一百二十多斤！这叫人怎么生活啊？家庭出身不好的人当中，多数都是女性劳动力和体弱的老年劳动力。他们对王队长这个扣粮政策忍气吞声，敢怒而不敢言。

罗东明看了这个分配方案之后，义愤填膺，找到王队长，据理力争。罗说："你这个分配方案，我认为极为不合理，他们做不足基本工分，不是他们没有努力，也就是说不是他们的过错。他们即便天天都出工，每个月出满勤，都无法做足基本工分。因为你只给他们每个劳动日评五分至七分。基本工分的标准本来就定得不合理，你又拿这个不合理的标准再来制定一个更加不合理的扣粮政策。所以请王队长予以更正，取消这个不合理的扣粮政策。"

王队长说："工分多，就说明做得多，就应该吃得多，社会主义的分配原则是多劳多得，天经地义，你莫跟我说这么多。"

罗说："他们不是做得不多，而是你给他们评定的工分压得太低，因此，我再次请你收回这个不合理的政策。"罗看他有些不耐烦，还用简单粗暴的语气来回答自己，于是心里有点生气，语调也高了些。

王队长听罗这么说，口气越发傲慢起来："地、富、反、坏、右老子都不压，还压哪个？老子定都定了，你说不合理，不合理就不合理，你想啷个？我看你也就只有搬起石头砸天，莫得毬法。"

罗本来就有点气，听到王这样子不干不净的语气，于是就回敬了他一句："你当啥子老子，你认为你手中有权，就可以为所欲为，你要知道，这样子做，扣人口粮，是缺德，做缺德事的人最终要遭到报应！"

王这时已气急败坏，心想，你一个地主娃儿敢当众质问我，还敢和我争辩！于是他破口大吼起来："老子要遭啥子报应，你今天要说清楚，你要搞啥子阶级报复吗？嗯，格老子想闹翻天啦。"

罗用鄙视的口吻对他吼道："你就只会当'山蛮子'，扣大帽子，格外还有啥子本事，你看其他生产队，每个劳动日都有五角多，你看你领导的这个队才三角多，不屑泡稀屎照一下！"

他们就这样你一言我一语地吵了起来，很多群众围观，大家都议论纷纷。

这时，罗东明的母亲赶了过来，忙把罗东明拉开："你跟他吵啥子嘛，他是队长哟，你都敢跟他去争。惹不起哦，快回去，赶快回去。"又转头对王队长赔着笑脸说："对不起，对不起，王队长，你是个干部，你莫跟他年轻人一般见识，你大人大量，口粮你扣就是了，得罪了得罪了。"于是硬拉着罗东明走了回去。

罗东明回到家里，越想越是气，他想自己是有着充足道理的，"有理走遍天下，无理寸步难行"。他要去找王队长的顶头上司朱书记，他要把自己的意见向他陈述清楚。

隆冬的夜晚，寒风阵阵，罗东明来找朱书记。朱书记这个人平常待人很傲慢，特别是对成分不好的人，当你主动给他打招呼的时候，他连看都不愿看一眼，只是低声"嗯"一声，就算回应你热情的招呼。

对于"五类分子"，他更是残酷斗争，决不心慈手软。他深知，作为党的基层领导干部，贯彻党的阶级路线，首先要站稳自己的阶级立场，坚定不移地依靠贫下中农，团结和教育中农、富裕中农，坚决打击地、富、反、坏、右。所以，"五类分子"就成了他的天然敌人，"五类分子"家的小孩哭了，他们就吓唬小孩说："莫哭哦，不然朱老大把你爸爸（或爷爷）弄去斗哦。"小孩子马上就会停止哭闹。

罗东明虽然不怕他，但今天晚上是单独来找他，这可是第一次来找这位令"五类分子"胆寒的支部书记呀，而且是反映其下属的错误决定。他还是深感忐忑不安，但是他坚信自己有道理，党的支部书记总应该要讲道理吧！朱书记还是有一定的文化，总不会像王队长那样也当"山蛮子"吧！支部书记是党内最基层的领导干部，自己的叔叔要是不牺牲，级别比他不知要高多少。想起自己的叔叔，他为了追求真理、追求信仰，连命都可以牺牲，自己追问道理，正常反映自己的合理诉求，还怕什么呢？罗东明边想边走，不知不觉已到了朱老大的家门口。

当他敲响朱书记的大门的时候，一条大黑狗突然蹿了出来，"汪"的一声，直向他扑来，着实把他吓了一大跳。

朱书记开了门，喝退大黑狗，一看是罗东明，略为诧异了一下。罗忙说："朱书记，打搅你了。"

朱低沉着脸问道："啥子事？"他不招呼罗东明到屋里去，却边说边从屋里走了出来，站在院坝里。

罗把王队长要按做不足基本工分扣基本口粮的事情简明扼要地向他说了。

这时朱书记微闭着双眼，表情冷傲，抄起双手怀抱在前胸，他不面对罗东明，而是高昂着头，望着满天的寒星，不作任何表态。罗见他这个样子，又继续陈述了自己的理由。这时朱冷冷地打断了他的话，说道："你回去吧。"说完转身进了自己的屋里。把罗东明一个人晾在这个北风呼呼的院坝，弄得罗东明丈二和尚摸不着头脑。

他不知道朱书记是同意自己的意见，还是反对自己的意见。来之前，经过了多么激烈的思想斗争。如何跟朱书记谈？他想了很多方案。谈了过后会是什么结果呢？他也做了很多的假设：一是朱书记也像王队长那样霸蛮，不讲道理，他该怎么办？二是朱书记可能要提一些理由来反驳自己，他又该怎么办？朱书记会提什么理由呢？自己又如何来应对他所提出的理由？三是朱书记完全同意自己的意见，这个时候，自己又该怎么办？

而现在见了朱书记，虽然只有短短的几分钟，朱却冷冷地回应了他四个字："你回去吧。"这个结果确实是罗东明始料未及的。他对自己这次经过精心准备、做好各种打算的上访的结果是满意还是不满意呢？他自己也说不清楚。

通过这次上访，王队长的扣粮政策悄悄地取消了。这时那些"五类分子"和成分不好的人家，个个都称赞罗东明，有的说他仗义执言，有的说他敢说敢为，还有人夸张地说他是路见不平敢拔刀相助的英雄豪杰……

是啊，"五类分子"天生就是的案板上的肉，任人宰割！不管对他们进行的任何处置，从来就没有人说过半个"不"字。只有罗东明，第一个站出来据理力争，敢挑战权威，而且取得了完全的胜利！"五类分子"们不仅对扣粮事件的胜利感到高兴，而且对自己长期受压迫、受歧视感到不满，所以他们对罗东明的义举由衷地感谢，并给予了很高很夸张的赞誉。

对罗东明的义举，王队长却怀恨在心，在年终的"五类分子""斗争评审会"上，王队长把罗东明的母亲也弄到那些戴了"帽子"的"五类分子"一起，站在高高的阶沿上进行斗争。本来，罗家是烈属，罗东明的母亲虽是地主成分，由于是烈属家庭，加之她平时胆小怕事，从不得罪人，所以就没有戴上"五类分子"的"帽子"。按道理，她只应坐在会场中当陪斗，而不是斗争的对象，属于人民内部矛盾。但是，由于扣粮事件得罪了王队长，所以王队长也把她弄到台上去斗争。

罗东明看着自己已满头花白的亲爱的母亲站在被斗台上，低着头，心如刀绞。是自己的行为导致母亲被斗，被王队长、雷正友这帮卑鄙粗俗的文盲大呼小叫。这使他受到了平生最大的侮辱，在他的心中深深地种下了仇恨的种子。

一个二十岁的青年男子，正值血气方刚，母亲是他心中最神圣的女性！她从小对他是那么的慈爱。由于父亲长期在外工作，妈妈是那么的严厉，在她身上感受不到一点母亲特有的母爱。只有自己的生母，在乎他幼小的心灵感受，直到自己长大成人，她总是那么慈祥、那么温柔。俗话说"田要深耕，娘要亲生"，就是这个道理。

罗东明觉得母亲这辈子过得太艰辛，从小过继给养父养母。嫁给父亲，没过三年，父亲因"焚粮事件"被捕入狱。那时她上要照顾公公婆婆、养父养母，下要哺育年幼子女。现在虽已年过半百，由于家庭成分的缘故，不论刮风下雨都要下地干活，还要低声下气地做人。

父亲罗列夫在外工作，只有星期天才回来，父亲的身份更为复杂：解放前加入过国民党、复兴社、青红帮，家里又是地主出身，还因案入狱。但他又是一位革命烈士唯一的胞兄。解放前五年的政治经历又在狱中，所以父亲的政治面貌既有黑色，也有红色。

长期这样，他的性格有些扭曲，在外面，所有的人都说他脾气好、工作好，可是回到家里，常常为一点看不惯的事或罗东明做了错事，就对罗东明发脾气，这时罗东明如果顶撞了他，最后的结果是一定要挨一顿打的。罗东明不明白父亲为什么总是要惩罚他，所以对父亲，他是又怨又怕。他最害怕的就是星期六和星期天这两天。他经常说这是"黑色星期日"。

有时候也盼望这两天的到来，一是因为这两天一定会有好的饮食可以吃；二是父亲只要心情好，自己又没有做错事，父亲还是很慈爱的。

哥哥姐姐读书住在学校，也就只有星期天才回来，所以平常家里只有母亲和妹妹。这时候，罗东明就是这个家里唯一的男性。随着年龄的增长，哥哥又考学到了外地，在农村的主要农活自然而然地就落到了罗东明的头上。罗东明感到自己已经长大成人，应该做一个男子汉！能帮母亲做一些繁重的农活，能做一个母亲的保护者，他感到非常欣慰甚至有点自豪。但是，因为这次扣粮事件而上访，却给母亲惹下了祸事，他深深地感到自责。

看到母亲被斗的样子，他发誓，此生一定要出人头地，一定要有出息，只有这样才是对母亲最好的慰藉。斗争会开完后，罗东明挽着母亲的手回到家里。抱着母亲痛哭了一场，罗东明哭着对母亲说，"奶母，是我对不起您，是我给您惹下的祸。"

母亲流着眼泪说道："我不怪你，你没有错，哎！这个世道就是这个样子的。"

罗东明此时深深地感到，母亲的胸怀是多么的宽广，自己惹了这么大的祸事，她不但没有半点指责，还肯定了自己的行为是对的，于是他暗暗地发誓：此生，为了母亲，我一定要有出息！

怎样才能有出息呢？罗东明苦苦地思索着，自己才读完小学，文化底子这么薄。一个没有多少文化的农村娃，家庭出身又不好，家里虽然是烈属，但公社党委书记说过："你们虽然是烈属，但到了你们这里，已不是直系关系了，政治上可以享受荣誉，其他的就没有什么了。"所以，罗东明读书、升学、参工、参军都没有什么指望的，自己还会有前途吗？前途又在哪里？难道一辈子就这样吆牛屁股，挑屎桶子！完全听从王队长、雷正友的指令安排，今天挑粪，明天挖地，后天耕田，日复一日，年复一年……他无论如何都不会甘心，他也决不愿意就这样过一辈子！

他将自己迷茫的心情和内心的苦闷向张嘉定尽情地倾诉。张听过后，沉思了一会儿说道："从我们的交往中，我觉得你是一个诚实、守信、正直、义气的人。"

罗说："那有什么用呢？"

张微笑了一下继续说："我曾经认真地把你的相貌、性格、出生、用《易经》的方法做过研究。"

罗东明急切地问道："怎样呢？"

人在没有看到希望而又满怀渴望的时候，是多么想听到这种带有神秘的预测啊！张说"从相貌上看，你天庭饱满，地阁方圆，鼻子丰隆而直过山根，淮头圆润，鼻如截筒，且目长有神，眉高长秀，耳能贴脑，耳垂润厚，相书说'对面不见耳，问是哪家子'，加之你口角如弓，齿白如玉，单从相貌上看，你以后必定与'富贵'有缘，况且从你出生的四柱来看，命中还有不少的吉星，能得贵人相助呢。"

罗听他这么一说，感到很兴奋，又很欣慰，问道："按你这么说来，我应该就是一个好命的人喽，但为啥子我还是天天挑粪、挖地、耕田呢？"

"哈……哈……哈……"张大笑了起来说道："自古英雄出寒门，三贫三富不到老啊！文王困而演周易；仲尼厄而著春秋；韩信曾受胯下侮！哪有人一生下来就享富贵的道理？现在的磨难，对你来说应该是好事，这也许是你今后一生的财富。"

这时，张见罗不吱声，觉得可能说过了头，忙转过话题说道："命和相是天生注定的，但'运'则是要靠自己来创造。俗话说，相随心变，心地善良，看上去可就是一个善相，假如你起了恶念，你的气色一定会变成恶相，用现在的话说，那就是内因和外因的辩证关系了。"

罗专注入神地听张说着这些似懂非懂又十分新奇和欣慰的话题。他忙向张请教："那请你说说我现在该怎么办？"

张微笑着慢慢说道："我认为你天资聪慧，命中还带文曲星，首先应该多读点书；其次就是要把身体锻炼好。'天将降大任于斯人也，必先苦其心志，劳其筋骨……'你如果没有一个好的身体，以后如何担当大任，又如何与'富贵'结缘呢？"

初抉人生路

经过和张嘉定的这次摆谈，罗东明明白了很多道理，真是"听君一席话，胜读十年书"啊！他首先要把自己的身体锻炼好，于是他举石锁，练哑铃，还练八段锦、五禽戏，学静气功，打小洪拳……他要认真读书，不管什么书，只要借得来，稍微看得懂，他都狼吞虎咽地看下去。

有一天，他对张嘉定郑重其事地说："张先生，我想拜你为师，跟你学医，你愿意教我吗？"

张听后沉思了一会儿，说道："你不适合学医。"

罗忙道："为啥子呢？"

张说："庸医害人，如果你学医不精，不但减轻不了病人的痛苦，反而会把病人给害了。"

"我认真地学，把医术学精就行了嘛。"

张又说："天生一人，必有一路，你命为'木'形命，相为'木'形人，应以'水'来生之，'金'来克之，'火'因你而生，'土'被你所克，一个人一辈子想学个技术，这个想法很好，家财万贯，不如薄技在身！因为'木'能生'火'，所以你的性格较急，热情奔放，做事雷厉风行。因'土'被你克之，克之为'财'，'木'系你的本命，'土''木'皆可成财。但学医则需以静为首。说个笑话，我每次站在台上挨斗的时候，我是在想我的医案，任他朱老大、王六娃（王队长）、雷正友他们怎样说、怎样吼，我权当耳边风，我一门儿心思都在思考我的医案，你能行吗？哈哈！"

罗东明听后，惊讶了半天，怪不得他可以把那么沉重的政治压力放得开，能做到视而不见、充耳不闻。奇人，真是奇人也！

罗东明想学一门技术或一门手艺，学什么呢？他开始认真地思考起来。当医生固然很好，但张先生一席话说得入情入理。自己的性格确实热情有余，冷静不足，学不好医术而成庸医，把人给医死了，想起来都后怕。

学石匠？不行，俗话说，养儿莫学打石匠，天晴下雨在坡上！打石匠都是些力大的粗人。雷正友的哥哥就是打石匠，有一天他在山上开山打石头，举起

川东家族

大锤就喊号子。他看见对面远处小路上过来一个身穿红衣服的姑娘家，于是举起大锤喊起号子："对面的妹儿快过来哟，锤子来了你要松形哟……哎……"双手将大锤重重地打在钢楔上。结果过来的姑娘家走近一看，才晓得是自己的亲妹子！当时把他们羞得满脸通红，其他石匠就一阵哄堂大笑。此事后来在村里成了笑料。

罗东明才不愿学这种粗俗人干的手艺呢。要么，当灰匠？再就学木匠，对，学木匠，张先生说过，自己是"木"形命。"木"能生火，并能"克"土。木匠一般都在室内干活，况且木匠活有很深的工艺艺术，学好了，不愁挣不到钱，同时也满足了自己对艺术的喜爱。

罗东明把自己的想法告诉了父母，父母也很支持。父亲说："你自幼失学，书读得不多，学门手艺也好，我来想法给你找个师傅。但是择艺择师，一定要慎重，因为'男怕选错行，女怕嫁错郎'。你选择了这个手艺，对你今后的人生很重要。对待教你这个手艺的师傅，则要'一日为师，终身为父'。你不但要选择师傅的手艺，而且还要看他的品德，因为拜了师，你一辈子就要认这个师傅，对师傅的生养死葬就要负责。"

罗列夫年轻读书时，学的是建筑专业，解放后，因为是罗文达烈士的胞兄关系，被安排在县政府工作，主要负责全县的房屋、建筑管理。由于在解放前曾经参加过国民党、复兴社、青红帮，这些身份，本来就是共产党的敌对身份，但党的阶级政策主要是看解放前三年的政治经历。而他在解放前五年，因"焚粮"案子在国民党监狱中服刑。所以解放前三年的政治经历则一目了然。加之又是以烈属身份参加的工作，成了县政府一名国家干部。

历次政治运动，如"肃反"、"反右"、"四清"等除了交代自己早已背得滚瓜烂熟的政治经历之后，每次政治运动都能顺利过关。他明白自己的身份，自己家虽是烈属，但过去自己有那么多的政治污点，所以在工作中他总是兢兢业业，如履薄冰。

解放前与他同监的难友——小雷，解放后一直在政府部门工作，他想去读书，县委不同意，于是他与县委书记大吵了一次。因此在"反右"斗争中被戴上了"右派分子"的帽子，遣送到凉山彝族自治州去劳动教养（俗称劳教）。

一九六六年，史无前例的无产阶级"文化大革命"运动开始了，各个单位要组织人员上街去示威游行，愤怒声讨邓拓、吴晗、廖沫沙"三家村"的罪行。

但是有一次，县政府分管人事工作的伍副县长通知罗列夫、张元跟等人在办公室值班，不得去参加示威游行。罗看到留下来值班的人都和自己差不多——解放前都有政治污点，也同样为烈属。他似乎有一种不祥的预感，自己可能被剥夺了参加示威游行的资格了。

随着"文化大革命"运动的深入开展，罗列夫每天都怀着忐忑不安的心情，总是提心吊胆地过日子，胆小慎微地工作，生怕出了差错。但是，不管你再怎样担心，该来的最终还是要来的。

一天，伍副县长通知罗列夫到他的办公室去，找他单独谈话。伍副县长说："老罗啊，你以前在学校是学建筑专业的，经过研究，现在决定调你到建筑公司去工作，那里缺乏你这样的专业人员。去了过后，也算是专业对口了。"

罗说："这十几年来我一直都在政府机关工作，到企业去，不知道自己能不能胜任？"

伍说："这没有问题，对你的技术能力，他们都是晓得的。以前他们公司领导还向我提出过几回要求呢。"

罗知道，现在运动来了，政府部门容不下我了，那以前他们主动要我的时候，怎么不调我过去？现在运动来了才调我过去。于是说道："好吧，伍县长，我服从组织分配，但我的身份是国家干部，那可是一家集体企业啊。"

伍县长说："身份不变，级别也不变，你到人事科去开介绍信，他们会把这些给你写清楚的。"

罗列夫到了建筑公司，这个公司的领导和职工都是他的老熟人。以前，罗是县政府的国家干部，从业务上来说，罗是代表县政府对建筑公司进行业务指导和管理的。因为罗在工作中兢兢业业，业务技术又很专业，加之对人态度又很和蔼，从来不像有些国家干部那样居高临下、态度傲慢，所以建筑公司的人对他都有很好的印象。罗到这个公司之后，主要从事建筑工地施工技术管理。

建筑工地上多的是木匠师傅，他在工地上物色了一个技术好、人品又好的刘师傅当儿子的师傅。

师傅找到了，罗东明兴高采烈地就要到父亲的工地上去学木匠。罗东明觉得，这是他第一次完全自主选择的人生道路，他要好好学艺，努力成为一个人人夸奖的好手艺人。俗话说："天干饿不死手艺人。"一技在手，将终身受益。从此他就可以基本上改变今天耕田、明天挖地、后天挑粪这种周而复始的原始农业劳动的农民生活了。可是他哪里知道，事情哪会那样简单、那么顺利哟？

王队长听说罗东明要出去学木匠，找到了罗东明，对他说："不行，不行，现在正是'农业学大寨'的高潮，各行各业都要支援农业，你不安心在农村参加'农业学大寨'，还想出去，不行，不行！"

万事俱备，只欠东风，听王队长这么一说，罗心都凉了半截儿，依他那火暴性子，马上就要和王队长争吵，但为了顾全大局，为了达到自己的目的，他强压住怒火，笑着说道："我木匠手艺学会了，以后生产队要盖个房子、做个拌桶、修个农具这些木匠活，就可以不到外面去请人了，还有，你家里往后要做个桌椅板凳的，我一定帮忙。"

王说："不行，我说不行就是不行。我晓得，你就是不甘心当农民，想方设法地往外跑。哼，你不想挑屎桶子，老子偏让你挑屎桶子，挑一辈子的屎桶子！"他边说边走了。

罗东明此时怒火中烧，对着他离去的背影大声骂了一句："你真他妈的缺德！"

最让人捉摸不透的是命运之神，今年年初，生产队里回来了一名复员军人，他是朱老大的族弟朱文山，排行老幺，他俩在四辈人之前是同一个祖宗，即朱老幺是朱老大还没有"出服"的兄弟。因为朱老大的关系，三年前参军到了部队，春节过完就复员回来了。朱老大要安排他来当生产队长，你别看生产队长是农村最小的干部，这可是一个很有油水可捞的肥缺哟。他们这个生产队，离城只有三里远，这里的社员与城里有着千丝万缕的关系，社员中有很多是"工属""干属"，当然也有像罗家这样的"烈属"和"军属"。

"工属""干属"就是工人和国家干部的家属，在这些人当中，有好几户家里成分又不好。作为生产队长，是这些人的父母官，哪个家里嫁女接媳妇，红白喜事，过年过节，生辰满日，都要首先请这个最小，但又是最直接的父母官。县官不如现管嘛！另外谁家要生娃儿，娃儿要上户口等，都需要他开个证明，盖个章，不意思意思，他就可以找出很多理由来拒绝你，你拿他也真是没有办法。

最来油水的莫过于上户口，因为这里地处县城近郊，城里那些有头有脸的人物，家住在偏远山区，要想把家属子女的户口迁到这里来，因为这是"农转农"不是"农转非"，不受政策的限制，只要队长点头即可。不求他能行吗？只要有人求他，特别是城里那些有头有脸的人来求他，还愁没有油水捞吗？

王队长当了这么多年的生产队长，油水可真的没有少捞，可是他对自己的顶头上司朱老大却没有过多的表示，只是在每年过年的时候，才请朱老大来吃喝一顿就算了事。所以，朱老大常说他吃"独食"，不懂事，早就对他不满了。

现在朱老幺当兵回来了，朱老幺比王队长要懂事多了，三年前朱老大把朱老幺弄出去当兵，朱老幺就请了朱老大全家在城里最好的饭馆大吃了一顿。况且"肥水不流外人田"，朱老幺毕竟是自家兄弟，在残酷的政治斗争的旋涡之中，就是要配置自己信得过的人。况且朱老幺比王六娃有文化、当过兵、入了党、见过世面，工作能力比王六娃强得多。不管从哪方面来讲，朱老幺都是当队长的最佳人选。因此在朱老大的亲自主持之下，朱老幺顺利地当上了生产队长。为了摆平和安慰王六娃，朱老大仍保留了王六娃生产队党小组长的党内职务。

朱老幺这个人有两大爱好：一是能喝酒，因为在内蒙古当兵的时候，别的本事不见长，但是酒量却练了出来，一顿可以喝上一斤白酒还不十分地醉；二是喝了酒就有些把持不住，见了稍微有点姿色的婆娘的时候，他的语言腔调就变了，他一定要操起他在内蒙古当兵时学过的几句普通话，撇腔调怪地说着"川普"，以炫耀他是一个出过远门见过大世面的人物。

他因为爱喝酒，自己又没有那么多钱去买，所以只要到了中午或者晚上吃饭的时候，随便找个理由，就要到那些成分不好的工属、干属或者外迁户的家里蹭酒蹭饭，一顿酒足饭饱之后，你如果有事求他，只要开口，他一般都可以爽快地答应你。毕竟吃人的嘴软嘛。他自己也半开玩笑半调侃自嘲地说道："酒杯一端，政策放宽；不管三七二十一，筷子要摆齐。"因此，大家在背后给他起了一个恰如其分的绰号——"撞嘴狗"，张嘉定给他起了一个比较文雅的绰号——"酒囊"。

说来也巧，朱老幺的生日与罗东明的生日同在一天，朱老幺比罗东明大八岁。因为他有一点文化，加之在部队当过兵，对于党的政策比王六娃要懂得多。

他不完全把罗东明当成地主子女，他把罗东明当成烈属来对待。所以，他敢于与罗东明交往，他不怕哪个说他"阶级路线"不分、"阶级立场"不稳。

有一天，他对罗东明说："东儿，我俩可是'老庚'哟，今年过生，你打算怎样过？"

罗说："长这么大，我可从来还没有过个生啊。"

朱老幺说："生日啷个不过呢？一年就只有这么一天，这样子，今年的生日干脆我们两个一起过，怎么样？"

罗东明听到他这么一说，真有点受宠若惊之感，忙说："要得，要得，那你说怎样过吗？"

朱说："这样子，你老汉在外面工作，熟人多，关系又广，到时帮忙弄点肉和酒回来，你先把钱垫起，我们两个一起来过这个生日。"

罗东明听后，一股厌恶之情骤然而生，心里说：真不要脸，我先把钱垫起，那还不是"肉包子打狗"——有去无回呀！但他马上又敏锐地感到，机会来了，自己朝思暮想要出去学木匠的机会来了！想到这里，罗东明满口答应了朱老幺的要求。

红宝石之约

罗东明终于走出了老家桃花坪，来到父亲所在的建筑工地。他的师傅是一个技术很好的老木匠，五十多岁。他对人很和善，大家对他十分尊敬。有的人称他"刘师傅"，他的老乡、徒弟们就直接尊称他"掌墨师"了。

木匠手艺按以前的划分，主要分为两大类：一类是所谓的"大木匠"，主要技术是建修房子；一类是"细木匠"，主要技术是做家具。建筑工地的木匠主要是修房子。

任何手艺，都应具有扎实的基本功，木匠的基本功就是推刨子、拉锯子、打眼子。这些虽是体力活，但还是有它的技巧。一块木料，在木匠手里，要做到横平竖直，该方则方、该直则直、该圆则圆；要做到"木料紧挨木料"，那可不是在短时间内就能练得出来的。刘师傅就让罗东明多练基本功，熟能生巧嘛！刘师傅对他说："基本功练好了，掌墨画线，凭你的聪明头脑将会一点就通。"

罗东明在刘师傅的指导下，木匠技术学得很快。在建筑工地上，父亲也教他学一些建筑施工图。这段时间，是罗东明觉得过得最愉快的时期，这里没有政治歧视，没有一个人在山谷里冒雨耕田的孤独，没有城里人看见他这个乡下人收粪时表现出来的那种鄙夷。每天都有一种由于技术的长进所带来的收获感，所以他每天都感到很充实。

可是，这样的好日子仅仅过了三个月，又一次"农业学大寨"的高潮到来了，刘师傅要回到麻东公社老家去，罗东明也接到生产队长朱老幺要他回去的通知。

在父亲这里的建筑工地上正干得起劲，一切的感觉都是那么良好。他决不愿就这样放弃，决不能半途而废，又重新回到那曾经留下多少痛苦经历的农村老家。他开始想办法，对于朱老幺，其实只有一个简单的好办法，那就是回去请他喝一顿酒，然后再打两斤高粱白酒送给他。

春天的夜晚，晚风习习，罗东明回到老家，把自己的老同学黄必亮约到一起，来到朱老幺的家里。罗东明回来的时候，已经在城里买了一大包各种卤肉，另外提了三瓶高粱白酒。

酒过三巡，罗东明对朱老幺说："今天晚上来和你一起喝酒，两层意思：一是感谢你过去给了我学手艺的机会；二是当着你的面说，以后手艺学会了，队里的木匠活，像修农具、修房子这些活路，都由我来负责完成，你再不用到外面去请匠人了，这也算是支援了农业嘛！"

朱老幺酒量虽大，但喝酒上脸，这时已有些微醉，特别是他那个酒糟鼻子，早已像个被虫子啃烂了的红辣椒似的贴在了脸上。他挥了挥手说道："你放心，酒杯一端，定要喝干，政策也可以放宽嘛！哈哈哈哈！农业学大寨也不差你一个人，学好手艺，以后队上有木匠活路，你可要回来哟，一举两得，一举两得。回来时莫忘了带两瓶酒回来，划他几拳，一醉方休，一醉方休！"

喝了这顿酒，罗东明就可以不用回农村去参加"农业学大寨"了。但是刘师傅却走了，他才跟他学了三个月，离出师还差得远呢，怎么办呢？

父亲建筑工地木匠师傅多得很，都想收他当徒弟。这是因为，他们一是看到罗东明这个娃儿很聪明，又肯用功；二是看到罗列夫是管工程技术的管理干部，他虽不是什么官，但由他开出的工单，可作为结算工钱的依据，所以这些木匠师傅多少也有点想巴结的意思，都想让罗东明来做自己的徒弟。在手艺人的行当之中，这就叫所谓的"参师"。

　　罗东明把这些师傅的意思告诉了父亲，罗列夫对儿子说："选师傅，这可是一件大事，慢慢来吧。刘师傅教你的先练好基本功，这是对的，这么多师傅，有不懂的地方，你都可以请教他们，俗话说'师傅领进门，学艺在自身'，平时多动点脑筋，我才不相信我的儿子连木匠都学不会。"

　　在建筑工地上，上下班时间都是固定的，特别是夏天的下午，下班过后，太阳还老高，这个时候要是在老家农村，社员们才出工呢。下班之后，罗东明还要练一阵基本功，用一些边角料做一些小凳子、小桌子之类的家具。在食堂吃过晚饭，然后陪父亲下几盘象棋。晚上同父亲睡在一张床上，父亲就将自己的过去慢慢地讲给他听。他是第一次知道父亲的过去，他的经历原来是那么的复杂！充满了曲折、传奇的色彩，比他所读的小说还要精彩。

　　父亲有时微笑着说："我自己都不晓得能活到今天，那个时候如果真的判了死刑，后来也就没有你和你妹妹两兄妹了，哈哈！"

　　到了星期六，父子俩一路有说有笑地往家里走。这个时候，罗东明感到父亲是那么的慈祥、那么的可亲，完全没有了原来自己做了错事时那种严厉和凶暴。这段时间是他们父子俩感情最好的时期。

　　父亲的建筑工地上的工程结束了，罗东明修房子的技术也学得差不多了，做细木活的技术跟着其他几位师傅也杂七杂八地学了一些。他要离开父亲，他要出去凭着已经学得差不多的技术自己找活干，独自去闯天下。

　　他给私人建房子，做门窗，做屋架，放檩子，钉椽子，还给别人做家具，做嫁妆……

　　阳春三月，罗东明背上装满工具的竹背篼，手里提着一把锯子，沿着州河的河边小路，往远在十里路之外的丁家坝赶去，这里有一户人家要嫁女，请他去给她家做嫁妆。走村串户做手艺，干千家活、吃千家饭这种生活他也慢慢地习惯了。

傍晚时分，他到了主人家里，这家男主人姓丁，在河里推渡船还没有回家。女主人是一位贤淑的母亲，姓徐，五十岁左右，她有两个儿子和两个女儿。儿子是老大，已经讨了老婆，俗话说"树大要发桠，儿大要分家"，讨了婆娘自然就分家另过。老二和老三是两个女儿，老么又是个儿子，做嫁妆是因老二准备出嫁。

罗东明来到这个家，丁大婶热情地招呼了他，她正在忙着煮晚饭，老二在切菜，老三在烧火，厨房里，满屋的柴烟将瓦数很低的白炽灯熏得有些昏暗。

罗东明将工具背篼放好后就走了出来，坐在院坝里，不多一会儿，晚饭已经煮好，男主人丁大叔也回来了，走到院坝就问道："请的木匠师傅来了没有？"

没有等他的家人回答，罗东明就起身站了起来礼貌地答道："我就是，大叔您现在才回来，辛苦了。"

丁大叔看了一眼面前的木匠师傅，略为注视了一下，不由自主地说了一声："你还这样年轻啊，今年多大啦？"听他的口气像有点怀疑他的手艺。

"大叔，我属龙，今年二十三岁了。"罗不慌不忙地答道。

这时丁大婶大声说道："吃饭了，快洗手吃饭了。"于是大家就围坐在一张四方桌前准备吃晚饭。

罗东明环顾了一下桌子上的就餐者，主人丁大叔和丁大婶、老二、老三两个大姑娘，两姐妹年龄最多只差两三岁，老二可能有二十岁，老三可能有十七八岁。昏暗的灯光下，看不清她俩的脸孔（罗也不好意思去仔细看人家大姑娘的脸孔），只见两位姑娘身段都很好，亭亭玉立，活像一对双胞胎。还有一个年轻男子，个子不高，体形瘦弱，满脸青春痘，穿一件绿黄色的衬衣，衬衣里面是一件白色的背心，背心上面印着"西藏军区汽车团"的字样。他一直低着头在吃饭，和谁都不说话，显得有点拘谨。另外就是这家的宝贝么儿了。

丁大叔把装满白酒的瓦罐拿了出来，要给罗东明和穿军用背心的男人倒酒，罗东明忙站了起来说："对不起，大叔，我不喝酒。"

丁大叔说："做手艺的人哪有不喝酒的，来、来，少倒点，陪你大叔喝点儿。"

罗东明见大叔这么说，忙说："我自己来，少来点儿，晚辈理当敬你。"

说完接过瓦罐往面前的碗里倒了差不多一两酒。

丁大叔对穿军用背心的小伙子说："小徐，你也倒点儿。"

"不喝。"小徐从喉咙里发出轻轻的闷声。

丁大叔把眉头一皱，看样子有点不高兴，于是不客气地说道："不喝算了。"

看来丁大叔也是一个饮酒爱好者，于是罗东明就成了这个饭桌上唯一的陪酒者。

罗东明在外做手艺，一般很少喝酒，他自己不胜酒力，要是醉了，一个人在外头怕误事。但今夜，他只好硬着头皮来陪这位爱喝酒的主人家喝上几杯，在昏暗的灯光下，他好几次把喝进口的酒又用手绢捂着吐了出来，不然可早就醉了。

第二天一早，罗东明就起床了，搭好马凳，就开始干活。罗东明听了张嘉定的那次谈话过后，十分注重体能锻炼。你看他，粗壮的手臂比那些瘦弱者的小腿还粗；发达的胸肌，好似十多岁少女的乳房。他干起活来，劲头特大，精神很好，加上刘师傅教他初学时练好的基本功，所以做起手艺来，很受主人的赏识。他还有一个好的习惯，那就是边干活边唱歌，他说这样干活才不觉得累。

丁大叔这一家人都是勤快人，天还没有亮，丁大叔就到了河边，他要去为那些进城卖早菜的人去推过河船；丁大婶一早就到地里去了，挖了一会儿地，再从地里摘些当天要吃的蔬菜回来；老二在家里煮早饭；老三已经背上背篼去割猪草去了。

当太阳出来的时候，只有小徐和丁家的宝贝幺儿还在睡懒觉。早饭煮好过后，老二站在院坝里叫道："妈，三妹，吃饭了。"声音真好听。她又对罗东明说："罗师傅，洗手吃饭了。"

这时罗东明才仔细地打量着她，罗东明心里"咯噔"了一下，心里说道：好漂亮哦！老三背着装满猪草的背篼也回来了，衣袖和裤脚早被露水打湿，她走到院坝冲着罗东明一笑，算是和他打过招呼，罗东明心里更是一惊，她比姐姐更漂亮！

罗东明做了一天的活，才知道小徐是老二（名叫丁大荣）的男友，小徐在部队已经当了三年汽车兵，是丁大荣的远房亲戚。丁大荣是这个大队的团支书记，她长得很漂亮，初中毕业后回到农村，性格开朗，人很勤快。大队团支部在她的组织下参加全公社文艺演出，曾多次获得前三名。但是她和大多数农村中有文化的青年人一样，不甘心一辈子在农村，更不甘心子子孙孙都在面朝黄土背朝天的农村。外面的世界多精彩呀！外面的社会又多丰富，外面的天地该有多么的广阔啊！年轻人的心对这些又是多么的渴望。

她之所以要积极地表现自己，目的就是想要离开农村。但是不管她表现得多么好，她就是不能出去。公社供销社、信用社、民办教师、贫宣队招工，公社还差一名妇女专干，都与她无缘，就连出去修襄渝铁路的民工都没有她的份。眼睁睁地看见本大队其他的年轻人一个个都出去了，可她就是不能离开这实在不愿长待的农村，她为此十分苦恼。她决不甘心！她发誓，这辈子调不出去工作，我至少也要找个在外工作的人。再不，嫁个城里的人也是可以的。总之，就是要离开农村！我这辈子生在农村，算命不好，但我要让我的子子孙孙不在农村，离开农村是她最大的梦想。

当远房舅妈向她介绍小徐的时候，说小徐在部队开汽车。这个年头，流行一句话："一是权；二是钱；三是听诊器；四是方向盘。"开汽车的司机是最令人羡慕的职业之一。于是她同意了与小徐见面。

当她与小徐见面之后，经过一段时间的交往，她十分后悔，也十分矛盾，小徐这个人性格木讷，沉默寡言，体型瘦小，个头儿比自己还要矮一点点，还有那满脸令人看见就讨厌的青春痘。加之他这个人一点儿也不勤快，来了就坐在那里，不管家里有多忙，他从不主动动手做点儿事情。早上爱睡懒觉，早饭好了，不叫还不起来。由于语言迟钝，他从不主动和人打招呼，更谈不上与人交谈了。见了她的父母，从不主动叫一声，自己和父母与他说话，你问一句，他就只回答一句，你问他："来了？"他答："嗯。""吃饭没有？""没有。""小徐把酒倒上，喝点儿。""不喝。"

丁大荣与他的性格简直是格格不入，她因此十分苦恼，不和他好吧，好不容易才找了个在外开车的司机，和他好吧，却无论怎样也培养不出半点儿情趣。和他单独相处时，简直是索然无味。她看得出来他有时也想鼓起勇气来拉她的手，她都会借故避开。

三妹丁小蓉看见小徐这个样子，他哪里配得上自己这么漂亮的姐姐哦，她多次劝姐姐和小徐吹了，她说："姐姐，一朵鲜花插在牛粪上，那就是形容你的了。"

丁小蓉在公社中学读书，每天早上起来之后，先帮妈妈割一背篼猪草，吃过早饭就上学去了，因为罗东明是在给丁大荣做嫁妆，那么丁大荣就在家里给罗东明煮饭。每天到了上午十点钟，丁大荣就要给罗东明煮两个荷包蛋，按当地的风俗这叫"过午"。

罗东明边干活边唱歌（他说这就相当于喊劳动号子），他不但歌唱得好，还会吹笛子、吹口琴。在丁家，有两个漂亮的姑娘天天同在一个桌上吃饭，又都是年轻人，罗东明的心情自然愉快极了。

有一天又到了上午十点钟，丁大荣端来一碗荷包蛋递给了罗东明，对罗东明说："罗师傅，你唱歌真好听。"

罗说："我也听你唱过歌，比我唱的还好听呢。"

丁听了罗这么说，脸红了红，罗这时转了一个话题："听说，昨天走的那个小徐是你的男朋友？"

丁大荣脸更红了，她轻轻点点头，但马上又很快摇了摇头说："他算起来应该是我妈的侄儿，我该叫他表哥。"

罗笑了笑说："表哥表妹，天生一对嘛。"

她这时也很大方地反问道："你看我们像天生的一对吗？"

罗说："像啊，像一朵鲜花插在了牛粪上。"

丁大荣这时笑着白了他一眼说："你真坏。"边说边走向厨房去煮午饭了。

下午才五点多钟，丁小蓉已经放学了，走到院坝里对着罗东明说："罗师傅，歇一会儿，莫太辛苦了。"

罗顺口答道："要得，这么早就放学了？"

丁小蓉走到罗的身边，看见他工具背篼里有一支竹笛，就顺手拿了出来，说："罗师傅，你会吹笛子？"

罗说："吹得不好。"

丁小蓉说："吹一个，吹一个。"

罗说："现在是干活的时候。"

丁说："那怕啥子嘛，哪里这么忙就做嫁妆的，那样子一个男人，还想当我姐夫，哼……来，吹一个嘛。"丁小蓉很大方，非要罗现在就要给他吹一曲。

罗见她天真殷切的样子，于是拿过竹笛，吹了起来，一曲《扬鞭催马送粮忙》，那欢快悠扬的笛声飘扬在州河和这春天的原野之上，丁大荣这时也从厨房里走了出来，站在罗东明的身后，静静地听着。

"真好听，真好听！跟广播里播的一样，吹得真好！"三妹边说边拿过竹笛也学着吹了起来，但只听见"呼、呼"的气声，不闻笛声。她放下笛子又娇嗔地说道："你当我的老师，教我学吹笛子，可不可以嘛？"

罗望着三妹那天真美丽的大眼睛说道："好哇，只要你愿意学，我定当毫无保留地教你。"

"怎样吹，怎么学？怎样才能达到你这样的水平？"

"哈哈！看你急的，在所有的乐器之中，竹笛是很容易学会的乐器之一，学会容易，但吹好就难了，我这点水平算什么呢，但我可以说说对这方面的粗浅认识：在乐曲吹奏中，一是技巧，二是艺术。技巧要靠多练，艺术就要靠心灵的感悟了。在吹奏乐曲的时候，首先对曲子要有充分的理解：是欢快流畅还是低沉悲伤。当你吹奏这首曲子的时候应该饱含深情，充分体现出曲子的精髓，这样，感情加技巧，吹奏出来的曲子就可以达到出神入化、如歌如诉了。"

"太精辟了，你真不该来当木匠，应该去当音乐家、当艺术家，你真行！"三妹边拍着手边说道。

丁二妹站在他们的身后，看着他们亲密的对话，心里有一种说不出的滋味，于是她对三妹说道："三妹，快去做作业了，等会天就要黑了。"

她又笑着对罗东明说道："你也真有耐心，她现在把书读好就不错了，曲谱都认不全，把1、2、3、4、5认成一、二、三、四、五，还没有学'爬'，就想学'走'了。"

这时三妹伸了伸舌头喊了一声："姐"就走开了。

星期日的早上，三妹丁小蓉一早就起来煮早饭，她今天不上学，吃过早饭，丁大婶对丁小蓉说："今天你不上学，就在家里给罗师傅煮饭，我和你姐要到你外婆家去。"

这时，三妹冲着姐姐伸了伸舌头，做了一个怪相鬼脸神秘地笑了笑。

丁大婶和丁大荣走了以后，罗东明问丁小蓉："你姐和你妈到你外婆家去，你给你姐为啥做鬼脸笑她呢？"

川东家族

丁小蓉笑眯眯地摇着头说："不给你说，你猜。"

罗想了想："可能是你外婆过生日吧。"

"不对。"

"那就是你舅舅过生日吧！"

"也不对。"

"那为什么呢？"

"跟你有关。"

"跟我有啥关系呢？"

"你再猜。"

罗盯着小蓉那调皮的大眼睛，用手摸了摸脑壳，说道："实在是猜不出来，三妹哟，你们家里面的事，我又怎么猜得出来嘛，你这是在考我的智商吗？"

"啥子我们家的事哟，还不是因为你，我姐昨天晚上跟我摆了一晚上的心事，她说，自从她见到你以后，才知道男女之间还有真正可以从内心动感情的人，她把小徐和你一比，终于下定决心要解除这不可能建立真正感情的婚约。你说，我姐这样做对吗？你又怎样看呢？"

罗说："原来是因为我才拆散了他们的呀！罪过、罪过！不过，恩格斯曾经说过，'没有爱情的婚姻是不道德的婚姻'，从这个角度来说，他们分了手，是符合道德标准的。说实话，他们也实在不那么般配。"

丁小蓉说："听你说话总是有根有据的，佩服、佩服，还把恩格斯都搬出来了。"

丁小蓉停了一会儿对罗东明说："罗师傅，叫你罗师傅，好像你没有名字一样，从今天起，我不叫你罗师傅了。"

"那你叫我什么呢？"

"你想我把你叫啥子嘛。"

"就叫罗东明吧，也可以叫罗木匠，或者叫小罗也可以。"

"哈哈！还小罗呢、我比你小这么多，好意思把你叫小罗吗？我把你叫……罗哥哥，怎么样？"

"好啊，我要真有你这么个漂亮的妹妹，真是三生有幸啊！哈……哈！"

丁小蓉这时有点儿嗔娇地说："罗哥哥，今天就只有我们两个人在屋里，我求你一件事，你答应不答应？"

罗说："啥子事？你不说清楚，我怎样来答应你呢？"

丁笑了笑，她笑起来更好看，一对酒窝浅浅地落在两腮，长长的睫毛配着两只明亮的大眼睛。十七八岁的大姑娘了，身体已发育得十分丰满，涨鼓鼓的双乳更显得她青春十足。

丁说道："你今天不做木匠活，反正我姐也不忙着嫁人了。"

"不做木匠活，那你爹妈请我来做啥子？"他边说边摇了摇头。

"你今天就只帮我一个人做事情，怎么样？"

"我能帮你做啥子事？"

"你猜呢？"她甜甜地笑了笑。

"你又来考我的智商来了。"

"今天一天都只有我们两个人在家，机会难得，你一定要帮我这个大忙。"

"那你快说嘛，有你这么一个漂亮的妹妹求我，我定效犬马之劳。该不是让我教你吹笛子嘛？"

"姐说得对，我现在连曲谱都不会，等我把曲谱学会了，你一定要教我学吹笛子。"

"那还能帮上你的啥子忙呢？"

"帮我做作业，我的罗哥哥，算我求你了，要不要得嘛？"

罗听了以后，哈哈大笑了起来："三妹，你挖苦我嘛，我没有读过中学，你的作业，我怎么做得来呢？"

"你一定做得来，你不但做得来，我相信你一定还做得很好！"

"我除了能做木匠活以外，还能做啥子呢？"

"帮我写作文，我最害怕就是写作文了，我每次写作文，都不知道如何开头，拿起笔来半天一个字都写不出来，好不容易开了个头，又不知道如何结尾，真可谓下笔千字，离题万里，哎！"

"那你怎么知道我能帮你写作文呢？"

"凭我的感觉，平常你说话的时候，总是有理有据、条理清楚、层次分明。还有，你看过不少的书，老师说过，'读书破万卷，下笔如有神'，你一定能行，你一定要帮我这个忙，啊……罗哥哥。"丁甜甜地说道。

罗说："写作文我可以给你参谋参谋，活路还得要做，这样子，我边做活路，边跟你讲，你自己来写，写完以后我帮你改一下，你看怎么样？这样子我既动手干了活，又动了嘴帮了你的忙，你自己来写，也提高了你的写作水平，一举三得嘛。"

丁小蓉听了以后高兴地拍着手："要得，要得，罗哥哥你就是有水平，把一件事情安排得一箭三雕、一举三得，真有你的。"

这一天，他们两个，一个边干活、边指导，一个边写作、边提问。不觉到了中午，丁三妹的作文初稿也写出来了。丁小蓉去把午饭煮好，这顿午饭就他们两个人一边吃、一边说、一边笑。

丁小蓉笑着问罗东明："罗哥哥，你为什么要愿意帮我的忙呢？"

这时她多么想听到他说出那青春少女想听的话啊！

罗却轻轻地唱了一句："我愿变一只小羊，随你去远方，让你的皮鞭轻轻打在我的身上……"

丁小蓉听了过后，脸上微微有些发红，自言自语地说："你真幽默哟！"

这一天是他们最愉快的一天，晚上，她有一种莫名的兴奋，有些失眠了，到了半夜都没有睡着。白天的情景就像电影一样浮现在眼前……情窦初开的少女哟，第一次遇到使她怦然心动的异性，搅得她心绪不宁。她索性披衣起床，拿出自己的日记本，写道：

> 今天是我最快乐的一天，也是我第一次遇到了可以引起我心动的男生。真对姐有点嫉妒了，这一天，将使我终生难忘……他是喜欢我呢？还是喜欢姐姐呢？我看不明白，反正我知道姐是喜欢他的，哎，谁叫她是我姐呢，谁叫我现在还是一个学生呢！

丁小蓉在罗东明的指导下写出来的作文，老师把它作为范文在班上进行了点评，还将这篇作文张贴在教室后面"学习园地"的黑板上，让全班同学都来学习。对此，丁小蓉感到非常高兴，一放学回来，就迫不及待地将这个喜讯告诉了罗东明。罗听了后，也感到十分高兴。

晚上，丁大婶和丁大荣从外婆家回来了，从丁大荣的举止言谈中，可以明显感觉出她有如释重负之感。

第二天早上，丁大婶还是去挖地、摘菜去了，丁小蓉也去割猪草去了，家里只剩下丁大荣和罗东明。罗东明已干得满头大汗。丁大荣把米煮在灶上的铁罐里，就拿了一把木梳站在院坝的石梯上梳头，乌黑的头发像黑色的瀑布一样飘洒在前胸。因为是春末夏初的时候，刚起床，丁大荣只穿了一件睡衣，睡衣上面的纽扣掉了一颗，当她抬起手来梳理头发的时候，睡衣就张开了一条大的口子，罗东明无意中看到了他那洁白如玉的胴体，那坚实丰满的乳峰，一颗黑中带红的乳头，像一颗价值连城的红宝石一样，随着她梳头发时上下的动作在轻轻地抖动，她却全然不知。这时罗东明的热血在沸腾，心跳猛然加快，他惊呆了！他被她深深地吸引了，不由自主地停下手中的活路。他是平生第一次见到如此美丽、如此真实的女性身子。

就这样过了不到一分钟，他才猛然醒悟过来，走到丁大荣的面前，对她轻声说："你的衣服扣子掉了。"

这时丁大荣恍然大悟，满脸羞红，忙将衣服拉紧轻声地说道："你在往哪里看啊？不正经，羞死了！"说着笑着跑到屋里去了。

吃早饭的时候，大家围坐在饭桌前，罗东明手里端着饭碗，看见丁大荣坐在自己的对面，此时丁大荣已完全穿好了衣服，罗见她被乳罩遮盖得十分严谨但还是十分丰满的胸脯，充分体现出女性美丽的内涵，那深藏不露的内涵哦，却在刚才被自己无意之中发现了，是那么的美丽，那么的动人，那么的令人心跳不已……罗痴痴地回忆着当时的情景。丁大荣看见罗痴痴地看着自己，脸唰地红了，端起饭碗独自走到了院坝。

罗东明在丁家已经干了将近一个月的木匠活，丁大荣的嫁妆也做齐了。他又在这里的其他人家做了些木匠活，眼看活路做完了，他就要离开这里。

这天下午，丁大荣对他说："今天晚上，为了迎接'七一'党的生日，我们大队团支部要排练文艺节目，我想请你去指导指导，我们有一个节目是'革命歌曲大家唱'，你笛子吹得好，去给我们伴奏，怎么样？"

罗说："我可是'走音团'的团长哟，你看我行吗？"

"莫谦虚嘛，你行，你真的得行，一定要去啊，因为我是团支书，我的妹妹和嫂子都要去，这回你一定要给我个面子哦。"

罗说："丁书记的指示，我一定坚决执行，我一辈子都愿意服从你的领导，执行你的指示，哈哈！"

丁大荣白了他一眼说道："你可真坏！"笑着走开了。

这天晚上，文艺节目排练完了后，丁大荣、丁小蓉和她们的嫂子同罗东明一起从大队部顺着河边的小路往回走。月光如银，和风阵阵，丁大荣的嫂子叫住了罗东明："罗师傅，你等一会儿，我想给你说个事。"她又向丁大荣和丁小蓉说："二妹、三妹，你们在前面等着我们。"

等她们走到前面去了，丁嫂问罗："罗师傅，我们家的活路你也做完了，辛苦你了。"

罗说："应该的。"

丁嫂子又问："你有女朋友吗？"

罗沉思了一会儿答道："没有合适的，以前别人介绍过，能看上我的，我又觉得不适合，我能看上人家的，别人又嫌我成分不好，哎！"

丁嫂又问道："你觉得我们家二妹怎么样？"

"她那么漂亮，那么优秀，又是团支书，难道她不嫌弃我成分不好吗？"

丁嫂说："说实在的，二妹这个人就是一直想能调出去工作，想离开农村，哎，哪有那么简单哟，有过几次机会，都被公社的领导卡住了。后来一想，自己调不出去，找一个在外面工作的人也可以。但是真正在外面工作的人，如果各方面条件都好的话，哪会来找一个农村姑娘嘛。来找农村姑娘的人，多半都有些不足之处，你看到的那个小徐，那个样子，半天屁都不会放一个的人，哪里配得上我们二妹呀！"

罗说："可我的户口也在农村啊。"

"二妹说了，你这个人很好，她说跟你在一起觉得十分开心，你家虽然成分不好，但是是烈属，再说你们住在城郊，离城那么近，各方面都很方便。说实话，今天晚上是她委托我来跟你说的，不知你的意思如何？"

罗说："大嫂，说实在的，二妹是我遇见的第一个好姑娘，如果我们有缘分，则是我一辈子的幸福，但是我要亲自和她谈谈，我要亲自说明我的一切，要真诚地向她求爱。"

"好哇！"丁嫂高兴地说道。

丁嫂走上前去，在二妹的耳边说着什么，然后挽着三妹的手就走了；丁大荣站在月光之下，等着从后面赶过来的罗东明。

罗在远处看见丁大荣站在那里等他，朦胧的月色，勾勒出丁大荣那亭亭玉立、婀娜多姿的身形，她那乌黑的长发在夜风的轻拂下飘动。

罗满怀激动的心情奔跑过去，神圣的爱情在召唤着他，心中的爱神在等待着他！

当他走到丁大荣面前的时候，他们四目相视，他轻轻地拉着她的手关切地问道："起风了，冷吗？刚才嫂子跟我讲了，但我还不完全相信，我认为自己是在梦中呢，你真的喜欢我吗？"

丁大荣点了点头说道："今天晚上，你的笛子吹得多好啊！特别是你最后那个男生独唱，一首《赞歌》，唱得多好哦！他们全部都在为你鼓掌喝彩，当时我好高兴啊！这个节目，'七一'的时候要到公社去会演，那时你可一定要来哦。"

罗说："我说过，我会一辈子服从你的领导，执行你的指示，我一定要来的。"

他们说着，就在河边的一块石板上坐了下来，他们脱掉脚上的鞋子，双脚戏弄着河水，罗说："二妹，你真好，你这么好的一个姑娘怎么会看上我呢？你看上我什么呢？难道你只喜欢我会吹笛子、会唱歌吗？"

丁大荣说："在我的心中，你就是一个男子汉，你是那么含蓄、悠然、风趣，人又很聪明。和你在一起，总觉得很充实、很快乐。哎，你就要走了，我是多么舍不得啊！所以今天晚上我叫嫂子来跟你说。"

罗说："你自己为什么不亲自来说呢？"

丁说："我一个姑娘家，要是跟你说了，你拒绝了我，那好尴尬哟。"

她反问了一句："你真的喜欢我吗？"

罗忙答道："喜欢喜欢，真的很喜欢！"

"那你又为什么不主动来找我说呢？"

罗说："因为我自卑嘛。"

"你这么好的一个人，自卑啥子呢？"

"哎，一是我家成分不好；第二嘛，我也是个农村娃啊，三是因为你太漂亮了，怕你拒绝我，说我是癞蛤蟆想吃天鹅肉。"

"你真坏！"丁说着，深情地看了他一眼。

这时罗东明心里充满了幸福之感，很自然地拥抱着她。她在罗的怀中喃喃地问道："那天早上，你在看啥子？"

罗抱紧了她，对她充满女性魅力的嘴唇亲吻了下去，轻声地说："当时确实是无意之中看到的，你好美哦，像颗红宝石一样。"

"我看你当时呆呆地站在那里，在想啥子？"

"我想，这么珍贵的红宝石要是属于我，那多幸福啊！"

"不属于你，又属于哪个呢？"

"二妹，你真好，这辈子有了你，有了那么珍贵的红宝石，我就是天底下最幸福的人了，谢谢你，谢谢嫂子，谢谢苍天啦！"

"要说谢的应该是我，是你让我第一次感到人生是这么的美好，爱情是这么的甜蜜，生活是如此的充实，未来就充满了希望……"

罗东明听到丁大荣如此说道，使他更加激动，他这是第一次尝到爱情所带来的幸福和甜蜜！他的热血在沸腾，他的心脏在狂跳。这时他想起一句著名的诗句："生命诚可贵，爱情价更高……"是啊！她就是自己的生命，他应该成为她的靠山，他要用毕生的精力来报答她对自己的爱。他狂吻了她，两个有情人紧紧地相拥在一起。他明显地感觉到，她的心跳在加快，两颗坚实丰满的红宝石在轻柔的跳动。他有一种冲动，于是贴在她的耳边轻声说道："那天早上无意之中看见了，现在能不能让我真切地看看？"

说着就想伸手去摸她那丰满的乳峰。丁说："不行不行，等结了婚，让你看个够……我还要用它来喂养我们的娃儿呢，我要给你生个大胖小子，你说，你是喜欢儿子呢，还是闺女？"

罗充满幸福地说道："只要是你生的，儿子闺女我都喜欢，那可是我们甜蜜爱情的结晶哟……当然要是生个儿子就再好不过了。"

两个二十多岁的有情人，紧紧地相拥坐在这美丽的月光之下，河水轻抚着他们的双脚，互相谈论着这动情的话题，罗东明有些陶醉，也有些把持不住了。这时丁大荣说："东明，我知道你的心，毕竟我们这是第一次约会啊！说实在的，此时此刻我也非常想得到你。但是，让我们把最宝贵、最幸福的时刻留到新婚之夜吧！到了那个时候我让你亲个够，让你一辈子亲个够，要得不？"

"好嘛，我期盼着这一天，就当是我们俩的约定吧，我就叫它'红宝石之约'怎么样？"

"好哇，我这个人迟早都是你的，就这样约定，让我们共同期盼这一天的到来。"

"拉钩。"

"拉钩。"

这时，她起身站了起来，说道："你看这有月亮的夜晚多美啊，你再给我吹一支曲子吧！就吹《草原之夜》怎么样？你来吹，我来唱。"

> 美丽的夜色，
>
> 多么沉静，
>
> 草原上只留下我的琴声，
>
> 想给远方的姑娘写封信，
>
> 可惜没有邮递员来传情。
>
> ……

悠扬的笛声和着轻轻的歌声，随风飘荡在这月夜的上空，河水泛起轻轻的波浪，和着笛声的节奏拍打着岸边的石板，多么美好，多么浪漫！他们唱完一曲之后都沉浸在这无比美妙、无比浪漫、无比甜蜜、无比幸福之中……不肯就这样离去，

她对他说："草原一定很大，也一定很美吧，草原上的蓝天、白云、牛羊、骏马……这辈子能够去看一回那该多好啊！"

"你这个心愿我一定会让你满足，等我挣了钱，我们一起去，我们要在草原上骑着骏马放声高歌……"

"你就要走了，真舍不得，我想送你一件礼物，你要吗？"

"好啊，是什么礼物呢？"

"我给你绣了一双鞋垫，明天给你，希望你能喜欢。"

"当然喜欢，你的一切我都喜欢。"罗想了一下，说："那我又送你什么

礼物呢？我出来做木匠活，可什么也没有带啊！"

丁说："把你这支笛子留给我吧，我虽然吹不来，但是当我看见它的时候，我会想起你的，会想起今天晚上这美好的夜晚，仿佛又听见你的笛声……"

这时，她问他："听说你家里的人都在外面工作，你为什么要学木匠呢？"

"学木匠有什么不好吗？"

"好啊，我没有说学木匠不好啊！"

罗说："在农村，面朝黄土背朝天，每天都是耕田、栽秧、打谷子、挑粪、挖地，日复一日，年复一年，实在是看不到有啥子前途，要想改变自己的命运，只有想些办法。所以我想在目前的情况下，先学个手艺，看以后还有没有其他的机会。"

他说着又问丁大荣："你家里成分这么好，又是团支书，为啥子也在农村呢？你可以去当'贫宣队员'，也可以当老师，甚至还可以去当女兵嘛，怎么也在这里'修地球'呢？"

丁大荣见罗东明这样问她，仿佛撞击到她的伤心之处，她沉默一会儿，有些痛苦地答道："哪个有点文化的年轻人愿意在农村修地球呢，在这农村，白天只闻鸡叫，晚上就听风声，一年三百六十多天，天天都是鸡呀、鸭呀、猪呀、牛呀，今天挖地、明天还是挖地，'汗滴禾下土，日日皆辛苦'，哎！我做梦都想出去，能当个工人，过着集体生活，每天按时上下班，敲钟就吃饭，盖章就领钱，那多好哇！"她沉默了一会儿继续说道："可是……有一天公社通知我去，革委会的高主任找我单独谈话，他说要培养我入党，要我好好地表现。公社领导班子中还差一个妇女干部，如果入了党，就可以提拔我当这个妇女干部，全脱产，要办户口。我满心高兴，我仿佛看见了光明的前途，看见了自己的梦想就要变成现实……通过高主任这次谈话，我确实在队里表现得很好，高主任又跟大队支部书记打了招呼，因此我很快当上了团支部书记，当了团支书过后，公社经常通知我去开会。每次开完会，高主任都要留下和我单独谈话。我开始认为他是一个领导，在有意培养我，我对他还满怀感激之情呢，可是……"她停顿了半晌。

罗忙道："可是什么啊？"

"那个老色鬼！……有一天他又找我单独谈话，说着说着，就走到我的身后，突然将我紧紧地搂住，那满口烟臭味的嘴就要来亲吻我，当时我大吃一惊！看到他那淫邪的样子，就觉得恶心。这时不知道哪来的力气，'啪'的一下就给了他一个耳光，气冲冲地跑了出来，一口气跑回家中，蒙着头大哭了一场。就是这一记耳光，彻底葬送了自己那仿佛看得见、摸得着的光明前途。"

罗东明听丁大荣这段诉说之后，把她抱得更紧了，轻声地说道："从今以后，我就是你的保护神，哪个敢来欺负你，你跟我说，我一定要把他摆平！……听你这么一说，我真的很佩服你，你为了自己的尊严，不受利诱，不畏强权，有骨气！哎……我真的很不理解，我叔叔也是个共产党员，在我的心中，他是那么高尚，为了自己崇高的信仰，不惜抛头颅、洒热血，用他们年轻的生命打下了江山；而现在坐江山的一些有点权力的领导，就变得那么的坏！我们那里的朱老大、王队长、雷正友这一伙人，也是共产党员，真是不可思议。哎，我那敬爱的叔叔哦，牺牲得多么不值得啊！可惜，可惜！"

丁大荣说："要想跳出农门多难啊！"

罗深有同感地说："是啊，我出来学个木匠，都费了不少神呢！……不过我们那里有个张医生，他不但会看病，还会《易经》、看相、算命这一套，他说我以后与'富贵'有缘，我开始也不相信，认为在农村、成分又不好，何来富贵之说。他说，最多不超过五年，中国就不会搞运动了。大乱必然达到大治。有那么多像我叔叔这样真正的共产党员，是不会让中国就这样贫穷、落后、混乱下去的。机会总会有的，现在，有时间多读点书，多学点本事，机会总会光顾那些有准备的人。二妹，不要灰心，即使再等五年，我们也还没有满三十岁，来日方长，以后总会有好日子的。"

丁大荣说："跟你在一起，总是那么充实，你真好！你以后真的有了'富贵'的日子，不会嫌弃我这个农村妹子吧？男人有钱就变坏，你不会变坏吧？"

罗忙说："二妹，我向你发誓，只要我们在一起，我保证做到平生不贰色，从一而终。我将永远不会忘记今天晚上，不会辜负你的深情，不会忘记我的誓言……"

时间过得好快哟，说着说着，月亮已经西沉，夜色渐渐暗了下来，他们还不想回去，都沉浸在这幸福甜蜜浓浓的爱情之中。

这时丁嫂走了过来，说道："二妹，夜已经很深了，明天罗师傅还要干活呢，妈叫你回去了。"

罗说："有情人岂在朝朝暮暮，来日方长，谢谢嫂子，帮我做了个大媒。"

他们三人边说边走，回到了丁家，这时笼子里的雄鸡已经开始了第一声长啼。

罗东明已将丁家的家具木匠活做完了，在这里，他不但挣到了应有的工钱，也同时收获了纯真的爱情和友情。明天，他就要离开这里了，丁家两姐妹都有点依依不舍，罗东明心中也有股说不出的酸楚味。

这天下午，丁小蓉很早就放学回来了，走到罗东明跟前说道："罗哥哥，你就要走了，真舍不得你。"她边说边从书包中拿出两本崭新的日记本，说："我还是个学生，没有什么礼物送给你，就送你一本日记本吧，我买了两本，我自己留下一本，请罗哥在我留下的这本上题个字、留个名吧。"说着说着，眼泪就不由自主地掉下来了，罗忙从她手里接过日记本，打开一看，在日记的首页上，丁小蓉工整地写道：

罗哥哥：

　　您像春天里的太阳，让我每天都感到温暖和充实，谢谢您给我带来了快乐。

丁三妹

七五年六月十五日

罗东明看了之后，望着面前这个漂亮的中学生，看着她那充满阳光又略带一丝忧伤的大眼睛，说道："三妹，月有阴晴圆缺，人有悲欢离合，我会经常到你们家来的，好妹妹，别伤心。"

说着拿起笔来在她留下的日记本上停了下来，写什么呢？一时千言万语，不知从何下笔。她可是自己未婚妻的妹妹呀，他晓得她从心里喜欢他，但他确实不知该给她写些什么，有些犯难了，但又不忍心来辜负她那纯真的一片深情，于是他只得简单地写下这么几句话：

好妹妹：

　　好好读书，哥祝你一辈子都有好运！愿你一生都幸福！

哥：东明

七五年六月十五日

　　罗东明带着丁家两姐妹的爱情和友情回到家里，朱老幺见他回来了，就约他来喝酒。当晚，罗把黄必亮约起与朱老幺一起喝酒，喝到半夜才结束。当然酒和下酒菜都是罗东明买回来的，朱老幺自然是两个肩膀抬一张嘴——白吃。朱老幺说："你这次回来了，就莫忙出去了。"

　　"为啥子？"

　　"大队要修房子，建'知青点'，要把全大队的手艺人都调去。只记工分，不给工钱，朱书记直接在管这件事。"

　　罗说："本大队要修房子，理应出力，原先刚出去学木匠的时候也答应过，本地用得着的时候一定尽力，来来来，干了……"

沉重的情感

　　第二天，罗东明背上木匠工具背篼，来到大队的"知青点"。他已经习惯了这种云游四方，做千家活，吃千家饭的手艺人生活。他记得起要"读万卷书，行万里路"。他现在虽没有读万卷书，却在践行行万里路。长期在外的云游生活，使他多了见识，长了知识，极大地丰富了自己的阅历。

　　"知青点"建在大队部，这里有大队办公室，有两个民办班的"耕读"学校和只有两名赤脚医生的合作医疗所，还有一个供销社的代销点。这里是本大队的政治、文化、经济的中心。现在还要建一个"知青点"，何为"知青点"呢？

　　史无前例的无产阶级"文化大革命"初期，是由一群学生娃娃组成的"红卫兵"作为运动的主力军。破四旧、立四新，批判资产阶级反动权威，揪斗走资派……可是随着这批学生娃慢慢长大，他们的升学、就业就成了个大问题。

怎么办？这时伟大领袖发出最高最新指示："知识青年到农村去，接受贫下中农的再教育……农村是一个广阔的天地，在那里是可以大有作为的。"

于是全国上下，凡是年满十六岁以上的学生娃，都要从城市下放到农村去，到边疆区，到祖国最需要的地方去。

这些正值青春年少的学生娃儿哟，从未离开过父母，在这个轰轰烈烈的运动当中，他们满怀豪情，来到山区和农村，要在这片广阔的天地去施展自己的才华，准备大有作为。这就是中国近代史上著名的"知识青年上山下乡"运动。

大批学生娃突然来到农村，首先面临的是吃住问题。有什么办法来解决这个问题呢？就是把他们打散分配，化整为零，每个生产队分一两个，让他们与贫下中农社员同吃、同住、同劳动，用这样的"三同"方式就把这突如其来的成千上万学生娃的吃住问题给解决了。在那个年代这种方式就叫作"知青插队"。

罗东明从丁家坝回来之后，就到了"知青点"的工地，新房正在修建之中，有很多木材、砖瓦、门窗之类的建筑材料，晚上需要留下人来值班守护。这些苦差事就自然而然地落在了家庭成分不好的罗东明头上。

也好，晚上，罗东明一个人在这里，烧着边角料，在这寂静的秋夜，月光如水，繁星点点，蛙声聒噪，蝉虫和鸣！虽然只有他一个人，但他不觉得孤单。此时，思念之情油然而生，心中充满了春潮的涌动。丁家两姐妹的音容笑貌清晰地浮现在眼前。他从工具箱里拿出心爱的竹笛，将满腔的思念对着皎洁的月光深情地吹响，笛声如歌如诉，在这广袤的夜空随风飘扬。几曲吹罢，他诗兴大发，于是掏出丁小蓉送给他的笔记本，心中感到十分甜蜜，充满了期盼、幸福之感。他在日记本上写道：

秋　月

秋月朗朗，凉风爽爽，

秋虫低鸣，思绪飞扬。

秋夜相思，情深意长！

秋风明月，丹桂飘香。

在这万籁俱寂的夜晚，

一支短笛在为你吹响！

笛声化作银色的月光，
轻扬到你甜睡的身旁，
伴你进入美妙的梦乡！
那美丽无瑕的红宝石哟，
常给我带来甜美的遐想。
请铭记那幸福的约定吧，
我翘首期盼如愿以偿！
……

　　罗东明在这里白天干活，晚上值班，他不觉得累，他喜欢在这万籁俱寂的夜晚，任自己的思绪在广袤的夜空中自由地飞扬，想着自己的心事，回味着爱情的甜蜜……

　　过了五天，有一个对他有恩的人来了——丁嫂。她可是自己的大媒人呀，又是二妹的亲嫂子。她找到这里来干什么呢？是带来二妹的什么好消息，还是她家已把婚期定下来了？难道是让嫂子先来传递信息，然后她才到我家来呢……罗东明的脑子里飞快地思索着……
　　"嫂子，你怎么找到这里来了？"
　　丁嫂说："我到你家里去，伯母说你在这里干活，所以我就一路问到这里来了。"
　　"坐，坐，坐。"罗东明热情地招呼道。他丢下手中的活，端了一个凳子给丁嫂。这时丁嫂从包里拿出一封信来，递给罗东明说道："这是二妹写给你的信。"
　　罗忙接过，内心狂跳并急切地打开信封：

　　罗哥：你好！
　　　对不起了，实在对不起！当你见到这封信的时候，我已经坐上北去的火车，要到千里之外的内蒙古，到我憧憬已久的大草原去了。请原谅我的失约吧。

　川东家族

离开了生我养我的故乡，也永远离开了平生第一次所爱的人。尽管万般不舍，尽管泪水盈眶，但我还是背上了沉重的背包，迈开了沉重的脚步，走向那陌生的远方……

我朝思暮想都想跳出"农门"，如今眼看就要实现自己的梦想，到那千里之外的他乡，为的是要改变这面朝黄土背朝天的生活。这代价确实太大了！望能理解、谅解。

亲戚给我介绍了一个铁路工人，当兵转业后被分配到了内蒙古，人才、人品看来尚可，所以我决定随他而去。

此生，不能出去工作，找一个有工作的人也该可以的。据说我去了以后，还可以在那里的"五七"工厂上班。

理想终于就要实现，但是是那么的苦涩！今生不能与你践行"红宝石之约"哦，只待来生再结缘啦！祝你早日找一个称心如意的姑娘，并祝你得到幸福！别了，我的罗哥哥！你骂我吧，你恨我吧，实在对不起了！

二妹泣别
七五年八月十三日

罗东明看完信之后，呆呆地站在那里，天仿佛就要塌了下来了，眼睛早已布满了泪水。丁嫂这时拿出一根笛子，放在罗东明的工具背篓里，轻声地说道："我把它放在这里了。"

这时罗东明从背篓里将它拿出，眼睛呆呆地盯着它，突然，他用平生最大的力气将这根见证他们甜蜜爱情的竹笛使劲地摔在马凳上，笛子一下子就破了，断成了几节。

丁嫂没有说什么，她知道是自家的二妹辜负了这位多情多义的小伙子，她此时说什么都显得苍白无力，她悄悄地走了。

罗东明在这一个多月里，饱受平生第一次失恋的打击，那是一种什么样的滋味啊！没有经历过失恋痛苦的人，是无论如何都无法体验到那种撕心裂肺的痛苦。

失恋使他变得十分沉默，也变得十分疯狂。他只有使劲地干活来消耗那旺盛的体力，到了夜晚他又失眠了。命运哦，你真的就这么残酷吗？自己求学不成，求爱也成了泡影。人生还有什么意义？此时他连死的念头都冒出来了。到了晚上，又是一个值守之夜，曾几何时，前不久他在这丹桂飘香的夜晚满怀甜蜜的思念之情，曾写下一首《秋月》。而今他又满怀悲伤之情写下：

夜　哭

我要哭，我要放声地哭！
我好苦，真的好苦好苦。
野火在暮色中尽情地烧，
枯枝在寒风里无力的摇。
你的美丽已带到了草原，
却给我留下悲伤和孤独。
河水曾见证甜蜜的相恋，
而今却成了记忆的痛苦。
啊！我欲乘风而去，
却难舍这人世间的
花开花落，潮涨云浮！
……

　　当他处在失恋的极大痛苦之中的时候，有一个人在注视着他，她就是这个大队民办小学的女教师雷芳秀。雷芳秀是贫协主席雷正友的女儿，因为成分好，父亲是贫协主席，初中毕业之后，理所当然地当上了民办教师。

　　她与罗东明同在一个生产队，比罗东明小三岁，她对罗东明可是一往情深啊！但罗东明却怎样也喜欢不起她来。在罗的记忆之中，雷正友一家都是没有文化的文盲。

　　雷芳秀在小的时候很少洗过澡，一到冬天，她妈就坐在太阳底下帮她在头上捉虱子，捉到虱子的时候，就用两个大拇指的指甲将其碾死，一上午下来，她母亲的双指甲就沾满了碾虱子的鲜血。

这时罗东明就想，有工夫碾虱子，不如烧盆水去洗个澡，还来得痛快些。由于缺乏起码的卫生习惯，小时候她的头上、脸上到处都长满了疮，眼睛也老是红红的，至今她的脸上都还留下不十分明显的疤痕。

加上雷正友这个人，又是阶级斗争的急先锋。罗东明特别鄙视他那鹦嘴学舌的"这个、这个"的语调；她的母亲是一个典型的山区文盲。雷芳秀乳名叫"雷秀"，她母亲从来不叫她"雷秀"，而是喊她"娼妇婆娘儿"。雷秀小时候喜欢睡懒觉，她妈一大早就在喊"娼妇婆娘儿，太阳晒到屁股了，还在床上'挺尸'！"喊她回来吃饭的时候就喊"娼妇婆娘儿，快滚回来'塞'饭了……"真是粗俗之极！

他对她和她的家无论如何也没有什么好感，哪怕她现在"女大十八变，越变越好看"。说实在的她长得虽不算漂亮，但决不是丑女，当然比起丁家两姐妹来，那就是天壤之别了。

又是一个值夜班的夜晚，罗东明一个人坐在篝火旁边，拿出那本还没有看完的托尔斯泰的《复活》来，在那里打发这长长的黑夜。这时雷芳秀走到他的身边问："罗哥哥，晚上你一个人在这里，怕不怕哟。"

罗看见她来了，顺便问了一句："你今天晚上放了学没有回家吗？"

"我才备完课，看见你一个人在这里，想来和你摆一会儿龙门阵，不欢迎吗？"她笑着说。

罗说："你一个姑娘家，晚上不回去，难道你爹妈不找你？"

"我们家里才没有那么多的家教和规矩呢！"她答道。

罗合上书说："你冷不冷啊，如果冷的话，就坐下来烤火吧，晚上风吹起还是有点冷哦！"

雷芳秀就坐在罗的身边，问道："罗哥哥，你饿不饿啊？"

罗说："晚上我在知青点吃过了。"

"如果饿了，我刚才在小卖部买了些糕点，你吃吧！"

罗想，今天晚上你是有备而来呀！于是他接过她给他的糕点，慢慢地吃了起来，雷关切地问道："那天我看见有个女的给你拿了一封信，你看过后，唧个在哭呢？"

罗直接答道："我失恋了，我的女朋友走了。"

"她一定很漂亮吧？"

"比你漂亮点。"

"哎，天涯何处无芳草，再漂亮现在也已经是别人的老婆了。"

这句话说到了罗的伤心之处，他想，此时丁二妹也许正在和别的男人亲热呢，那美丽的"红宝石"正在被别的男人抚摸、吸吮，一股醋劲陡然而生，心中充满了愤怒，顺口骂了一句："妈的，女人真坏！"

这时雷拉着他的手安慰道："莫想那么多了，天下女人多的是……其实我就非常喜欢你啊！"

罗认真地打量了她一下，这时他好像发觉她并不丑，而且也有一种青春少女的朝气和女性的温柔。但还是说道："可是我不喜欢你啊。"

"你现在不喜欢我，不要紧，感情这个东西是可以培养的嘛。"

她说着，忘情地搂着他，罗说："不能这样子，你今天晚上是来考验我的控制能力的嘛？我可不是那种坐怀不乱的君子哦。"

"我不要你当啥子君子，我就喜欢你现在这个样子。"

罗半开玩笑半认真地说："不管怎样说，我们今生都无缘成为夫妻的。"

雷说："不成正式夫妻，就成露水夫妻吧，只要能和你在一起，哪怕只有一秒钟，啊，罗哥哥……"

这时罗明显地感到雷在冲动，罗仔细地打量着这位贫协主席的女儿。她初中毕业过后当了民办教师，当然算是一个有文化的女青年了。他这时对她已经没有了原来的那种鄙视感。她同样有着丁二妹那丰满的乳峰，她的"红宝石"与二妹的"红宝石"有哪些不同呢？他突然想看看，就不由自主地来解她的衣服，她顺从地听任他的抚摸和吸吮。

他需要发泄，他要把这一个多月的失恋之苦全部释放出来！

他用极快的动作脱掉雷的衣裤，这时雷说："你也脱吧。"

于是罗站了起来，脱掉了自己的衣裤，雷早已在刚做好的木门板上等候他了。他慌乱极了，他是平生第一次啊！自己的童贞难道就这样草率地给予吗？

但是他实在无法抗拒这青春的冲动、这强烈的欲望。他走上前去，用他那坚实强壮的身体朝她压了下去。她很配合，主动地引导，低声地哼着……"糟了！"一阵眩晕，他马上明白，不行，这样就可能会"有"了！他急忙取出，一股热浪喷薄而出！

他瘫痪了过去，喘着粗气，倒在了她的身边。雷抚摸着他那健壮的身体，"怎么啦，这么快就结束了？"

他哭了，他说："今天晚上，哎，我的童贞哟，我原来是想把我宝贵的童贞在新婚之夜献给我最心爱的人，但是你就这样轻易地……"

雷说："我太喜欢你了，你每次出去做手艺，看不见你，我的心就是空空的，只要看见你，我就感到非常充实、高兴。"

"可是，感情这种东西强求不得啊！"

"我没有勉强你啊，刚才是你先脱的我的衣服啊！"

罗说："哪个叫你说可以做露水夫妻呢？深更半夜的，把我抱到，谁能忍得住呢？"

雷笑了笑说："以后我再也不勉强你了，你是我的心上人，今天晚上真真切切地做了你的女人，哪怕就只有这一次，我也心满意足了。"

罗东明经过了这个晚上之后，内心感到十分复杂，他不喜欢雷芳秀，更谈不上会爱她。他曾经经历过爱情，但是爱情又背叛了他，他曾发誓，不是自己所爱的人，决不结婚。在这方面他还是比较自信的，自己除了家庭成分不好以外，其他各方面自我感觉都比较良好。家离城这么近，那些远在山区的漂亮姑娘，多想在城郊找个对象啊！家里经常有说媒的介绍人，因为有了丁二妹，他对说媒的一概拒绝。他曾经幻想过自己的婚姻：找一个自己喜欢的爱人，夫唱妇随，恩恩爱爱，自己做一些手艺活，挣些钱；爱人在家操持家务，生儿育女，过着那种"董永和七仙女"式的家庭生活，再苦再累也会觉得幸福。

可是自己在那天夜里，稀里糊涂地与雷芳秀有了肌肤之亲，他那宝贵的童贞莫名其妙地失去……他想起来就想哭。并且他还隐隐有些担心，那天晚上她会不会怀孕呢？要是那样子的话，那可怎么得了啊！

他怀着忐忑不安的心情找到张嘉定，因为他是一个医生，又是一个结婚多年的男人。他要咨询他，他把那天晚上的所有情节都细细地告诉了张嘉定。张嘉定听完之后哈哈大笑起来，然后，他从生理医学的角度向罗东明作了讲解："看来你这是体外射精，也是人们常用的一种避孕方法，但这个方法效果不是很好，不过从你所说的情况来看，怀孕的可能性不大。年轻人嘛，抗拒不了诱惑，做了些荒唐事，可以理解。但是婚姻大事，绝非小事，常言道，'结错一门亲，会害三代人'！择偶，一看人；二看德，像雷芳秀这样的女子，既无家教，又无人品。男人找老婆，不光要看她是否漂亮，还要注意看她有没有'旺夫相'，四柱之中'合'者如何，有没有刑、冲、克、害的破败之处。从这个角度来说，雷芳秀与你是不相匹配的。"

听了张嘉定的一席话，罗东明觉得更不应与雷芳秀发展下去了，但应该好好地找她谈谈。不管怎样，他们曾经有过一次肌肤之亲，作为男人，应该光明磊落，爱就是爱，不能相爱就说在明处。

这天晚上，罗东明又值夜班，他事先就约了雷芳秀，到了夜晚，雷芳秀如期赴约。她来了过后，走到罗东明的身边，非常高兴地一把就把罗紧紧搂住。

"想我了嘛，我就知道你还要约我的。"

罗说："秀妹，别忙，我们先摆一下龙门阵，我有话给你说。"

雷说："那你先亲我一下。"

罗说："我要跟你说正经事，来来，你先坐下，我们坐下说。"

雷很不情愿地坐在板凳上。

罗说："秀妹，那天晚上……都怪我。"

雷打断他的话，说道："那有啥子嘛，我又没有怪你。"

罗说："难得你这么大方，秀妹，你条件这么好，在城里去找个工人，或者去找个教师，多好嘛。我们两个的确不合适。"

雷说："跟我介绍对象的多的是，但说心里话，我还是最喜欢你，其实我晓得，你并不喜欢我，我想感情嘛，可以慢慢培养，我想你以后总会有喜欢我的时候。"

罗不假思索地马上说道："不可能，不可能！"

这时两人都陷入了沉默，过了一会儿，罗似乎下了决心，他想应该跟她说明，以免把她耽误了。

于是说："秀妹，请你不要把心思放在我的身上，那是没有结果的，有合适的尽快找一个，你也不小了。"

雷抬起了头，望着罗那坚定的眼神，嘴里"嗯"了一声，又把头低下了。

罗又说："天已经不早了，你回去吧，免得家里人等你。"

雷说："我一个人走夜路，那边还有几座坟，好怕哦，你就让我再陪你一晚上嘛！"

罗说："我送你，把有坟的那一段路送过。"

他边说便拉起雷的手，雷芳秀于是在罗的护送下回了家。

修建知青点的工程结束了，罗东明又开始离开了家乡，到一家部队医院去做木匠活。在这里，他和医院的军人、军医、护士们在一起应军号上下班，应军号到食堂吃饭。他虽不是军人，但和这些军人们一起工作、生活。这些来自全国各地的军人们，年龄都和他差不多。罗东明这个人，性格开朗，身体健壮，加之平时喜欢看书，言语幽默风趣，很快在这个满是军人的环境中适应下来，还交了不少的军人朋友，医院里的人都亲切地叫他"小木匠"。

他以前曾经梦想过要去参军，他的这个梦想虽然没有实现，但是他现在却实实在在地体验到军人的生活。这些军人朋友们听说他家是烈属，家里有人曾是全国闻名的"重庆渣滓洞"牺牲的烈士，他们对罗东明更增添了亲切之感。罗东明在这里感到过得很愉快，但闲暇之时，想到自己的感情生活，又充满了惆怅、痛苦、后悔的复杂情感。

又过几个月，他正在上班，一个女人来找他，他看是雷芳秀来了，忙说："你怎么找到这里来了？"

然后把她全身上下打量了一下，只见她穿一条粉红色的短裙，齐耳的短发，口唇上抹了恰到好处的口红。看得出，她是经过一番精心打扮过后才到这里来的。罗东明还特意看了她的腹部，看不出身体有任何的异样，悬在半空中的心终于放下了。

雷芳秀说："你以为到了这里，我就找不到你呀！"

罗笑着答道："我是在这里找活干，又不是刻意来躲你，你来就来吧，随时欢迎你，坐吧坐吧。"

雷边坐边说："罗哥，好长时间没有看见你，怪想你的，我……"

罗见她又在说这些，忙打断她的话说道："今天不是星期天，你难道不上课吗？"

雷说："我是专门来找你的。"

罗说："有啥子事这么重要，你课都不上，专门来找我？"

雷这时满怀期待地问："罗哥，我今天是专门来问你的，你能不能真的喜欢我呢？我们真的不能走到一起吗？说心里话，我实在是从心里喜欢你，我也知道你不喜欢我，但我真的好不甘心呀，我好想好想和你……"

罗见她这么率直、真诚地说出心里话，着实让他很感动，此时他对她已经完全没有了原来那种轻厌之感。他虽然不爱她，但对她这种真诚、直率的态度多了些好感。但是爱情，这人世间神圣的情感啊。

什么叫爱情？罗东明的理解是：两颗心互相的爱慕，志同道合，心有灵犀，他视她为宝贝，她视他为生命！但他却无论怎样对她也没有这种感觉，所以他不能违心地答应她。和自己并不爱的女人在一起，要结婚生子，生活一辈子，那是多么索然无味啊！

家庭出身不好，那是爷辈、父辈带来的，自己无法改变，也无法选择。但是选择爱情、选择婚姻，则是自己能够完全做得了主的。这辈子，由于家庭出身的缘故，已经丧失了很多很多。但要追求幸福，在选择爱情、婚姻方面则应慎之又慎，不然这辈子就真的什么都得不到了，那不就是行尸走肉，空活一生，虚度年华吗？

从丁家两姐妹对自己的情感经历中，他觉得自己很容易被姑娘喜欢。在以前，张嘉定也曾经说过，自己很有"女人缘"，还说我"奸门如镜，必娶美妻"。所以他要追求婚姻的幸福。在政治、前途方面已经没有多大希望了，如果婚姻再不幸福，这辈子真的就算白过了。

想到这里，他更加确信：无论如何都不能接受雷芳秀的感情。但罗东明这个人心地善良，又不忍心伤害这位对自己一往情深的姑娘。于是委婉地对她说："秀妹，你条件这么好，我家是一个'地主家庭'，就像一个大火坑，你何必往这火坑里面跳呢？你爱过我，我很感激，我也曾经给予过你，我把我最宝贵的童贞都给了你，也曾经想过真的和你在一起走完人生之路。但说实话，这对我来说，实在是找不到这种感觉，实在不情愿就这样过一辈子，实在做不到啊！如果真的那样子，对你来说，虽然得到了我这个人，但是没有得到我这颗心，对你是不会幸福的，对你也是不公平的！"

雷芳秀听了罗从内心发出的肺腑之言，她是第一次听到罗发自心灵深处的表白。沉思了很久，最后她抬起头，眼里已经充满了泪水，说："罗哥，我今天来，是做最后一次的努力，你也说得对，如果我得到你这个人，得不到你的心，我们都不会幸福。"

她又停了一会儿鼓足勇气说："我给你说个事，也请你帮我参谋参谋。"

"啥子事，你说吧，我一定认真帮你参谋参谋。"

雷说："就是五年前，我那个嫁到河南去的幺姨，她最近回来了，她给我介绍了一个男朋友，说这个人在当地公社当农机员，她把他的照片拿回来给我看了，还说他的父亲是当地大队的支部书记，说只要我嫁过去，仍然可以在当地大队学校当老师。"

说着她从怀中摸出一张照片来递给罗东明，罗东明拿过照片看了之后，只见照片上这个人留着平头，相貌五官还算端正。于是他把照片还给她说："我看这个人还可以，秀妹呀，女人的最终归属就是要有一个属于自己的家，祝你找到一个如意郎君。"

"罗哥，你这么说，我也就心安了，秀妹这辈子与你无缘了，但也就祝你早日觅到知音。罗哥，我就要跟幺姨一道走了，说心里话，我实在舍不得你，你抱抱我吧！"

罗紧紧地拥抱住她，心里百感交集，他甚至觉得自己有一种罪过之感。她是那么的深情，而他又是那么的无情。她在他的怀中轻声地哭泣，他把她搂在怀中，心灵受到无情的鞭打和自责，他辜负了她的一片痴情，她将带着无尽的遗憾远离故乡，远走他乡。

秀妹走了，不久他收到了她寄给他的来信和一包喜糖。

几个月前，丁二妹走了，那时他是那么的痛苦，那撕心裂肺的悲痛之感在心中留下了永远无法抹平的伤痕。而今秀妹也走了，但她那火辣多情的眼神和见到他时甜甜的笑容，却长留在心间。

他不理解，别人结婚生子那么平常、那么顺利，而自己却要担负这么沉重的情感包袱！他只有仰天长叹：命运啊，命运啊，你何必一次又一次地折磨我已是伤痕累累的心灵！

嬉戏闹剧

罗东明在这家军队医院里干活，干得很顺利，也很愉快，那些当兵的要做个凳子，当官的做个箱子，他都非常乐意帮忙。有一天，他到院领导家里去帮忙修理家具，这个院领导是河北人，曾经参加过抗日战争和解放战争，小说《敌后武工队》就有他的生活原型。他姓赵，是医院分管人事工作的副政委。他待人和善，工作严肃认真。

当他知道医院里这个大家都说很好的"小木匠"家里是烈属的时候，对罗东明便有了一定的好感。他对罗说："小木匠啊，听说你家里是烈属，哎，为了今天的幸福生活，我有好多的战友牺牲了，现在还常常怀念起他们。好好干吧，大家都说你不错，今后有机会把你招进来，成为我们医院的正式职工，愿不愿意呀？"

罗东明连忙答道："愿意呀，愿意呀，可我现在是农村户口啊，怎么办呢？"

赵副政委说："我们到劳动局去要一个招工指标，再来办这件事，莫着急、莫着急，慢慢来吧！"

赵副政委这一次说的话，给罗东明心里带来巨大的震动，像一块大石头丢进平静的湖水里，激起层层波浪，又让他燃起对前途和命运的希望之火。原来认为，自己家庭出身不好，这辈子入学、参军、招工都不可能了，只有在农村学个木匠手艺，做一个云游四方的手艺人就不错了。哪知道赵副政委几句不经意的承诺，要把自己招到这所部队医院做一名正式工，他太高兴了！这也许就是张嘉定说过自己与"富贵有缘"的应验吧！

他要好好工作，好好表现，珍惜这次千载难逢的机会。他想，除了在医院要好好工作以外，还要回去把当地的关系搞好才行，因为招工时要经过当地的生产队、大队、公社等各级领导签字盖章的，真的到了那个时候，万一哪个环节出了纰漏，那可就麻烦了。

想到这里，他首先想到的是生产队的朱老幺，因为只要把朱老幺摆平了，也就等于把朱老大同时摆平了。所以他又买了些卤肉、花生等下酒菜，提了两瓶高粱白酒，回到家里。

回到家里，他要去约朱老幺喝酒，家里人说："朱老幺这段时间跑了，因为他惹了祸，惹了大祸！别人要找他拼命，所以跑出去躲祸事去了。"

他不知道朱老幺闯下了什么大祸，在当地，可莫得有啥子事他朱老幺摆不平的。为了搞清情况，他去找耍得好的同学黄必亮问个明白。

朱老幺这个人，平生两大爱好：一是喜欢喝酒；二就是好色，真可谓是一个名副其实的"酒色之徒"。他把喝酒和好色的对象都盯在那些外来的"工属"、"干属"身上。因为一则，这些人当时来上户口的时候曾有求于他；二则这些人的丈夫多半平常不在家，有的还在外地工作，两地分居，一年只有那么一二十天的探亲假；三则就是这些"工属"、"干属"长相比一般农村的土婆子要好得多；还有就是这些人多半都有钱。所以他经常以生产队长的身份去骚扰这些人。

这些"工属"、"干属"里面有一个人，令他垂涎已久。此人名叫孙春英，是从大巴山腹地宣汉县的大山区迁到这里来的，丈夫当兵复员后被安排在千里之外的攀钢工作。一年三百多天，就只有二十多天的探亲假，一年之中大部分时间夫妻二人都在打光棍，守活寡，用他们自己的话说："旱的旱死了，涝的涝死了！"

妻子长相尚可，浓浓的眉毛，长长的睫毛，嘴唇上边还长着淡淡的茸毛，性感十足。男人长年不在身边，家里面只有一个十岁的小儿子，家务事本来就不多。一到晚上，她和儿子很早就吃过晚饭，无所事事，就只有上床睡觉。在床上她辗转反侧，总是睡不着，她感觉像是缺少了啥子。缺啥子呢？孤独的她，长夜多么难熬、活寡多么难守啊！

加之朱老幺想讨好她，又给她安排了一个妇女组长，她就可以不去干那些重体力活了，朱老幺也就更方便以谈工作为名经常和她在一起。

春夏之交，正是万物勃发生长之期，朱书记通知各生产队的干部到大队部去开"批林批孔、反击右倾翻案风"的干部大会，朱老大还特别安排了朱老幺在会上发言，因为他当过兵，入了党，现在又是生产队长。

他在发言中经常要带几句在部队当兵时学的"普通话"，以表明他是一个见过世面的人，不同于这些没有出过远门的土包子。

散会后已是黄昏时分，他和孙春英一道往回走，朱老幺说："孙组长，我刚才在会上的发言，你觉得如何？"

孙说："好哇，真的很好，你能讲的那些话，我肯定是讲不出来的，见过大世面的人就是不同，有水平，有水平。"

朱见孙这么评价他，高兴极了，说道："孙组长，以后有机会你要好好锻炼啊，下次开这种会，我让你来发言，多说几次，水平就可以提高了，如何？"

孙说："好吧，就怕说不好，让别人笑话。"

"多讲几回，就锻炼出来了。"

"那就感谢朱队长的培养了。"

"我们两个还讲这些客气话做啥子嘛，如果你真的要感谢的话……那你拿啥子谢我呢？"

"请你喝酒嘛，反正你就贪这一杯。"

"那我们今天晚上就到你家里去喝酒，你不会舍不得吧？把你男人留存的好酒拿出来，我帮他喝了。"

"喝吧喝吧，酒嘛，本来就是人来喝的。"

来到孙春英的家里，孙炒了几个鸡蛋，炸了一盘花生米，另外炒了几个小菜，然后把男人带回来的白酒打开，对朱说："突然说起要来喝酒，莫得啥子菜，你不要见怪哟。"

"这就很好了，只要有酒，我打冷疙瘩（白口喝）都可以喝几两，来来来，你也陪我喝点儿，一个人喝起莫啥意思。"

这时孙的儿子做完作业，吃过晚饭，已上床睡觉去了。桌上就只有他们两人在推杯换盏，你敬我一杯，我劝你一杯……

孙问道："朱队长，这酒如何？"

朱这时已有些微醉，眯起一双醉眼盯在孙那丰满的胸脯上，轻薄地挑逗道："好酒好酒，你男人带回来的酒，真的很好，哎，酒再好也比不上你好呀！哎，可惜，可惜，真的太可惜了！"

"可惜啥子？"

"放着这样漂亮的老婆不用来闲空，哎！"

孙脸红红地说道："问你这酒的味道如何呢，你却来说这些！"

这时朱已走到孙的面前说道："真的，这酒很好，可是你比这酒还要好哇！"

说着就一把把她抱住，说道："你这么漂亮，你男人舍得把你一个人丢在家里，今天晚上我来把'家庭作业'帮他完成了！"

孙微微地挣扎了一下，说道："我娃儿在家里，要是他醒了怎么办？"

"怕啥子嘛，细娃儿，瞌睡大，我们动作轻点，他不会醒的。"

孙春英本来荷尔蒙就旺盛，加之长期孤灯伴长夜，夜夜守空房，一年就那么几天探亲假。要是那几天来了例假，那日子才叫恼火呢。她确实需要一个男人，需要一个身强体壮的男人来排除这长夜的寂寞，以满足体内燃起的欲火。

当朱老幺抱紧她的时候，她本能地挣扎着，但是没有任何的反抗，嘴里说道："我是有男人的哟，要不得，要不得……"

朱老幺是一个情场老手，他知道，这个时候只要这个女人没有坚决地反抗而是半推半就，那就说明这个女人是十分情愿的。

他把她抱到了床上，一个是久旱逢甘霖，一个是干柴遇烈火，这一对野鸳鸯，一阵翻云覆雨之后，朱瘫倒在床上喘着粗气。孙轻轻地说道："以后要是我男人晓得了，那可不得了哟。"

"怕啥子嘛，哪个叫他天天'缺勤'嘛，我这叫真正关心'工属'、'干属'，他应该感谢我才对哟，是我帮他照顾了老婆，又帮他完成了'家庭作业'，呵呵……"朱老幺淫邪地笑了。

"你真是脱了裤子追老虎——既不要脸，又不要命！把别人的婆娘搞了，还要别人来感谢你，亏你说得出来。"

"这样费力的活路，你身体又这样子壮实，你倒是安逸舒服了，我却流了这么多的汗水，好累人呀，你说该不该感谢我呢！"

男女偷情，只要有了第一次，那以后下来胆子就更大了，所谓"色胆包天"就是这个道理。他们两个一有机会，就在一起厮混。

有一天，两个狗男女，没有出工，娃儿上学去了，他们又在孙的家中干起那苟且之事，两人正在兴头之上。突然，咚、咚、咚有人在敲门，而且敲门声音很急迫，他们惊恐万状的一下子就翻身下了床，急忙胡乱地穿上衣服。

是哪个在敲门呢？娃儿上学去了，男人远在千里之外的攀枝花上班，她们是新迁来的外来户，附近又没有亲戚，是谁呢？

孙春英边穿衣服边想，这时朱老幺可是吓坏了，腿脚都在打战战，站在门边。

外边敲门声越来越急，孙春英忍不住问了一声："是哪个？"

"是我，快把门开了。"孙春英一听外面人的声音，魂都吓没有了！这个时候她是开门呢，还是不开门呢？不开门吧，自己开始已经问了敲门的人，证明自己是在家里，如果把门开了，这一切让敲门的人进来，一看就全明白了。

就在孙春英犹豫不决的时候，外面的敲门声越来越大，而且开始吼叫起来了。她不得不把门打开，趁她把门打开的同时，朱老幺埋着头一下子就冲了出去。

外边敲门人是谁呢？他是孙春英的小叔子，是孙春英丈夫的亲弟弟，名叫何大国，是宣汉当地的大队民兵连长，这次是到绥东来参加地区举办的民兵大比武活动。

只见他五大三粗，黝黑的皮肤裹着结实的肌肉，他当过侦察兵，练过一身硬功夫。当兵三年，因是农村户口，转业后回到本地当了个大队民兵连长。

他哥哥何大中，也是五大三粗，论体型两兄弟都差不多。当兵过后，因曾经立过功受过奖，提了个排长，复员后被安排在攀枝花钢铁厂当了一名炼钢工人。

何大中通过战友的关系，把远在宣汉山区的老婆和儿子迁到绥东县城附近。弟弟这次来参加全地区民兵大比武，顺便带了点老家的土特产，专程来到嫂子家，一是来看望自己的侄儿；二是作为兄弟，看嫂子家有没有需要帮忙的地方。

他到哥哥家里来过几次，周围的邻居都认识他，他对人比较有礼貌，见到周围邻居都爱打招呼。这次他到嫂子家来的时候，碰到邻居李大叔，他问李大叔："我嫂子在家没有？"他怕嫂嫂出工去了，自己进不了屋。

李大叔点了点头，又忙摇了摇头没有回答。旁边的李大婶悄悄地对他说："你嫂子在屋里跟朱老幺一起说事情"。

李大婶五岁的孙子又补充了一句："说啥子事，是在搞妇女工作！"

何大国听后，已明白了几分，自己的嫂子人长得不错，身体又好，三十多岁，正是人生旺盛的时期，俗话说"三十如虎，四十如狼"。自己的哥哥又长期不在身边，她受得了这个寂寞吗？

以前哥哥托战友把嫂子和侄儿迁到这里来的时候，他们家里人对此都暗暗有点担心。在老家，还有父母家人一起照看和监督，而迁到这一百多里路的绥东，谁来照看和监督？那还不是由着她"马儿跑得欢"，想啷个就啷个，她给自家兄长戴了绿帽子，兄长连晓都不晓得。

母亲曾把这个担心跟哥哥说过，哥说："我们厂里那么多工人，老婆都在老家，没有听说哪个婆娘在偷人嘛，况且为了娃儿以后的前途，还是迁出去为好。"

何大中也半开玩笑半认真地告诫过妻子孙春英："春英，我没有在家，你要把娃儿带好，工分你挣不挣都无所谓，反正我也养得起你们娘儿俩，只要你不给我挣顶'绿帽子'，我一定会好好报答你……要是我听到半点风声，哼……"

孙春英也开玩笑地说："我只会给你做衣服和鞋子，不会给你戴'帽子'，放心好了。"

何大中说："这就对了。"他搂着自己的爱妻补充道："难为你了，我也知道你一个人不好过，哎，有啥子法子呢！"

孙说："其实我也晓得你一个人在外边也不好过，我没有在你身边，路边的野花你不要采哟，你如果在外面采了野花，那我就给你戴个帽子。"

何说："你敢，哪个敢来骚搞老子的老婆，老子不把他捶扁！"

何大国担心的事今天终于亲眼看见了，当他进屋之后，望着嫂子满头的乱发，衣服扣子也扣错了。他生气地问道："刚才跑出去的是哪个？我看像朱老幺，他个狗日的坏东西，老子要把他给骗了！狗日的东西敢欺侮到老子何家人的头上！"

这时孙春英一下子跪在地上，失声地痛哭起来，她边哭边说："兄弟，我错了，是我给何家人丢了脸，对不起，对不起，对不起你哥……求你们原谅，我以后再也不敢了……"

何大国也是一个外表刚强、内心柔软的人，他一时不知如何是好，他放下带来的土特产，掉头就走出了家门。

何大国回到宣汉家里，心情十分复杂，他如果把亲眼看见嫂子的奸情告诉家人和兄长，又怕哥哥承受不了这么巨大的打击，凭他的个性，很可能要做出啥子出格的事来，甚至还可能闹出人命！不告诉他吧，又觉得实在对不起自己的兄长。他感到十分矛盾和为难，最终他把嫂子的奸情和自己的担心告诉了父母，然后一起再来商量一个比较恰当的办法。

何家人一听说自己的儿媳与别人勾搭成奸，全都感到十分气愤。但何大国是见过世面的人，他对父母说："光气愤是解决不了问题的，要好好商量一下如何来处理这件事。"

大家几经商量，何家最后达成一致的意见是：先不忙跟何大中说明情况，先以父母生病为由通知他回来，然后再慢慢地给他说。当他知道真相过后，肯定会气愤，又怕他做出出格的事。那么，这一段时间就由何大国全程陪同哥哥并尽力劝解。至于他要如何处理自己的老婆和朱老幺，只要他不把他们打成残废，甚至离婚都由他自己决定。

朱老幺听说何大中要回来了，吓得半死，他想起何大中那魁梧的身材、粗壮的胳膊，心里就发毛。好汉不吃眼前亏，三十六计走为上计，先找个地方出去躲起来再说。

罗东明本想提着酒，买好卤肉来找朱老幺喝酒，为以后招工的事先把关系协调好，免得到时节外生枝。

哪知朱老幺现在已是"泥菩萨过河，自身都难保了"。他对黄必亮说："朱老幺这个人，酒色乱性，淫人妻女，闯下大祸，他也有怕人的时候。哎，真是自食恶果。"然后又回军队医院上班去了。

何大中收到家里发来的电报："父病重，望速归。"连忙向厂里请了假，买了车票就急忙往回赶。他先回到绥东，想叫孙春英一同回宣汉老家，孙说娃儿在上学，她走了，谁来照看儿子？所以第二天他一个人就赶回宣汉。回到老家，见到父母身体都很健康，很是诧异。母亲若明若暗地把孙春英的事跟他说了。

他听了以后，一下子就暴跳起来，从厨房里拿出一把菜刀就往外冲。他要马上回绥东去，找那个狗日的朱老幺，先把他骗了，让他当一辈子太监，然后再对孙春英……

全家人好不容易才把他劝住，父母兄弟说了不少的劝话。他坐在凳子上不停地抽烟，一言不发，他能说什么呢？他心里在流血，那可是夺妻之恨啊！是男人最不能容忍的深仇大恨呀！他实在是再也坐不住了，马上要赶回绥东去。

兄弟何大国无论如何一定要陪同他一起去，到了绥东，何大中到处找朱老幺。那黑黑的脸庞，红红的双眼像一头愤怒的雄狮。朱老幺确实是跑对了，他这个时候要是被何大中碰见，当场起码把他打个半死！

何大中找不到朱老幺，就回到家里，家里只有儿子一个人。儿子见他回来后，抱着父亲的大腿就哭道："爸爸，莫生气了，妈妈知道自己错了，求求你，莫打她嘛。"

"那你妈到哪里去了？"

"她走了，她怕你打她。"

一个炼钢工人，一个像铁塔一样的大汉，此时已双眼含泪瘫坐在沙发上。

这件事情，经过朱老大、何家父母兄弟反复磋商，最后终于想出了一个解决的办法。

何大国对哥哥何大中说："我们同当地领导朱书记经过商量，你看这个样子解决行不行：对于孙春英你如果不能原谅，可以把她休了，但是，如果那样子的话，可就苦了娃儿了！十来岁的娃儿莫得亲娘，你再给他找个继母，你又长期不在家，娃儿跟继母一起过，好造孽哟！……我看算了，看在娃儿的分儿上，原谅她这一次吧。俗话说'大丈夫难保妻娼之道'，能伸能屈，娃儿要紧。"

何大中说："不能就这样便宜了那个狗东西！"

何大国继续说道："对于朱老幺，由朱书记免去他生产队长的职务，再给个党内警告处分。"

"太轻了，太便宜他了，老子要把他给骟了！把他个狗日的卵子果果给挤了，让他个狗杂种一辈子都当太监！"何大中咬牙切齿地吼道。

何大国知道自己的哥哥在说气话，没有搭理他，继续又说道："再就是把我们全家都迁过来，给我们划一块宅基地建房子。你不在家的时候，由父母和我们一起照看娃儿和嫂子，这样对嫂子也有个监督。另外，再把这对奸夫淫妇好好地教训一顿。"

何大中忙说："怎么个教训法？"

何大国说："打他个狗杂种一顿！"

何大中说："好，老子捶扁他！"

何大国说："你手脚那么重，又在气头之上，你一出手，万一打出个好歹来，就麻烦了。"

"那哪个来打他们？"

"嫂子嘛由妈来打，朱老幺就由朱老大的老婆来打，每人打二十竹片，你看这样处理如何？"

何大中深思了半晌说道："朱老大那婆娘来打朱老幺，那不是等于在给他'拍灰'吗？"

"哎呀，哎呀，出口气，出口气嘛，以后我到了这里，要收拾他，那还不容易吗。"

何大中听了兄弟这么说了之后，觉得全家人都是为了自己着想，老父老母还要背离祖祖辈辈生活的故土，离乡背井地迁到这里来。

想到娃儿，自己就这么一根独苗苗，那可是自己的心尖宝贝呀，他怎能忍心让他离开亲娘，去跟一个完全陌生的继母生活呢？况且这个继母还是我来给予他的，这太残忍了。他沉思了好久，认为兄弟和家人已经为自己想得很周到了，于是他终于点头认可了这个解决方案。

过了几天，在朱书记的主持下，调解会在大队部的会议室召开，当朱老幺战战兢兢地走进来的时候，何大中直扑过去，"啪"的一声，一记重重的耳光落在朱老幺的脸上，两颗焦黄的门牙顿时被迫"下岗"，和着满口的鲜血吐在了地上。

众人赶忙过来将何大中拉开，朱老幺捂着满口的鲜血，一下子就"扑通"一声跪在了何家人的面前。"对不起，对不起，真是太对不起……"

在这个调解会上，何家几姑娌提出了一个苛刻的条件——那就是把朱老幺的老婆弄来陪何大中睡几晚上，让何家人也来搞他的婆娘！说这就叫"以牙还牙"。

朱书记对这一要求坚决不同意，他从党纪国法的高度来说服她们。

何大中这时吼了一声："莫说了，他那婆娘那样孬，拼（白送）给老子，老子都不得要！"

调解会费了九牛二虎之力，才基本上按原来商定的方案调解结束，这天晚上朱老大摆了两桌好酒好菜，算是跟何家赔礼道歉。

又过了几天，何大中的假期已满，也该回厂里去上班了。一场闹剧就这样结束。又过几年，为免触景生情，他将老婆和娃儿迁到了攀枝花，永远离开了这令他十分伤心的地方。

曙光在前

罗东明在医院工作起来，真是越干越高兴，自从赵副政委说过要给他"转正"之后，能成为这所军队医院的正式职工。使他心里充满了希望，自己的理想，自己的追求，自己的人生奋斗目标，通过自己的努力眼看就有可能实现了！

他想，如果有了正式的工作，就可以找一个城里的姑娘，这个姑娘也一定有个不错的工作。双职工，啊！多么美好！自己的子女从今以后就不再是农民了，子子孙孙就可以彻底告别了那种面朝黄土背朝天的日子。

人，一旦看到了光明的前途，心里也就充满了希望，一切的一切都是那样的美好，干活从不觉得累。他还是那个老习惯，边干活边唱歌。

有时也想起丁家姐妹和秀妹来，但在这个时候的感觉，只是觉得有趣甚至好笑。原来世界是这么的精彩，道路是这么的宽广，生活会是这么的丰富！当时丁二妹离他而去远走高飞，失恋的痛苦折磨得他痛不欲生的时候，想死的念头都冒出来了。那时要是真的一时想不开，轻生而去，岂不可惜，岂不贻笑大方！

她们现在在千里之外的他乡还好吗？该有小孩了吧。二妹是否在"五七"工厂上班；雷秀是否在当地教书？对故人的怀念有时感觉还是很有点意思。

正当他边干活边唱歌、思绪随意地飞扬的时候，他的妹妹来告诉他：父亲又病了。

父亲罗列夫年轻时身体就不好，加之又曾经过着那种声色犬马、放浪形骸的生活，后来又在监狱之中度过了五年。身体素质本来就很差了，现在已过花甲之年，常年咳嗽，患有难以彻底治愈的"肺气肿"。这种病稍有感冒，就咳得不得了，唯一的治疗办法就是吃药、打针，注射青、链霉素。

时间久了，当针头拔出来的时候，注射到肌肉里的药液也就流了出来。

每当看到父亲剧烈咳嗽那痛苦的样子，罗东明心里确实难受极了，能有什么办法止住他的咳嗽？俗话说："最难治的病莫过于'外治抠（皮肤痒），内治齁（咳）'。"罗东明看到父亲咳得很痛苦，问过张嘉定，张说："你父亲的病是几十年来形成的，加之年龄已大，现在只能内靠中药调理，另加上西医针药消炎抗菌，方可缓解，想达到根治的效果已经很难了。"

罗东明听了过后，心里感到非常难过。他曾多次告诫自己，自己一定要好好锻炼身体，千万不要得父亲那样的病，那好痛苦呀！

他和妹妹一道回到家里，见到父亲躺在床上，正在咳嗽。

一个年轻的女医生正在给他打针。这个年轻的女医生是姐姐的学生，姐姐二十世纪六十年代初高中毕业之后，就一直在教书，如今也可谓桃李满园了。

女医生中等身材，蓄着一条独辫子，皮肤白净，面带笑容。她给父亲打针的时候，手很轻柔，慢慢地将针药轻轻地推进病人的肌肉之内。父亲说："小邓啊，谢谢你哟，你打针时一点也感觉不到痛，真是心灵手巧哟！"

小邓打完针后，边收起打针的工具边说："谢啥子呢，罗伯伯，你太客气了。"小邓将工具用洁白的纱布包好装进医药箱后，准备起身告辞。

罗列夫忙说："小邓，你莫走，就在这里吃饭，今天我儿子也回来了，一起吃饭，这段时间辛苦你了，以后还要麻烦你的。哎，病得拐了，给你添麻烦了，莫走，莫走。"小邓医生见盛情难却只好留了下来。

小邓是公社社办企业医务室的一名医生，她原先在杨堰大队合作医疗所当"赤脚医生"，后来通过自学考试，当了一名"乡村医生"，因为考核成绩较好，又被调到了公社社办企业医务室。

每当父亲病发了之后，姐姐就把这个当年的学生请来给父亲打针拿药。她针打得好，很少有疼痛感，人又勤快。每次来打完针过后，罗家都要留下她，请她吃饭。她这时也帮罗家做一些家务事。

久而久之，罗家的人都很喜欢她，特别是罗东明的父亲对她更有好感，曾多次对郑夫人说过，想让她当自己的儿媳妇。

于是郑夫人把这个意思告诉了大女儿，让她来给小邓说这个媒。罗东明的姐姐当然乐意来当这个媒人了，以前的学生来当自己的弟媳，那多好呀！父亲长年有病，自己家里有个医生，那多方便啊！弟弟以前曾经失恋过，也向她倾诉过失恋的痛苦。现在有这么现成的一个好姑娘，全家人都喜欢，相信他会满意的。

姐姐把小邓介绍给罗东明，罗很犹豫。他想自己可能在医院的工作快要转正了，理想当中是等工作转正之后，再找一个有正式工作的城市姑娘。这样子以后子女就不再是农村户口了。他实在不愿意自己的子女还跟自己一样，在农村为自己的前途苦苦挣扎、苦苦奋斗。但是小邓这个人人品尚可，也有一技之长，全家人都很喜欢，特别是年老多病的父亲，更是对小邓赞不绝口。

他经历过丁家姐妹和秀妹之后，已不再把爱情看得那么神圣了。

爱情这东西，只不过是小说家笔下塑造出来的，现实生活中到哪里去寻找？他和丁二妹的感情，原先他认为那就是真正的爱情，但是当别人给她介绍一个有正式工作的男人的时候，她却轻而易举地抛弃了这所谓的"爱情"。

他现在就只想找一个有城市户口、有正式工作的女人组成家庭，过着那种按时上下班、月底盖章就领钱的"双职工"生活。如果是这样，自己的小孩以后就可以在城里的学校读书了。有时，他想起那痛苦、曲折的求学经历就想哭，他决不能让自己的小孩再像自己过去那样受罪了，他要他们从小受到良好的教育，而且必须到自己小时候曾经梦想的县城中学去读书，自己小时候的梦想一定要让自己的子女来圆梦。自己这辈子读书无望了，他把希望寄托在子女的身上。

小邓虽然是公社企业的医生，但户口却还在农村。他在犹豫，也很矛盾，他不好一口拒绝，也没有完全应承。

时间一晃就过了两年多，他和她仍保持着那种若即若离的关系。罗东明为这件事常和父亲发生冲突。

这段时间，他多次向医院打听，自己的工作何时能转正，但院方领导说，事情太多，没有研究。没有过多久，赵副政委因年龄关系，加之战争年代又负过伤，所以他已办了离职休养的手续，离开了医院的领导岗位。罗东明似乎感觉到，命运之神再一次捉弄了自己。

走出桃花坪

时光到了一九七六年，丙辰龙年的九月九日，是全国人民震惊的日子。一颗巨星陨落了！随着这颗巨星的陨落和"四人帮"的倒台，一个时代结束了，一个长达十年之久的动乱终于结束了！饱经风霜和残酷打击的"走资派""五类分子"这些生活在中国社会最底层的人们，终于看见了期盼得太久、太久的曙光！

改革的大潮，逐渐形成奔腾之势。人心思治，已是全国人民的共同心愿。"青山遮不住，毕竟东流去"温暖的春风已轻轻地吹拂着神州大地。

"走资派"恢复工作；"五类分子"一风吹全部摘掉"帽子"；取消以阶级斗争为纲；取消阶级成分；平反一切冤、假、错案；所有公民在法律面前人人平等；知识青年全部返城，安排工作；所有干部、职工只要达到退休条件，退休之后，其子女不论户口在城市或农村，均可顶替接班。

中国人民在饱受各种政治运动，特别是十年动乱的苦难之后，在以德高望重的邓小平同志为首的中国共产党人领导下，经过艰苦的努力和探索，终于走上了建设有中国特色社会主义的康庄大道。

罗东明在医院的工作转正，最终成了泡影。

但是，新的机会来了，这次是千真万确地随着神州大地改革的春风到来了！

罗列夫已年过六十五岁了，早过了退休年龄，他退休过后，按照政策，可以安排一个子女来接班。

他还有一个么女，年龄十七岁，正在学校读高中，也符合参工条件。他让谁去接班呢？按道理，当然非三儿罗东明莫属了。可他在和小邓的婚姻问题上就是不明确表态。小邓在这三年当中，给自己打针拿药，服侍跟前，他多么希望她就是自己的儿媳妇啊！

于是他把罗东明叫到跟前说道："按政策，我该退休了，退休后，我可以安排一个子女去接班，你愿不愿意参工啊？"

罗东明不假思索地答道："愿意，愿意，太愿意了。"

"但是在参工之前，你和小邓的关系应该定下来，你跟她耍了三年，她也服侍了我三年，我也麻烦了她三年，不给人家一个交代，怕是说不过去吧。"

说到小邓，罗东明没有说话，沉思了很久说道："我再考虑考虑，考虑好了，我自己去跟她说。"

"那就等你考虑好了，我再去办退休手续，小邓不能成为我的儿媳妇，良心何安？那就让你妹妹去参工，你个人还是去当木匠吧！"

罗东明这一次没有和他顶嘴，因为他非常清楚决定自己命运的关键时刻到来了！他还能说什么呢？有什么能比这跳出"农门"，脱离苦海还重要呢？天下女人多的是，机会这可是唯一的啊！于是他点了点头走了出去。

罗东明经过反复思考，最后决定要去参工，自己自十二岁多就失学回到农村，整整苦苦挣扎奋斗了十三年！想起这十三年的经历就想哭：耕田、栽秧、打谷子、收麦子、种菜、挑粪、拉船、抬石头、挑煤炭……哪一样苦没有吃过啊！

记得有一次，队上分给他和母亲一块田的麦子收割，这块麦田离家很远，当他割完麦子、捆装在背架上的时候，天突然下起大雨，如果不下雨，罗东明背上这一背架的麦穗是没有任何问题的，可是下雨过后，麦穗被雨水淋湿了，沉重了许多。

他一个人跪下身子来背背架，不管怎样使出全身的力气，总是站立不起来。太沉重了！他一个人背着沉重的背架在田里爬啊爬啊……满身的泥水和着汗水。

他终于爬到了田埂上，一咬牙，使出全身的力气，双腿颤颤抖抖地终于站立起来了。背上沉重的麦穗，在这泥泞的田埂小路上，一步一趔地背回来了。

一过秤：二百六十斤，二百六十斤啊！这是他这一辈子背得最重的一次，也是他一辈子都难以忘记的在农村中的劳苦。

多少年以后，不管他遇到什么困难，他总是想起背麦子那一幕！有什么比这还要辛苦的呢？

农村仿佛就是无边的苦海，自己在这苦海中苦斗了十三年，现在终于看到了希望，他不能放弃，决不能放弃！再也不能错过这千载难逢的机会，他要参工，他必须要跳出这令他刻骨铭心的苦海。

父亲的条件是让他和小邓结婚，结婚就结婚吧，没有什么能阻止他要参工的强烈愿望。

月朗星稀，他和小邓坐在家乡的田埂上，他第一次觉得小邓还是很不错的。他给小邓讲了自己的过去，当然也讲了丁二妹、丁三妹和秀妹。

小邓也讲了她的过去，她说："你和丁二妹有过感情，和秀妹有过关系，这没有什么，哪个年轻人谈朋友，一谈就成功的，少得很，我也谈过朋友，别人也追求过我，只要我们结婚以后好好过日子就好了。"

他说："我和你结婚确实有点勉强，是父亲同意让我参工的附加条件，说心里话，我确实很反感这种附加条件式的婚姻！但是要跳出'农门'，我从心里是愿意接受这个附加条件的。另外我们也相处了三年，你也确实有很多优点，三年了，我们也有了一定的感情，等我参工后，我们一定结婚。"

小邓高兴地说："结婚后我一定好好撑持这个家，当个好媳妇，你们家里人都很好，都是知识分子，知书达理的，你参工在外……"她笑着开玩笑说："可不要忘了我哟，城里面长得乖的女人那么多，莫到外面去拈花惹草啊！"

一九七七年农历丁已年，罗东明终于参工了，为了践行自己的承诺，第二年农历戊午年他和小邓结婚了。结婚过后八个多月，小邓给罗东明生了一个女儿，罗东明第一次尝到了初为人父的喜悦，但又有一丝遗憾，要是生个儿子该多好啊！

结婚的日子定在正月初二，他们到近十里路外的小邓娘家去迎亲，众人抬上抬盒和嫁妆，一路敲锣打鼓，热热闹闹地往罗东明家走来。

当迎亲队伍快到罗家不远的一条小河沟时，不远处也有一支迎亲的队伍迎面过来。河沟上就只有一块石头搭成的独木桥，这时罗东明的迎亲队伍中说了一句："哪个先占独立桥，哪个以后运气就好！"

于是他们加快了脚步，急忙赶了前去，想先占独木桥，迎面过来的迎亲队伍也加快脚步，也想先占独木桥。

结果是两支迎亲队伍都同时到达这条独木桥，怎么办？谁也不让谁，两支迎亲队伍就僵持在这里。罗东明看了对方的迎亲队伍，没有几个身强力壮的人。而罗东明这边，抬嫁妆的、抬抬盒的全都是力大汉子粗的年轻朋友。这时他的好朋友黄必亮喊了一声："冲过去！"

当迎亲队伍将抬盒、嫁妆放置好以后，已是婚宴开席的时候了，这时罗东明的母亲惊讶地发现，小邓娘家过礼过来的两只鸡（一只公鸡和一只母鸡），而母鸡却已经死了！在这特殊的日子里，这将预示着什么呢？

母亲将这件事悄悄地告诉了大女儿和罗列夫，大女儿说："这是怎么一回事，这是怎么搞的？"

罗列夫忙说："莫说，莫说，另外找一只母鸡赶快来换上。"

众人都在忙着开席，都在笑谈刚才强行占领独立桥的经过。罗家来了很多亲戚朋友，院坝里摆满了席桌，大家都在热热闹闹地喝酒、吃饭。谁也没有注意到抬回来的母鸡是一只死鸡，只有罗列夫和郑夫人以及大女儿三个人晓得。这件事在隔了将近三十年过后，小邓身患癌症而病故的时候，罗家大女儿才将此事说了出来。

二十世纪七十年代末，罗东明参加了工作，结了婚，他在新的人生道路上又将会是如何呢？命运之神又会给他带来什么？

第三篇
滚滚春潮
DI SAN PIAN
GUN GUN CHUN CHAO

学海泛舟

二十世纪七十年代，建筑工地的木制品加工房是用楠竹和油毛毡搭设的临时工棚，工棚里堆满了各种各样的半成品木料，电动圆盘锯、刨木机、打眼机等各种木工专用机器在飞速旋转，加工材料的声音震耳欲聋，工人们都在聚精会神地忙碌着。

罗东明正在刨木机上刨木料，建筑行业大都实行计件工资制，做得多就得得多。圆盘锯、刨木机这两种机器的功效虽然比手工要高出好多倍，但很不安全，隐患非常严重，工人一不留神就会被机器切断手指，所以建筑公司的木工有很多人的手都被这种机器切伤，他们戏称这些受过伤的工人是"一把手""手枪连"。

上午十点半，大家都在聚精会神地忙碌着，突然，"砰"的一声，木板上一个坚硬的节疤，在加工时被弹得很高，"哎哟！"罗东明的左手边指被飞速旋转的刀片立马切断，顿时鲜血如注，一股钻心的疼痛遍布全身。他马上用右手紧握左手，忍着巨大的疼痛跑到附近的医院。

罗东明因工受伤过后，回到家中休息，夜晚，十指连心的疼痛使他夜不能寐，令他思绪万千……

回顾着过去，思考着自己的人生道路，目前这一切不是他想要的结果，自己追求的人生目标是什么？以后的道路又该如何走下去？

难道就这样当一辈子木匠，每月挣几十元工资来养家糊口，磨骨头养肠子，到了六十岁就"光荣退休"？

不！人的一生决不能这样平庸地过下去。

有时他在想，能在宇宙万物之中变成一个有血有肉、有智慧、有情感的人该是多么难得啊！地球绕着太阳在宇宙中转动，一年四季、春夏秋冬、云卷云舒、花开花落、日月经天、江河行地……如果它运行的轨迹稍有偏差，离太阳的距离稍有变化，地球上就绝对不会有生命，更谈不上有人类了。难道自然界真的有如此绝妙的巧合吗？难道这不是上帝那神奇而伟大的力量创造了这一切的吗？

能变成一个人不容易，那是上帝的力量，要变成一个有用的人，不虚度年华和岁月，充分体现出人生的意义和价值，应该就只有靠自己的努力和奋斗了。

如何来实现自己的人生价值？怎样才不虚度这宝贵的年华呢？那就是应该拥有广博的知识。如何才能拥有广博的知识？那只有靠自己勤奋的学习才能去获取。想到这里，罗东明心境豁然开朗起来。

八十年代，整个中国充满了浓厚的学习气氛。八十年代的年轻人，是被十年动乱耽误了求知学习的整整一代人，不管是初中生还是高中生，真正学到的知识，也只不过相当于一个小学文化而已；而这一代年轻人，现在正担负起各个单位承前启后的历史重任。没有知识，能担得起这个重任吗？

在市总工会职工业余学校宽敞明亮的教室里，罗东明如饥似渴地学习。他结合自己的工作情况和兴趣爱好，走进了电子技术培训班。由于文化底子太薄，他在学习上遇到了很大的困难，特别是那些理论上的数学公式的推导，简直就是云里雾里、似懂非懂。

他想，困难算什么，班上大多数人都在似懂非懂，别人能学懂，自己也应该要学懂，文化底子薄，那就再去补习文化。总工会业余学校还开设了数学补习班，于是他边学数学边学电子技术。这样，他就基本上克服了学习中遇到的困难。

学到了一定的课本知识，也基本上掌握了当一名电工所具备的基础知识，他不愿再去当木匠了。公司领导见他这样爱学习，也同意他换工种，去机修车间当了一名电工。

他又一次通过自己的努力来改变了自己的命运，但是知识是无止境的，在建筑公司，他十分向往那些从事建筑设计和施工技术管理的工程技术人员，他要把这些技术学到手，以后也要去搞建筑设计和施工管理，于是他又进了总工会的建筑技术培训班。

朝着自己人生奋斗的目标，他勤奋地学习。白天，上了八个小时的班，晚上七点至九点，他走进职工业余学校。在这里他不仅学到了不少业务知识，还结识了很多同学和老师。

在业余学校学习，学习任务虽然很紧张，但罗东明却感到十分充实和愉快。

回想起少年时代那艰辛的求学之路，他备感现在的学习机会太珍贵又太幸福。傍晚，他踏着城市里五彩斑斓的华灯之光来到学校，课桌上已放着老师们批改好的作业本。两个小时的授课时间结束之后，他又随着一群同学有说有笑地回到家里。

电子技术培训班的课程已全部教完，夜校要举行结业考试，考试成绩要填写进"结业证"里。考试的科目就只有两样：一是"电工基础"；二是"电子技术"。由于临近考试，所有学员都在紧张地复习。

有一天放学之后，罗东明正和同学们边走边谈论学习当中要考试的事。突然，一个人从他后面把他的肩膀拍了一下，说道："东儿，考试的时候，你来挨着我坐，到时把你的卷子拿给我抄一下。"

罗东明回过头一看，见是本单位的华全龙，他也和罗东明在一个班学习，平时缺课时间太多，加之每次来又喜欢和女同学坐在一起，上课时经常做一些小动作来逗女同学，心猿意马，根本就没有注意听讲。但想拿到结业证，又担心结业证上填写的成绩太低，脸面上不好看。

在八十年代，有正式文凭的人太少了，一张结业证也足以证明你曾经参加过什么专业的学习。在单位、在社会上也还有那么一丁点儿吃香；在评职称和调工资的时候，可以在"审批表"的文化程度一栏中，填写你结业证上的专业。

华全龙是公司加工厂的厂长，年龄和罗东明差不多，还不到三十岁，此人浓眉大眼，风流倜傥，说话时声音洪亮，并略带一种领导者的腔调。他好高骛远，自恃有才，好为人师，喜欢标新立异，个性极强。因为有魄力，也有一定的处事能力，公司领导把他纳入了骨干苗子的培养对象，并培养他入了党。入党前要进行培训（称之为听党课），他在党校听党课的时候学了一些马列主义、毛泽东思想和哲学常识，因此在一定的场合讲话时，总爱引用刚学到的这些政治术语。所以被人戏称为"华克思"。

他由于在夜校缺课太多，怕考不好而丢了面子，所以在考试前给罗东明提前打招呼，想在考试时抄他的卷子。

罗东明说："抄卷子可以，但被监考老师看到了怎么办？"

华说："成人考试嘛，哪管得那么严？不用怕。哎！说实在的，我懂是搞懂了的，因为工作太忙，有几节课没有来听，怕临场发挥不好，到时候你把卷子给我看一下，啊？"

罗听过了之后心想，不懂就不懂嘛，借故工作太忙，还不懂装懂，虚伪！嘴里只好说："那好吧。"

这时华又说："你把题答完之后，干脆把我的卷子拿去再重复答一遍，哎，那些电路图哟，它倒是认得到我，我可是认不到它哟。"

罗说："到时再说吧！"

到了星期六的晚上，结业考试开始了，华克思今晚来得特别早，他见罗东明坐在第八排二号桌，于是他赶紧在第三号桌坐了下来。罗东明正在看复习题，看见华克思在他的旁边坐下，就知道他的意思，于是抬起头来。华讨好地冲他一笑，说："那天说的事，你莫忘了哟。"

罗点点头答道："晓得。"

华克思这个人平时恃才傲物，有点眼中无人，因为在单位受到领导的培养和重视，一些人看他是领导培养的苗子，前途无量。因此对他恭维有加，常有人对他讨好卖乖，更使他觉得自己真正是一个才高八斗、学富五车的青年才俊了。他从不讨好别人（但长得漂亮的女人除外），平时也有点看不起罗东明，认为他只是一个从农村来的木匠娃儿，用他的话说："东儿是一个连红苕屎都没有屙完的土包子，能晓得个啥子？"但是在夜校，罗东明的学习成绩总是比他好，他心里感到很不服气，但有什么办法呢？那些二极管啦、三极管啦、电阻、电容啦……他实在是搞不懂，看到那些电路图脑壳都大了，更莫说要弄懂它的工作原理。

考场内有人在窃窃私语，监考老师佯装不知，用他的话说："成人学习全靠自觉，能学到真正的知识，那是你自己的收获，你要弄虚作假，就只能害了你自己，用农民的话说'你哄了地皮，地皮就要哄你肚皮'，至少，浪费了你现在宝贵的时光。"

罗东明以很快的速度答题，他把会做的题先答完之后，把难做的题留了下来。这道难做的题是分析一个"放大电路图"的工作原理和在元器件符号上标注出它的型号和容量的大小。这道题，老师在课堂上曾经详细讲过。当他写完工作原理之后，元器件上的型号和容量还未来得及标注，他也确实忘了，正在紧张思考的时候，华克思低声催他："东明，搞快点，你答得差不多，能及格就可以了，快点把我的卷子拿去答一下，不然时间不够了。"

罗东明见自己答的题至少可以在80分左右，于是放下自己的卷子，拿过华克思的卷子。只见他的卷子上，除了在卷子上写了自己的名字之外，只在选择题中照着罗东明的卷子画了几个"√"，再没有写下一个字。于是罗东明在他的卷子上飞快地答题，连最后一道难题也答完了……

星期一的晚上，夜校将每个学员的考试成绩张贴了出来，罗东明得了78分，华克思得了82分。华克思见到罗东明，只是点头笑了一下，连半句感谢的话都没有，罗东明心里顿感不快。他望见华克思，只见他正高兴地与几个漂亮的女同学在打情骂俏，再也没有理会罗东明。

电子技术培训班结业了，华克思再也没有坚持来夜校学习。这个时期，社会上开始流行跳舞，各种舞厅像雨后春笋般冒了出来，舞厅里那若明若暗的灯光，那充满神秘浪漫的氛围，随着悦耳的音乐，一对对男女相拥在一起，轻步慢摇。

华克思最喜欢跳舞。他说："和那些长得漂亮的妹儿搂在一起，那两坨胀鼓鼓的乳峰若即若离地碰在你胸前，那简直就是一种飘飘欲仙的感觉！"

罗东明在夜校的数学班和建筑班还没有学完，他要坚持下去。因为建筑专业是自己的本专业，数学是学好这个专业的基础，他无论如何也要坚持下来，为了自己的人生目标，他决不会半途而废。

上数学课时，在课堂上看似听懂了，但在做作业的时候，常遇到很多题做不出来，怎么办呢？

罗东明单位有一个同事，姓许名佳，在公司设计科工作。此人初中六九级毕业（相当于小学文化），与罗东明同岁，高挑单薄的身材，架一副深度近视镜。他为人温和，从不和人争吵，喜欢学习，身上有一股知识分子的味道。领导看他喜欢学习，性格又好，就把他作为公司的技术骨干来培养，把他送到了重庆建工学院去进修。一个只有小学文化的年轻人，突然进入大学的课堂，学习上将会遇到多少的难题啊！但是，他刻苦用心，补习中学阶段的数学、力学等课程。做练习题时常做到深夜。在假期回家时，几大包行李全是他做完的练习题。因此他在数学上学得还比较扎实。罗东明在学习上有做不来的作业题，常去请教他，他也十分愿意来帮罗东明，这样一来二往，他们就成了很好的朋友。

许佳除了刻苦学习专业知识之外，还十分喜欢军事知识，世界各国军事力量的状况，各种军事武器的性能，杀伤力的大小，不管是天上飞的、地上跑的，还是海里游的，他都能如数家珍。罗东明十分愿意和他交往。罗东明的父亲也熟悉这个年轻人，常常在罗东明的面前夸奖他。由于许佳生性温和，知识分子味又特浓，缺少男子汉应有的一种魄力。加之长相太瘦弱、身材又高，外号人称他"晾衣竿"。脸上一副深度近视镜，在看人时要觑起眼睛才能看得清。所以他虽过了婚嫁的年龄，但迟迟没有合适的女生相中他。他的父母和单位领导都十分着急，都在为他介绍女朋友，希望他早觅知音，喜结良缘。

不管罗东明是在数学中遇到难题，还是在建筑专业学习上遇到不懂的地方，许佳都会耐心地给他讲解。

罗东明为人开朗，热情奔放，待人宽宏大量，不管是哪个得罪了他，他可以当场与你争吵一番，但从不记仇。他和许佳同在一个单位，因为都爱学习，罗东明把许佳当成自己学习的榜样。罗东明在学习数学和建筑专业之外，十分喜欢文学，古今中外的文学名著，只要能借到手，他都要挤时间去阅读。正因为如此，两人之间随着交往的频繁，友谊日渐加深。

二十世纪八十年代中期，随着改革开放的步伐加快，人们的思想意识也逐渐放开；人们的业余生活也逐渐丰富；歌厅、舞厅、茶楼也逐步多了起来。电视机成了一种奢侈品首先进入了有钱人家，连旧社会有钱人才玩的麻将，现在也开始有人玩了。

夜校的学员正在逐渐减少，一个在开学时挤满了学员的教室，没过多久，留下来的还不足三分之一，整个教室空空荡荡。

罗东明十分珍惜这难得的学习机会，常回想起童年时期那艰辛的求学经历，他一定要坚持下去，把应该学的知识努力学到手。

风流倜傥

一天下午，公司党委正在召开党委会，会上要研究一些重要的人事任免事项。党委书记姓龙，本是工人出身。这家公司是解放前由木匠、灰匠、石匠等一群手艺人组合起来的。领头的（即现在的工头）姓秦，名叫秦方富，在解放初期被定为资本家。这家公司在公私合营之后被改为国营企业，公司党委书记和经理均为"南下干部"。

由于秦方富不满公私合营和被改为国营企业，常发牢骚表达不满，后来被戴上了"坏分子"的帽子，并被派到工地去劳动改造。

因他从前也是木匠出身，在一家国营造纸厂修建厂房的时候，他负责去做穿逗木架。到了星期六下午，木架刚立起来，还没有安装支撑，活路没有做完，所有工人都下班走了，第二天是个星期天，大家都在家休息，只有他一个人在工地上做活路。一阵狂风吹来，把刚立起的穿逗木架全部吹倒在地。就因为这起生产事故，书记和经理说他对社会主义不满，是有意破坏生产，报送材料将他逮捕，后来死在狱中。

公司书记和经理都是战争年代参加革命的干部，后来都被调升。在二十世纪六十年代初，为了贯彻中央"调整，巩固，充实，提高"的八字方针，公司也由"国营"改为了"集体"性质。

公司书记和经理调走之后，上级在公司内部将出身好、有一定文化的党员龙善平任命为公司书记，并将工人出身的会计赵高坤任命为公司经理。建筑公司的工人几乎都是手艺人出身，没有多少文化，书记和经理都是凭着传统的管理模式，执行着"计委"（计划委员会）下达的各项施工任务来进行企业生产管理。

但是，随着社会的进步，这种管理模式明显地落后了，所以他们要物色一批有文化、有专业知识的年轻人充实到各个管理部门和施工现场。

这次党委会就是专门研究这项事宜，许佳和华全龙是刚进入党委的委员。在推选管理人员人选的时候，许佳推荐了罗东明。

但是在讨论的时候，华全龙表示反对，他说："罗东明这个人是从农村出来的，原来文化又不高，参工后只读过几天夜校，懂不懂得啥子叫管理呀？"

许佳在推荐的时候说："罗东明虽然是从农村来的，文化虽然不高，但是能勤奋学习。他干过木匠，也当过电工，工作表现还不错。当然华全龙同志觉得不合适，也就算了。这只是我的个人意见，供领导和同志们参考。"

川东家族

党委副书记、公司经理赵高坤也说："罗东明这娃儿当过木匠，又当过电工，去质安科是比较适合的，现在各工地因为安全用电的问题，出事不少。他人年轻，肯学习，让他多跑一下工地，多去检查一下各个工地上的安全用电和其他安全隐患，力争少出点事故就很好了。"

会议讨论后，龙书记最后发言说道："关于罗东明的工作安排问题，我认为，他虽是从农村来的，但我觉得这不应该是个啥子问题，因为我们在学手艺之前都是农民，小华说的也有道理，他现在肯定不懂得啥子叫管理，我看他肯学习，一个年轻人只要肯学习，就有可能把不懂的东西学会。我的意见是，先调到公司质量安全科试用一下，如果觉得不行，到时候也可以让他回到第一线去嘛！怎么样？"

华全龙说："既然领导定了，我服从会议决定，但我保留个人意见。"

罗东明在公司质安科上班了，这是他第一次走上管理岗位，从一个"劳力者"变为一个"劳心者"，也就不再去从事过去那种"磨骨头养肠子"的繁重体力劳动了。有时一觉睡醒，他想，这是不是在做梦呢？桃花坪的田间地头，他辛勤地耕田、挖地、担粪、推刨子、拉锯子，参工过后爬电杆、烧电焊……这些劳动和生活经历留在脑海里的印象简直太深刻了，经常在梦里再现这些场景。从农村出来当个工人，已是不错了，现在又从一个普通工人走上管理岗位，更让他感慨不已、备感珍惜。

他勤奋学习、努力工作，查阅了大量的质量、安全管理的业务书籍和相关的文件资料。他认为，要做好建筑工程中的质量安全管理工作，必须要订立相应的规章制度，使工人在施工生产过程中有章可循，若有违规，一经查实则应严肃处理。对于质量安全管理得较好的工地，在年度考核时要作为一项专项考核内容，真正做到奖惩兑现。

罗东明在从事这项工作中，确实下了不少的功夫，公司的质量安全工作得到很大的改变，受到领导和各工地的好评。但是他制定的这些规章制度和管理办法，在华全龙的加工厂里却得不到贯彻执行。华全龙将这些以公司红头字文件下发的规章制度和管理办法丢在废纸篓里，不屑一顾地说道："别人卖×他卖嘴，有本事去修一幢房子看看，功夫是干出来的，不是靠卖嘴叫出来的，能够独当一面去干工作，那才叫本事。"

华克思的话深深触动了罗东明，是啊，建筑公司的主要业务是修房子、搞施工，自己是应该到工地去，独当一面去修一幢房子。在夜校里学的建筑知识，多想能亲自去具体实践一下，也能独当一面去修一幢房子。在工地从事施工现场管理，需要熟悉测量放线、基础开挖、主体施工、质量控制、安全管理、工期安排等流程，这对于提高自己的业务水平是多么重要啊！

罗东明将这一想法告诉了好朋友许佳，许佳极力支持他。许佳对他说："你在第一线也当过工人，现在在公司机关也干过，再到工地上去独当一面搞施工，到时你的工作能力和业务水平将都会得到很大的提高，我会支持你的。"

罗说："我非常想到工地去搞施工，但是现在有两个担心：一是担心领导不放；二是担心自己能力不够。"

许说："领导那里我们共同做工作，在技术方面我尽力帮你，等有了工地，你先到领导那里去争取，我来帮你说话，我们龙书记和赵经理虽然文化不高，水平也不敢恭维，但有一个最大的特点，那就是'爱才'，特别是像我们这些年轻人。相信他们不会就让你在公司机关跑龙套、跑工地。说实话，你现在的工作也太杂了，说是管质量、安全，啥子综合治理、安全保卫、夜间巡逻，还有出差搞外调，乱七八糟的杂事都叫你去，可惜了。我认为，只有搞业务才有前途。综合治理、夜间巡逻这些杂事累死了都莫得啥意思。搞一辈子，到头来你就是一个打杂的。"

罗说："是啊，没有办法，领导安排，不去行吗？我这个人有个性格，只要你尊重我的人格，军人尚能以服从命令为天职，我想，服从领导安排也是应该的。只不过耽误了业务实在可惜，我一定要努力争取到工地去。哎，老许啊，我总觉得华克思这个人，不管从哪方面好像对我都有些意见，我也反省过，从未得罪过他呀！在夜校考试时，还是我帮他答的卷子呢，他看不起人的那种样子……哎！"

许说："他这个人就是这个性格，现在是各搞各的工作，他管他的加工厂，你以后去了工地，你管你的工地，井水不犯河水，这样就自然少了很多矛盾。"

罗听过之后摇了摇头，笑了一下，没有再说什么。

一天上午，他刚坐在办公室，门卫值班的李师傅交给他一封信，信封上歪歪斜斜地写着：

建筑公司安保科收

罗东明慢慢地打开信封一看，信中写道：

尊敬的领导：

我要向你们愤怒地控告，华全龙身为加工厂厂长、党委委员，长期利用工作关系，霸占我的老婆……

罗东明看完信之后，思考了一阵，该如何处理这封署了真实姓名的职工来信呢？信中所反映的情况在公司上下已早有绯闻。

公司加工厂担负着全公司各个工地上的门窗、构件的半成品加工，厂里设有技术质量部、成本核算部等管理部门，公司招收来的女工，如果工作表现可以，又有一定的文化，就可以安排到这些部门去。技术质量部有一名女工，姓殷，名叫殷世英，大家都叫她殷英。殷英皮肤白净，身材姣好，参工时的工种是一名油漆工。

高中毕业后，殷英下乡当了三年知青，当知青的地方在大巴山区。因为她人长得漂亮，被当地公社革委会闫主任看中，闫主任以承诺安排工作为名加以利诱将其占有，后怀孕堕胎。闫主任推荐她去上工农兵大学，但在体检时被查出曾怀孕堕胎，未被录取。闫主任以破坏知识青年上山下乡运动的罪名被判刑八年。

两年过后，殷英随着知青全部返城的政策回到城里，并被建筑公司招为油漆工。建筑公司的男性职工大多都是灰匠、木匠、石匠，在城里的单位上很不好找对象，后来经人撮合，她和本单位的一名青年石匠结了婚。丈夫名叫秦泉富，是原来这个公司的老板秦方富的儿子，因为其父服刑期间死在狱中，家庭成分又不好，文化不高。年龄将至三十的他，讨到年轻美貌的殷英，也是满心欢喜了。结婚一年后，他们有了一个女儿。

建筑公司很多时候是实行计件工资制，两口子的收入倒也还可以，女儿长得十分活泼可爱。但殷英也许命带"桃花"，不甘心一辈子就当一名油漆工。

几乎每天下班回来，吃过晚饭，她就要到舞厅去，在那里，她是去寻找刺激，还是去寻求改变命运的机会？她也说不清楚。

她对自己的丈夫谈不上爱，也谈不上怨。女人总是要结婚的，应该有一个家，也应该生儿育女，秦泉富不嫌弃自己原来曾经有过失身堕胎的历史，给了她一个家，而且对自己疼爱有加，按说她也应该知足了。但她内心深处不甘心，也不满足现在这个样子的生活，她仿佛觉得，自己还有发展的机会，命运之神也许会给她带来某种转机。她最低的期望是：至少不再趴在那高高的脚手架上，冬天冒着刺骨的寒风，夏天顶着炎炎的烈日，手握油漆刷，身穿五彩服，挥汗如雨，一天下来，腰酸背痛。她想脱产去搞管理，自己有文化，人也长得漂亮，只是没有人来提携自己而已。建筑公司上千人的职工，自己又算老几呢？丈夫当石匠，每天下班回来一身泥水、满身疲惫，有时她也感到一阵心痛，他毕竟是自己的男人。

功夫不负有心人，她在舞厅碰到了本公司的华厂长。之前两人都曾认识，公司召开职工大会的时候，华厂长是坐在主席台上的（因他是党委委员），而殷英则是一名普通工人。

华厂长在闲着无事的时候，心里也曾把本公司的美女们排列细数了一下，殷英当然在列。

在舞厅，他看见了殷英，于是十分热情地邀请她一起跳舞。殷英也算是情场老手，十分自然得体地和华厂长伴起舞来。在若明若暗的灯光下，华厂长搂着殷英慢摇，他有时想用力将她搂紧，但她始终与他保持合适的距离，偶尔也将自己丰满的乳峰贴上去，但很快就会离开。一曲终结，她对他莞尔一笑，另一曲音乐响起之后，她又和其他的舞伴跳舞去了，把华厂长搁在一旁。她这种若即若离、自然得体的伎俩，把华克思搞得有点神魂颠倒，心里痒痒的。华克思心想，凭自己在公司的地位和自己那浓眉大眼、相貌堂堂的男子汉形象，对一个普通的油漆女工来说，应该有极大的吸引力。但却事与愿违，她对自己始终保持着这种可有可无的态度。

午夜时分，舞场结束，他想送她回去，他幻想着，在这个深夜的大街上，有一位年轻貌美的女伴在自己的身旁漫步，那将会是多么的浪漫……但他四处张望，却不见了殷英的身影，他心里有一种落寞惆怅之感，无精打采地一个人独自慢慢走回家去。

第二天晚上，他又走进舞厅，期望再见到殷英。当他在四处张望的时候，殷英来到他的面前，亲切地喊道："你好，华厂长。"

华克思喜出望外地说道："我还以为你今晚不来了呢！昨天晚上我本想送你回家，可你早早地就走了，哎！"

殷说："哪敢劳驾你这个大厂长啊，能和你跳一曲舞已是十分荣幸了，还敢奢望你来送我，嘻！"

音乐声中，华克思对殷英说了很多肉麻的相思之语，殷英没有全部听进去，只晓得眼前这个男人已被她基本征服了。这时华克思用力将她搂得更紧，她也就顺势贴了上去。

说心里话，她也被华克思那富有男子汉的气质所征服，但是她不能轻易地答应他的非分之想。自己当姑娘的时候，很轻易地相信了闫主任的甜言蜜语，轻易地失去了少女宝贵的贞操，并为他怀孕堕胎，结果什么也没有得到，害得她现在下嫁给一个石匠。华克思虽有强烈的男性吸引力，但她要达到自己的目的，那就是要华克思把她调到管理岗位，并要把自己的丈夫也调离生产第一线，当石匠确实太辛苦了。

华克思还在轻声地对她诉说衷肠。

她说："你是有老婆和娃儿的，我也是有男人和女儿的，交个朋友可以，再往前发展下去就不妥了。"

华说："现在的年轻人，找情人的太多了，家里红旗不倒，外面彩旗飘飘，你的意识要跟上潮流哦！"

殷说："我们只做朋友，可以做个好朋友，不要做情人。"殷说完，将头靠在华克思的肩上，华将她搂得更紧了，随着音乐的节奏欢快地摇着。他也明白，让一个有家有室的女人成为自己的情人，那得慢慢来。于是也顺着她说道："好吧，我们只做朋友，做个好朋友，我只想每天晚上能和你跳一场舞，也已足够了。明天晚上你一定要来哦！我等着你。"

殷见时机成熟，于是甜甜地说道："一定会来的，有你这个好朋友在这里，我一定要来。"

舞曲已终，他们回到一个僻静的小包厢，殷继续说道："我们是朋友，看在朋友的分儿上，你能不能帮我一个忙呢？算是朋友求你了。"

华说："你说，让我帮你啥子忙？为了朋友，可以两肋插刀，只要我能办得到的，我一定帮你。"一个男人，特别是一个好色的男人，在自己心仪的女人面前，一定会显得慷慨和大方。

殷说："你一定能办得到，对你是举手之劳。我想……""你想啥子呢？"华盯着殷那双水汪汪的大眼睛问道。

"我想到加工厂来上班，到你这个好朋友的身边来工作，你愿意吗？"

"哈哈！我以为要我帮你啥子忙呢！来吧，来吧，欢迎！热烈欢迎！你到厂里的质量科去，专门负责产成品的检验、登记、发货，愿意吗？"

殷说："愿意，愿意，以后还靠华厂长多多关照喽！"

华说："你有文化，当个普通的办事员，也太委屈你了。"

"我一定努力工作，服从领导，来报答你的关怀。"

"哈哈哈！小事一桩，别的不说，在加工厂这里，那是俺的一亩三分地，俺说了算。"于是半开玩笑半认真地一语双关说道："我就等待你的报答哟，我们还年轻，来日方长……"

舞跳完之后，华提出要送她回去，她点头同意了。流光溢彩的大街上，因已是午夜时分，行人不多，他们相伴漫步，边说边笑，像一对热恋中的男女。

殷英到加工厂上班了，终于如愿以偿地当上了一名管理人员。不久，华克思又到公司劳资科，将殷英的老公秦泉富调到一个建筑工地当了一名材料保管员。两口子从此告别了那又苦又脏的石匠和油漆工岗位，当起了很多人都羡慕的管理人员。

为了感谢华厂长的关照，在一个星期天，两口子备下好酒好菜，盛情邀请华克思全家来吃了一顿。

秦泉富哪里知道，眼前这个与他推杯换盏的大恩人，是冲着他那年轻漂亮的老婆而来的，华正在悄悄地给他制作一顶不大不小的绿帽子。

罗东明接到秦泉富的署名来信之后，思考了一下，因为这牵涉到一个女人的隐私和一个党委委员的名声，他不敢擅自做主，就将这封信给了龙书记。龙书记说："小华这个人工作很能干，我还准备退休时把班交给他呢，不会吧，他不应该为了一个女人而毁掉自己的政治前途吧。你去查一下，俗话说，'捉贼要逮赃，捉奸要捉双'，没有足够的证据，不能随意下结论。这件事要注意保密，小华这个人是我们党委的委员，要注意政治影响呀！"

罗东明说："龙书记，这件事您让我去调查，怕不合适吧，老华这个人好像本来就对我就有一点意见。"

龙书记没有开腔，停了一会儿说道："这样子，我亲自找他谈谈，我毕竟是书记，是班长，你去忙你的吧！"

这件事也就这样不了了之，但是，殷英那漂亮的脸蛋上不时有了被秦石匠打青的痕迹，各种绯闻也不胫而走。

初出茅庐

龙书记和赵经理都是解放初期来到这个公司的，现在都快到退休年龄了，因为公司在二十世纪六十年代改为集体企业，国家就不再向公司分配大、中专毕业生了。建筑设计和施工，专业性是非常强的，随着时代的前进、社会的进步，建筑行业也在发生着巨大的变化：由过去的秦砖汉瓦、穿逗木房现在已进入到钢筋混凝土、大框架、高层建筑，这些专业技术人才从哪里来？

龙书记、赵经理他们采取了一个十分明智的办法，那就是"送出去，请进来"。送出去，就是把本公司有一定文化的年轻人送到各类建筑院校去培训；请进来，就是把那些社会上有专业知识的退休工程师请到公司里来，对公司管理人员进行授课培训。在这种情况下，许佳到了重庆建筑工程学院去进修，罗东明参加了公司的授课培训。

"计委"又给公司下达了一批建筑施工项目的计划。许佳通过培训后已回到公司，担任公司的技术负责人。在许佳的推荐下，罗东明到了新接的工地，主要负责这个项目的施工管理。

罗东明根据工地施工需要，经常要到加工厂去领取门窗、构件等半成品。但是华克思好像和他故意作对一样，对他需要的半成品总是一拖再拖，就是不按时发货，严重地影响到了工程进度。每次拉不到货，他只好去找许佳，许佳只有亲自出面协调才能解决问题。

龙书记和赵经理再过一年就要退休了，谁来继任这两个主要领导职务，成了全公司关注的焦点，尤其是书记和经理，他们要在退休之前选好接班人。

经党委多次开会，终于决定报送四个人的名单到主管局和市委公交政治部。这四个人是：

华全龙拟接任党委书记；

许佳拟接任公司经理；

吴以明（设计科负责人）、罗东明（工地负责人）拟接任公司副经理。

原来的副书记、副经理和工会主席职务不变。

龙书记是这家公司的创始人之一，木匠出身，是一位忠厚的长者，自己没有多少文化，但他特别重视有文化的知识分子，以前曾多次请求县政府将罗列夫调到建筑公司，罗列夫调来公司后，他也十分爱护，职工称他"老人婆"。

赵经理在解放前读过一段时间私塾，后来在工作中也学了一些文化，曾在公司当会计，后来慢慢地当上了经理。此人有一定的理财能力，但遇事过于较真，不善于与人交际，也不爱多言多语，最大的业余爱好就是下象棋，人称"铁算盘"。

吴以明这个人，三十多岁，高中毕业后推荐上了大学（工农兵学员），脸上一副高度近视眼镜，说话慢条斯理，说起专业、技术，他可以滔滔不绝，除此之外好像对什么都不感兴趣，一副书呆子形象。

原任副经理高福全不到三十岁，从公司团委书记发展到副经理。此人能歌善舞，篮球、乒乓球、斯洛克桌球、麻将、象棋、围棋、扑克样样爱好，特别喜贪杯中之物。他非常健谈，几杯下肚，似乎天上晓得一半，地上他全知道。他最大的特点就是喜欢睡懒觉，早上八点钟上班，他一定在十点钟左右才睡眼惺忪地来到办公室，人称"耍公子"。

原任副书记高全先，此人不到四十岁，重庆建院"委培生"。此人遇事都爱打个小算盘，从不承担什么责任，但他喜欢建筑施工专业，经常在外承揽私活捞外快。对公司的管理他很少过问，但对人有礼有节，脸上总是露出可亲的笑容，从不摆领导架子，群众基础相当好，人称"刷肩膀"。

许佳，人称"老好人"；华全龙，人称"华克思"；罗东明，人称"小诸葛"，都各有各的特点。

这个报告送上去之后，迟迟不见上面的批复。龙书记三天两头去问情况。开始答复是还在研究，后来才知道，主管局和市委公交政治部先后收到很多对华全龙的署名举报信，使得他们十分为难。他们也派人来调查过，但又查无实据（绯闻很多）。但党委书记这一个职务是"一把手"啊，是一个企业领导班子的班长啊，万一出了问题怎么办？这时就连十分喜爱华全龙的龙书记也十分为难了。

上级经过郑重研究，由主管局转发市委公交政治部的任命文件终于下来了：党委书记仍由龙书记担任；许佳担任公司党委副书记、经理；华全龙、吴以明、罗东明和原来的副经理高福全担任公司副经理职务，共一正四副，高全先仍当副书记。

长达半年之久的领导班子调整工作终于尘埃落定。

领导班子确定之后，由龙书记主持，主管局政工科长王远章、企管科长秦文生参加的会议对班子成员做了具体的分工：

龙书记主管党委全面工作。

高全先协助书记工作，为专职副书记。

许佳主管公司行政工作，为公司法人代表。

华全龙分管行政办公室（并兼任主任）、材料设备科。

吴以明分管设计科，并担任公司技术负责人（总工程师）。

罗东明分管质量安全保卫科、施工管理科。

高福全分管人事劳资科（仍兼任团委书记）。

除了罗东明，其他领导班子成员都是党员，因为罗东明此时还没有入党，领导班子成员会开过之后，龙书记和许经理把罗东明留了下来，要他尽快争取入党，并推荐了两名党员做他的入党介绍人。水到渠成，罗东明很快就成了一名中共预备党员，预备期为一年。

领导班子成员分工过后，龙书记心里的石头落下一半，自己所关心的班子建设，现在终于有了眉目。虽然不尽人意（主要是他信任的华全龙没有能接他的班），但也可以在不久的将来安心地退下来了。

许佳担任了公司经理，是企业的法人代表。任职文件宣读之后，他的思想是复杂的，一是自己能当上行政一把手，也有一种也许所有的人在被提升之后那种荣耀自豪感；二是那个时期是实行的"党委领导下的厂长、经理负责制"，龙书记现在仍是整个班子的班长，他所信任的人是华全龙，华全龙这个人却在这个班子之中当了自己的副手。他可是一个天马行空、个性很强、恃才傲物、目中无人的人物。他本是提名作为党委书记职务的人选，现在成了自己的副手，他会服吗？他能驾驭得了这个副手吗？在此之前，华曾经在不同的场合说过：建筑公司的领导工作不好搞，他如果要是当了书记会如何如何。言下之意，建筑公司的主要领导职务非他莫属了。三是自己的专长是建筑技术方面，搞行政管理，特别是担任行政一把手，自己没有这方面的经验，以前也没有学过这方面的知识，公司里一千多号人要发工资、要吃饭，大事小事都要他拿主意、做决策，自己行吗？他的心理压力实在是太大了。

华全龙听到他的任职决定后，脸一直阴沉着，他没有想到自己只当了个副经理，虽然排名是第一副经理，但这离他的期望太离谱了（以前他认为自己不当书记，至少要当经理），他的满腹抱负能实现吗？给许佳这个"老好人"当副手，他那优柔寡断的性格，自己的想法和意见他会同意吗？要是自己的意见被他否决了怎么办？他沉默着，在整个会上，他只违心地说了一句话："我服从组织的决定。"

其他两个副经理以无所谓的态度在会上表了态："服从组织决定，在自己力所能及的范围内努力工作。"

罗东明的心情则十分复杂，从一个生活在社会最底层的农民，通过自己的刻苦学习、努力工作，走上了一个企业的领导岗位。他的自豪感是旁人无法领会的，父亲罗列夫以前在这个公司工作，因为家庭出身不好，解放前政治污点较多，在工作中处处谨小慎为、低调做人，生怕出个啥子差错。现在自己入了党，走上了领导岗位，可以告慰自己的父亲：你的儿子可以让你扬眉吐气了（虽然父亲一年多前就已经去世了）。此时，罗东明隐隐有那么一种光宗耀祖、扬眉吐气的感觉。

但他心里也有一种隐隐的不安：华全龙这个人能在班子里与自己相处共事吗？担心是担心，但在心里，他没有惧怕和退缩的意思，不管什么困难总比不上在农村吃的苦那么难吧！

班子调整过后，过了几个月，在许佳的召集之下，公司召开一次经理办公会，会议由华全龙主持（因他兼任行政办公室主任，并掌握着公司的行政公章）。

这次会议研究除了讨论一些日常事务之外，主要研究公司内部经营管理的改革措施，许经理作了简要的发言，他说："现在全国都在说要打破'大锅饭'和'铁饭碗'，华经理根据这一形势，提出了一套改革方案，请大家先来初步讨论一下，畅所欲言，实事求是地说，我在这方面也没有什么经验，老华在管理方面还是很有见地的，他搞的这个方案我也初步看了，今天请大家来好好研究一下，'三个臭皮匠，顶个诸葛亮'嘛，广泛发扬民主，拿出一个主意来。"

于是华全龙拿出一本《关于企业内部经营管理的若干办法》，并给每个参会人员人手一本。这个《若干办法》，华全龙洋洋洒洒地写了好几大篇，有总纲，有细则，共五十多条，不难看出华全龙是用了心的，而且还下了大力气。

华说："这个《若干办法》，是我近半年来经过深思熟虑才写出来的。"

《若干办法》对全国工业特别是建筑行业的状况，结合本公司的情况，进行了全面的分析。在发言中，华全龙多次引用马列和毛泽东的经典语录，既有理论依据，又有实际例证，他侃侃而谈、眉飞色舞。核心内容就是按每个生产单位（工地、加工厂、车间等）进行各项经济指标的考核，建立公司内部银行，视完成各项经济指标的考核情况进行奖惩。他谈完之后，整个会场就像炸开了锅一样，大家议论纷纷，说什么的都有。

在这个会上，大家对华全龙这个改革方案进行了热烈的讨论和激烈的争论。几个应邀到会的老施工管理人员对这个方案提了很多意见。因为在施工现场，他们都可以利用施工的便利承揽一些私活，挣些外快，华全龙的改革方案无疑断了他们挣这些外快的财路，加之他们几十年的工作惯例被完全打乱了，思想观念和意识确实不能接受这个方案，于是提出了反对意见。

高全先在发言中，一变"刷肩膀"的性格，完全支持这几个老施工管理人员的意见。只不过他在发言中引经据典，听起来比这几个老施工人员有水平多了。

罗东明在发言中这样说道："首先我支持华经理的这个改革方案，虽然这个方案还有很多急待解决的实际问题，但是，企业要改革，整个中国都在走改革开放之路，我们应该顺应形势，我们现在能走出改革的第一步，是难能可贵的。我们应该在改革中总结经验，稳中求发展，在执行中做对了的要坚持，发觉错了的应及时纠正。但整个改革方案，我觉得最大的问题在哪里呢？是没有解决公司对外的问题，也就是说，业务从何而来的问题。如果没有业务，这一切都是空话。我们的业务来源，在以前的几十年中，都是由'计委'来下达，而现在'计委'不再下达任务了，全靠自己去找业务。现在大量的农村建筑队伍进了城，在争夺我们的饭碗。他们现在虽然素质还不高，和我一样是一群土包子，但是，他们能吃苦，头脑聪明，加之经营策略十分灵活，业务费可以不经过任何审批程序，就从包工头的腰包里直接拿出来。包到工程过后，除了上缴管理费和纳税之外，所有剩余的利润（当然也包括经营亏损）全部归包工头所有。他们从联系业务到组织施工，利润全部归己。而我们呢？能有几个人可以到建筑市场上去承接到业务呢？即使承接到工程，而剩余利润全部都归公家，个人最多可以得点少得可怜的奖金而已。在这种情况下，哪来的积极性呀！现在是'农村包围城市'呀！如何解决业务来源的问题，我觉得这才是公司生死存亡的大问题。不错，我是从农村来的，目睹了农村从过去的'大寨工分'，也就是'大锅饭'到'包产到户'的改革过程。过去吃'大锅饭'，是一年忙到头，蹲下看到毯，吃不饱、穿不暖。而现在，家家有余粮，包里有现钱。这就是改革给农村所带来的好处，所以我总的来说，是支持改革的。"

在这个会上，龙书记、许经理、高福全没有过多地发言，他们只是强调，公司要实行改革，这是个大事，要谨慎，一定要慎重。

华全龙与各位持反对意见者，针锋相对地发了言，他声音洪亮，非常健谈，大有舌战群儒之慨。语言当中明显有一种自己的心血不被大家认可的怨气，并毫不客气地指责了利用工作之便捞外快的行为，虽然没有具体指哪个人。

他对罗东明的发言也加以否定，他说："只要把公司内部搞好了，公司承接的工程若能做到又快又好，何愁没有业务来源？俗话说，酒好不怕巷子深，皇帝的女儿何愁招不来女婿？罗东明，你不要把农村那一套带到城里来，不能用农民那土包子的眼光和意识来管理公司。"

华全龙口沫四溅地继续说道："我这个副经理和办公室主任就是要坚持改革，如果公司不搞改革，'当官不为民做主，不如回家卖红薯'，我宁愿还是回加工厂去当厂长，不当这个副经理了。"

龙书记和许佳轻声交谈了几句后，龙书记最后说道："今天这个会开得很好，企业要改革，这的确是个大事情，小华经理在这方面确实是费了不少的心血。今天大家也畅所欲言地谈了自己的看法，很好嘛，今天这个会就暂时开到这里，大家回去以后，再好好思考一下。小华经理也不要说辞官不干的泄气话，年轻人嘛，不要性急，慢慢做工作。现在再重申一下，班子要团结，只要领导班子团结了，什么事都好办了，俗话说，'三兄五弟一条心，门前黄土变成金'，争论是可以的，但争吵就不应该了。啊，会上说的话，会后就不要再计较了，大家的心都是好的嘛！散会。"

关于公司企业内部改革，经过几次办公会研究，终于在华全龙的据理力争之下予以通过。正因为如此，华全龙成了全公司瞩目的人物，而且大权在握（因他掌管了公司的全部印章）。

龙书记本来就想交班给他，所以对他这种行为也听之任之。许佳虽为公司正职经理、法人代表，但他天生不愿与人争权夺利，明知华全龙架空了他，甚至凌驾于他之上，但他心里虽有些意见，却隐忍不便发作。其他几个副经理见许佳不说话，也就顺其自然，把分内的工作搞好就不错了。

许佳对华全龙的做法在背地里与罗东明交谈过，罗东明对他建议道："你什么事都可以让他去管，但一定要把住财务签字这一关，现在财务签字非常不规范，龙书记在签，你也在签，他也在签，我认为这样做，以后就可能要出问题，到时候真的出了问题，责任谁负责？你毕竟是行政一把手哟！"

许说："华全龙有龙书记支持，龙书记是老领导，我怎么去叫他不签字嘛，又怎好也叫华全龙不签字呢？一下子剥夺他们两个人的签字权，他们肯定有意见！哎，不好说，不好办啊！"他边说边摇着头，沉思了一会儿又自言自语地说道："谁签字谁负责，真的出了问题，到时候说得脱、走得脱。"

公司内部改革在华全龙的全力推进下，正紧锣密鼓地进行着，他用铁的手腕撤换了好几个对改革有抵触情绪的关键岗位的人员，对财务科、材料设备供应科、施工管理科的科长都进行了调整。他要对材料供应实行全公司统一采购、统一调配；财务科要实行内部银行来对所有工地实行内部货币（代金券）结算。他这样子，就把财务大权和材料供配大权牢牢地掌管了起来，无形之中就架空了许佳的主要权力。

材料供应科科长是他最信任的人，科长姓范，原是公司一个工地的采购员，也是木匠出身，殷英在修私人房子时，范采购在华全龙的授意下，帮了殷英不少忙。

范科长在全国各地采购钢材、木材、水电供应材料，当他把这些采购合同签好之后，就给华经理来个电报。华全龙就在电报纸的背面上签字："请财务科速汇×××元材料款到指定账户。"

每当他签完这些字，他都要点上一支烟，一个人坐在他的办公室，看着他挂在墙上并且裱得十分精美的得意之作：

> 欲将凌绝上青天，
> 一览众山似泥丸。
> 他日能遂揽月志，
> 笑看同行无状元。

此时，他的心情好极了。

当然，大多数的款汇出去之后，所采购的材料和设备能够运回来，但是有几笔大额的材料款汇出去之后，如石沉大海，成了肉包子打狗——有去无回。

年轻气盛

随着全国建筑行业最先进入市场经济，农村大量的建筑大军涌入城市。公司的业务来源日渐枯竭，大批的施工管理人员在公司里面闲着无事，等待分配任务。华全龙的内部改革措施随着业务的枯竭被束之高阁。银行里还背着高额的贷款，每季度要结算利息，哪有钱来付利息呀！耍起这么多的人，发工资都成问题了。许佳见公司到了这种地步，于是和罗东明商量怎么办，他毕竟是公司的法人代表呀！

罗东明对他说："当家要理财，你毕竟是这个公司的当家人哟，我建议你，应该去清理一下财务状况，你不要只看报表，报表里的水分太重了，比如他批出去的钱，财务科给你报一个'预付款'或'应收款'，但是收不收得回来，只有天知道。"

许佳说："财务科的肖科长是老华提上来的，他表面上听我的，但骨子里只听老华的，我去清理财务，他不配合怎么办？"

罗想了一下说："我们公司是一家公有制企业，是有主管局的，你把这些情况向主管局去汇报清楚，主管局新来的王局长对你的印象相当好，你去找他，让他以上级的身份来协助你清理账务。"

许佳说："这样做必然会得罪老华，但是公司走到这步，没办法，也就只有这样做了，请求上级来帮忙。"

过了不久，主管局派了一个工作组，并在本系统的其他单位请来几名会计，对公司的财务、资产进行了全面的清理。

这一清理不打紧，其结果令所有的人都大吃一惊，其中也包括华全龙本人。他万万没有想到会漂出去那么多的钱收不回来了，高达一百多万元！这个数值在二十世纪八十年代简直就是一个天文数字！

工作组的同志回到主管局过后，向王局长作了详细的汇报。王局长也十分震惊，但王局长这个人也是一个心地善良的长者，他说："建筑公司出了这么大的事，我这个局长也是有责任的，我的意见是先不要报警，小华这个人还这么年轻，先责成他去催收外欠款，为了催款方便，暂时还要保留他的职务，当然分管的工作就不要再插手了，特别是财务签字权！这个公司财务签字太混乱了。现在一定要强调法人代表'一支笔'签字，其他任何人都不能超越这个权利，这要作为一条铁的制度来约束。"

主管局派来的工作组传达了王局长的意见，并特别强调了两点：一是要规范财务签字权，必须由公司法人代表"一支笔"签字；二是强调领导班子的团结，小华副经理在工作中有严重的失误，甚至是失职行为，但希望班子的其他同志要帮助他，让他尽快完成收款任务。

许经理表示完全服从上级的决定，但提出了一个疑问："我要是出差去了或者有事外出，那么公司要开支怎么办？"

工作组的答复是："在这种情况下，你可委托授权你所信任的人作为公司法人委托代理人，他根据你的委托所签的字，你应该认可，他就是在你的委托授权范围之内代你签字。"

这个会开了过后，华全龙像一个泄了气的皮球一样，一下子就蔫了，再也见不到过去那趾高气扬、不可一世的霸气范儿了。他变得沉默寡言，一下子就像老了好几岁。他每次外出收款回来，也不到他的副经理办公室，他跑到加工厂去，到殷英的办公室一坐就是几个小时，使劲地抽烟。

经过华全龙的这次改革之举，漂出去的一百多万元巨款收不回来，加之日渐枯竭的业务来源，公司元气大伤。慢慢地，公司已不能按月全额发工资了，经济状况十分艰难。

华全龙带着范科长成天在外去催收欠款，这些欠款大多数是汇到了外地那些私人建材经营部的账上。汇到这些人的账上，犹如泼出去的水，覆水难收哟！真的是肉包子打狗——有去无回了。

在这个阶段，王局长派来工作组对华全龙的整个工作情况，包括漂出去的钱进行了全面的调查，但确实没有发现他有个人贪占的行为。

在调查中，听到最多的反映是他和殷英的绯闻，但谁也没有真正看见他们两个的奸情，他自己也是坚决予以否认，他的老婆也在为他叫屈。倒是殷英的丈夫闹得最凶，他硬说华引诱霸占了他的婆娘，对此，华全龙说他是自己给自己在抓屎糊脸，各人跟各人戴绿帽子。

上级工作组在公司党委会上将华全龙的调查情况作了通报，初步结论是：

华全龙同志在工作中有严重的失误、失职的错误，但没有证据证明个人有经济贪占行为。与女工殷英的男女关系问题（即生活作风问题），也没有发现任何证据。因此决定保留副经理职务，协助经理工作，其分管工作做好移交，继续抓紧催收各项欠款。现在公司经济状况十分紧张，党委要督促欠款的催收工作，主管局财务科要不定期地检查此项工作的进展情况。

这次会议开过后，华全龙的脸上又开始"阴转晴"了，但是他在工作中却来了一个一百八十度的大转弯。

现在公司的行政领导工作主要由许佳负责，几个副经理能主动帮助他的，除了罗东明，确实也没有了。

公司无形之中取消了华全龙过去改革中的那套办法，恢复了老办法。华全龙的工作态度是，每天上午十点钟才到办公室，来了过后，先把茶泡好，再拿张报纸浏览一下，就到工会办公室去找女工主任、医务室的女医生、财务室的女出纳等女同志半荤半素地开着玩笑。他本来声音就洪亮，开玩笑时的笑声整个办公大楼都能听到。

公司领导班子要开会，他要么姗姗来迟，要么在会上天南海北地胡吹一通。对正确的意见，他却要提出许多听起来很有道理的反对理由；对错误的意见他也提出很多理由来支持。龙书记有次在会上对他说："小华呀，你现在是怎样搞起的哟，你是'申公豹'的脑壳——反斗起的吗，怎么学会专门唱反调呢？"

他对罗东明更是随意地加以攻击和指责，因为在领导班子里面，只有罗东明才真心实意地协助许佳，许佳有事外出，他总是委托罗东明作为自己的代理人行使签字权，所以他对罗东明更加嫉妒和怨恨。

他在自己的办公室耍厌了，就到加工厂殷英那里去耍。有时也叫施工科的人一道去工地。他到了工地，根本不听工地项目经理的工作汇报，他一走到工地，就把项目经理刘大山叫来，吩咐道"老刘，我这个老领导来了，你们怎样安排接待？"

刘忙说："一切听华经理的安排。"

华说："去到'洞子口'火锅店订几个座位，拿几瓶好酒来，我在桌子上给你们谈工作。"

老刘心想，又不是吃我私人的，你当领导的都不心痛，难道我还心痛！

雪中无炭

随着公司业务的日渐枯竭，资金周转已十分困难，龙书记在上级主管局的多次要求下，督促华全龙出去催款。范科长原来漂了将近三十多万元到山东，华全龙只好一个人到山东去。他出差去收款，心情十分沉重，过去出差，有范采购陪同，偶尔也把殷英悄悄带上，范采购把他接待照顾得十分周到。订车票、机票、订宾馆、安排伙食妥妥帖帖。每到一处，各地的风味美食、风景名胜，都可以尽情享受。到了供货商那里，隆重的接待场面，更让他有一种当领导者的风光和自豪。

而现在，他只身一人，要去排队买车票，去住低档旅馆，吃路边小食（因出差费已包干），到了欠款的供货商那里，很难见到人，他们总是躲着他，他只有一个人在那里坐"冷板凳"，干等。

有一天，许佳正在办公室忙碌着，华全龙从山东打来长途电话，说这里的三十多万元欠款，实在是没有现钱可收，但这家欠款单位现在有一辆解放牌旧车，并有很多建筑材料，比如水管、电线等，他们愿用这些东西抵账，如果同意，就给他发个电报，如果不同意，他就买票坐车回来了。许接到电话后，临时召集各位副经理和龙书记来开会研究。龙书记说："那些旧车、旧货拿来怎么办？我们现在是缺钱，下个月工资怕是又发不全喽。"

两个老高说"最好是要钱，不要货和车。"

但许说："我们现在确实需要钱，是在等米下锅，但是老华说对方莫得钱，只有车和货，怎么办？"

罗说："收不到钱，能尽量减少点损失，就只有收车、收货喽，说实在的，把钱漂到几千公里以外的山东，那是肉包子打狗，已经不太可能收回来了，现在肉包子收不回来，就只有收几根骨头回来，也好。"

最后大家都同意收车、收货，尽量减少损失。

要收车回来，所有的货物就装在车上，还要派公司的司机肖师傅去开车把货拉回来。

当车装满货物从山东出发开往四川时，已是腊月岁末，快过年了，华全龙也就随车返回。

从山东出发，一路大雪飘洒，随着汽车急速地前进，久望车窗外雪白的世界，令他浮想联翩、思绪飞扬……

父母亲就生下他一个，没有兄弟姐妹，独生子女是不用下乡当知青的。初中毕业后，在汽修厂当工人的父亲和在街道居委当治保主任的母亲，找到街坊邻居龙书记，请求龙书记把儿子招工到建筑公司。龙书记与他家只隔几间房子，算是近邻，邻居关系处得极好。远亲不如近邻嘛！华全龙的父母把自己的独苗苗托付给龙书记，希望龙书记这个公司的"一把手"能照顾关怀着自己的独儿。龙书记满口应承，他从小就喜欢华全龙这个娃儿，是眼睁睁地看着他长大的。

华全龙在读初中时就是班上的班长，在街坊邻居，他也是一群年轻人中的领头人物，虽然有些傲气，但他认为这也许就是当领导者的气质。

华全龙来到建筑公司，龙书记安排他去当了一名机操工，很快介绍他入了党，入党前还把他送到党校去培训。龙书记有意地培养着他，并希望以后由他来接自己的班，一来嘛，也对得起华家这个老邻居；二来嘛，以后自己老了，退休了，回到公司来，至少不至于坐个"冷板凳"。

看来华全龙没有辜负他的期望，工作和学习都还可以，特别从党校回来之后，理论水平比他还强，像个当领导的料，所以他很快地提拔他去当了加工厂的厂长。

这个加工厂地处洲河边，是他和赵经理在二十世纪七十年代初征用农田建起来的，足有二十多亩。加工厂有木材加工、水泥构件加工、建筑机械修理等工作范围，各类工人有二百多人。华全龙在这里得到了很好的锻炼，管理水平得到很大的提高。

但是，随着他水平的提高，就越发傲气了，变得有点目中无人。在整个公司他只听龙书记的，也不是百分之百地听从，有时也要半开玩笑半顶撞他。龙书记被顶撞过后会笑着说："你这个娃儿哟，又不听话了。"听起来，备感亲切，像在说自己家的娃儿。

慢慢地，龙书记听到最多的是关于他和殷英的绯闻。龙书记以一个长者的身份单独找他谈过，但他否认，龙书记也就相信了他的话。与其说是相信，不如说他从心里就不愿意华全龙与殷英真的有啥不正当关系，那样真的会影响他的政治前途啊！自己对他倾注的心血也就付之东流了，白忙活这么多年。

华全龙自己有一个老婆，是丝厂的女工，叫蒲俊杰。蒲年轻时长得很漂亮，个子虽不高，但白净的皮肤、明亮的眼睛、高挺的乳峰、紧束的腰部，厂里都叫她"厂花"。厂里追她的男生多得很，但是她坚决不和同一个厂的男生耍朋友。

她父母说过："同在一条船上，要翻就一起翻了，怎么得了。"

当别人把华全龙介绍给她的时候，她一下子就被华全龙的外表所吸引，又听说他只是一个独儿，在单位入了党，领导正在培养他，前途无量，于是就点头同意了。华全龙第一眼就被这个美丽的姑娘所打动，他对她十分殷勤，百般依从，自己的傲气一扫而光。很快他们就结了婚，并在婚后有了一个儿子。蒲俊杰性格温柔，对公公婆婆十分孝顺，华全龙娶了这个老婆，应该是非常美满的。

但是，女人一旦生了娃儿，随着时光的推移，岁月的风霜无情地摧残着女人年轻美丽的容貌。蒲俊杰不到三十岁，脸上就有了那讨厌的黑斑，原来高挺的乳峰也无力地松垮下来，紧束的腰部慢慢地变粗，明亮的大眼睛已没有多少光彩，正是"晓镜但愁云鬓改，夜吟应觉月光寒"。岁月哟，你无情地带走了女人的青春和美貌！

华全龙天生喜欢美女，当他看见那些长得漂亮的女人时，内心就有一种冲动，慢慢地对自己的老婆失去了兴趣。而蒲俊杰上的班是"三班倒"，隔一个星期就要去上夜班。

华吃过晚饭，百无聊赖地走进舞厅，想在这里遇到可心的美女。于是他遇到了殷英，这真是令他喜出望外。很快他满足了殷英的要求，把她调到加工厂当了一名管理员，把她的丈夫秦泉富安排到工地当了一名收料员。殷英自家整修房子的时候，凭华厂长一句话，范采购就送来了所有的材料，所以她很快投进了华厂长的怀抱。当蒲俊杰上白班的时候，他们就在白天一起厮混；当蒲俊杰上夜班的时候，他们就在晚上一起苟且。他们行为隐秘，从来没有被人发现过。

华全龙坐在车上，刚想过女人，又联想自己的事业，原来认为坐上公司党委书记这个位置是理所当然的。凭自己的能力，凭龙书记的安排，这个位置非他莫属了，可现在事与愿违。

领导班子中，所有的人都不是他的竞争对手：许佳虽有文化和知识，但没有能力，遇事怕麻烦。两个老高，一个贪玩好耍；一个贪财找外快，遇事就当"刷肩膀"。更别说那个"书呆子"吴以明了，这个人连话都说不利索，更别说当一把手。他更看不起罗东明，认为罗彻彻底底是一个"土包子"，每次发言都把农村那一套搬出来说，典型的农民意识和小农经济，他只知道猪呀、田呀、地呀……但是话说回来，他虽然土气，可说出来的一些道理，听起来很土，但细想起来，还是很正确的。他可以用最直白的语言，直透事物的表面现象，能抓住问题的核心实质。同在一个夜校的课堂学习，他就能搞得懂那些复杂的线路图，有时也不得不从心里承认他的这些长处。

华从内心嫉妒罗：他是自己进入领导班子、当上"一把手"潜在的竞争对手。想起罗的这些长处，华不由自主地想起《三国演义》中周瑜的一句长叹："既生瑜、何生亮！"

自己在公司花了那么大的心血搞改革，现在却弄得一团糟，公司经济落到如此困难的地步。几家欠款单位，在签合同的时候，是亲自到库房看了的，明明堆了很多的现货嘛，哪知道那些奸商们是把自己带到别人的库房去看的，所看到的却是别人的材料！现在才知道上当了！哎，他怪范科长工作太不仔细了（范科长已涉嫌有经济问题，现已由检察机关立案调查了）。

坐了将近十个多小时的汽车，肚子有些饿了，他从沉思中回过神来，点上一支烟递给正在开车的肖师傅，自己又点上一支，望着窗外的雪花，他把穿在身上的黄色军大衣使劲拉了拉。

这辆旧车，车窗又关不严，一股凉风直往驾驶室里钻，天气好冷哟！想想过去，自己风光的时候，哪次出差不是吃香的喝辣的，坐飞机，坐软卧，哪像现在这样又冷又饿！他长叹一声说道："老肖，找地方住下来，你的肚子怕也饿了吧？"

"要得，华经理，你不是说快点赶回去，快过年了嘛！"

"哎，是啊，但是现在肚子饿了啊，先找个地方住下来吧，弄点吃的，今天晚上一定要弄点酒来喝，太冷了。"

"要得，要得，前面不远就要到安康了，到了安康，今晚就不走了。"

两人聊着、说着，突然车身底部"咔嚓"一声，车子滑了一节路便停了下来。肖师傅将车停稳之后跳下车，爬到车的底部仔细地看了许久，然后爬出来对华全龙说："糟了，传动轴断了。"

华从副驾驶座位上走了出来，也爬到车子的底部看了看，确实是传动轴断了。肖师傅说："这样子，我去拦一辆车，到安康去找辆拖车来拖，拖到修理厂去修，你在这里等着我，我回来时给你带点吃的。"肖师傅已经开了十几年汽车，遇到这种情况，还是有经验的。

"要得，你快去快回哟，你去买点卤肉，拿瓶白酒回来，太冷了。"

"要得，要得。"说着就拦截过往的车辆去了。

过了一会儿，一辆大货车开了过来，二人站在公路当中，挥手拦车。大货车停了下来，但驾驶室已经坐满了人，他们又只好站在路上继续拦车。过了半个时辰，又有一辆货车开了过来，在他们的身边停了下来，肖师傅对货车司机说明情况后，货车司机说："快上来吧，我把你带到修理厂去，这个厂有施救的拖车。"

肖师傅说："谢谢，谢谢！"

货车司机说："不用谢，大家都是同行，出门在外，谁没有个难事？不客气，不客气。"

肖师傅上了货车去找拖车来拖，把华全龙一个人留在这寒冷的马路上。华全龙又坐回驾驶室，寒冷的北风裹着大片的雪花呼啸而来，驾驶室里又是四面透风。汽车在开动的时候，有发动机传来的热气，还觉得不是十分寒冷，现在汽车停了下来，已完全没有了热气。零下十多摄氏度的气温把华全龙冻得直发抖，两只脚已经麻木，天色也逐渐阴沉下来。

他抬起手表一看，已经是晚上七点钟了。要是在家里，遇到这么冷的天（不，老家从来没有这么冷过），他一定要约几个会喝酒的朋友去吃火锅。想起火锅，那又辣又烫又鲜又香的感觉令他口水长流，垂涎三尺，那才是世界上最香、最美、最好吃的美食哟！

要是此时此刻，在这冰天雪地里能吃上一顿火锅，他宁可什么都不要，什么官啦、美女啦、钱财啦……通通可以抛弃！他会狼吞虎咽地饱餐一顿！对，一定还要来一瓶通川大曲，度数要高一点的。

他在这寒冷似冰窖的破车里，尽情地回味着家乡火锅的美味，周围已经全部黑了下来，夜色已笼罩着四野，除了呼啸的北风，周围静极了。

他从小到大，因为在家里是独子，参工到公司，又是培养的对象，前不久自己还是权倾一时的领导，没有任何人直呼过他的名字，也没有人叫他华副经理，都是恭维地称呼他华经理。他哪里过过这样又冷、又饿、又孤独的日子啊！他蜷缩在这冰冷的驾驶室里，不由悲从中来，眼泪不由自主地流了出来……

又过了一个多钟头，还不见肖师傅到来，他抬腕一看，已是晚上九点钟了，时光好漫长哟，俗话说"又冷又饿，日子难过"，他现在才真正体会到这种饥寒交迫的滋味。

坐了十多个小时的车，又在这冷车上冻了将近三个小时，他开始感觉头脑昏昏涨涨，迷迷糊糊地想睡觉。但他在心里说："不能睡着了，那样子，自己就有可能被冻死！"

他挣扎着，眼睛老是打架。为了使自己不入睡，他把手伸了出来，使劲地搓揉着。

他开始思念起自己的老婆、可爱的儿子、老父老母、殷英的容貌也出现在脑海里，他想起他和殷英的第一次偷情。

他把殷英调到加工厂后，有一天下午下班的时候，他对殷英说："今天晚上我约你去跳舞，可以吗？"说完冲她一笑。殷英说："华厂长的盛情，我怎么会推辞呢？要得，要得，我回去吃了晚饭在舞厅等你。"

华说："回去吃啥子饭啰，下班后我请你去吃火锅。"

殷说："吃火锅，以后再请我吧，今天下班一定得回去。"

"为啥子呢？"

"你不用管。"说完也冲他甜蜜地笑了一下。

到了晚上七点半钟，二人早早地来到舞厅。华见她身穿一件十分合身的粉红色的连衣裙，修长的腿上穿了一双肉色的丝光袜，脚上穿了一双十分漂亮的高跟鞋，脸上画了淡淡的妆，嘴唇抹了淡淡的口红，身上一股淡淡的清香，头发特地到理发店去做了很时尚的发型。殷英人本来就长得漂亮，经过这么恰到好处地一番打扮，更显得婀娜多姿、美艳无比了。

当她走到华全龙的身旁时，华惊讶得呆呆地看着她，半晌也没有说出话来。她用手轻轻地拉起他的手说："看啥子嘛，又不是认不到，来，我们一起去跳舞。"

华回过神来，不由自主地赞叹道："哟，哟，哟，你原来是这么的漂亮啊！"

"女为悦己者容嘛！怎么样，还好看吗？"

他两眼直勾勾地看着她说道："你简直是太美啦，我恨不得现在就把你一口给活吞了。"

"吞吧，吞吧，看你有多大的胃口……走吧，跳舞去。"

于是她挽着他的手，他搂着她的腰，走进了舞池。今天晚上，二人实在是太兴奋了，如醉如痴地跳了一曲又一曲。舞跳尽兴了，华搂着她轻声说道："今晚你不回去了，到我家里去，那个黄脸婆这个星期上夜班。"

殷说道："嗯，看你又粗又壮的样子，把你老婆都搞成那个样子了，哪个女人经得起你的折腾呀！"

华说："我对你一定温柔点，一定温柔，娃儿都生得下来，还怕男人嘛，哈哈！"

他们边说边走出了舞厅，来到华的家里。家里父母和娃儿早已入睡，他们轻声地走到华单独的卧室，华轻轻地脱掉她的连衣裙，把她抱到了床上……殷英哪里是怕男人的折腾呀，随着华那强有力的动作，她发出了欢快的呻吟……

男女偷情，有了第一次，以后只要有机会、有冲动，他们就会在一起……华全龙想到这里，睡意全无，也不感觉那么冷、那么饿了。原来想女人，就能排走他的瞌睡！他正在甜思着他的情人的时候，肖师傅回来了，并带了一辆拖车，同时也给华全龙带了几个面包和一瓶白酒。他说城里的店铺已经关门了，没有买到卤肉。

华全龙在车上狼吞虎咽地吃了几个面包，又大口大口地喝了将近半瓶的白酒，头脑昏沉沉的。他们一同到了修理厂。修理厂的工人早已下班了，厂里黑灯瞎火。拖车师傅说："先把车放在厂里，明天工人来修，今天晚上你们就先住下。"

于是，华全龙和肖师傅一前一后地往厂外走去。

"哎哟、哎哟！"

华全龙因为喝了酒，脑壳昏糟糟地，加之黑灯瞎火，于是在修车的地沟上一脚踩空，掉进了一米多深的地沟里。地沟是用大石头砌成的，当他那粗壮的身躯往地沟里倒下去的时候，一股钻心的疼痛让他半天都没有缓过气来。左脚裸关节像是被重锤猛敲了一下。他躺在地沟里，又大声喊了一声："哎哟！"

肖师傅急忙赶了过来，拖车师傅拿着手电筒也赶了过来，把他从地沟里架了出来，"哎哟，哎哟，脚好痛啊！"

肖师傅说："赶快送医院，快送医院。"

拖车师傅也是一个好心人，他急忙去把拖车开了过来，把华全龙送到了附近的乡镇医院。

华全龙到了医院，医生给他拍了一张片子，左脚裸关节骨折，动是动不得了，需要明天转院到安康市医院治疗，今天晚上就只能将就在乡镇医院住了下来。

第二天到了安康市医院，医生说要开刀动手术才能接好。动了手术后，好长一段时间是不能下床行动的，怎么办？再过几天就要过年了，父母妻儿还在家里焦急地等他回家过年呢！

肖师傅十分着急，忙到邮电局给公司打了一个长途电话。接电话的是罗东明，罗东明接到电话过后，急忙指示肖师傅一定要把华全龙照顾好，并很快将这一情况报告给龙书记和许经理，书记和经理十分为难地说："这怎么办，怎么办嘛？"

罗东明说："龙书记、许经理，不用着急，你们看这样子行不行？一是先派人去联系一下在我们这里的市医院，叫医院派一辆救护车，到安康去把老华接回来；二是肖师傅留在安康修车，等车修好过后再开回来，现在就由我和医务室的魏医生一起去，把老华接回来。好在到安康不是太远，要过年了，公司的事情又多，你们两个主要领导不能离开，就让我去吧。"

龙书记和许经理说："要得，要得，那就只有辛苦你了。"

罗东明在安康医院见到了华全龙，当华全龙第一眼见到罗东明的时候，表情极为复杂，有惊异、欣慰、内疚……

罗东明轻轻地揭开盖在他脚上的被子，只见白色的石膏包裹着他受伤的左脚，左脚有些浮肿，用纱布包扎着。他拉着华的手，又摸了摸他的头部，觉得他的头部有些发烫，就说道："老华啊，你受苦了，你好像有点发烧，是不是感冒了？有伤就有寒哦，多注意点。"

华全龙拉着罗的手说道："谢谢你，大冷的天，你专门跑来，哎！"

"不客气，莫说这些，我们都是同事，应该的，应该的。"

华全龙在市医院住了一个多月的院，龙书记、许经理和公司很多人都去看望他。因为罗东明在领导班子中是分管安全工作的，所以到医院去的次数也就多一些。

有一天，罗东明又到了医院，只见华全龙一个人在病房里看书。见罗东明到来，华全龙放下手中的书，二人闲聊起来。华将在那北方的冰天雪地里，一个人在异地的夜晚守车的经历和这次受伤的过程，也向罗东明详细地描述了。

罗听完后，连口说道："你受苦了，确实不容易，让你受苦了。"在病房里，两个以前存在很多矛盾、意见，随时都心存芥蒂的年轻人，此时此刻在这样特殊的环境中好像一下子就冰释前嫌。华全龙对罗东明说道："老罗啊，这次受伤过后，承蒙你多方照看，太感谢你了！我想送你一件东西，还望你笑纳哟。"

罗笑着说："那要看你送我啥子东西。"

华说："你看见我办公室挂了一幅字，我想把它送给你。"

罗说："不行，不行，那是你的珍宝，我岂能夺其所爱？况我也不配。"

"莫推辞，你配，而我认为只有你才配这幅字。"

挂在华副经理办公室的是一幅什么字呢？这得从头说起。

华全龙从党校回来之后，很快就入了党，并很快进入了公司党委，当上加工厂的厂长。龙书记有意地培养他，想在退休之前将党委书记这个职务交给他，也就是说，他就是龙书记未来的接班人。此时他踌躇满志、自恃清高。

有一天，他在他的厂长办公室里想起自己光明的前途：即将成为这个公司的一把手，到那时，他将一言九鼎，众目仰望！于是心潮澎湃，诗兴大发：

> 欲将凌绝上青天，
> 一览众山似泥丸。
> 他日能遂揽月志，
> 笑看同行无状元。

丁未年初夏草书全龙同志自勉诗一首，文斗

他将自己这首诗送给党校的老师、全省书法家协会会员魏文斗教授，请魏教授将这首诗书写出来，再到文昌阁裱了之后，一直悬挂在办公室。调升到公司副经理时，他又把这幅视如珍宝的字挂在了新办公室。

大锅饭的弊端

随着中国大地改革开放的滚滚洪流，公有制企业的管理体系也在发生着很大的变化。

从这个时期起，一个崭新的名词在中国企业界（商界）流行，那就是"法定代表人"，亦称"法人代表"，有的干脆简称"法人"（当然这种称谓是不准确的，其实法人是指单位，而不是某一个自然人），"法人代表"也就成了权力的代名词。

随着企业管理模式的变化，企业领导班子中的权力分配，也随之发生了变化。龙书记虽然快到退休年龄，但几十年来由自己说了算的权力逐步消失，眼看由自己一手培养的接班人华全龙也很难再回到权力的中心，他有一种很大的失落感。以前他的办公室门庭若市，等他接见办事的人有时还要预约。而现在，很少有人再到他的办公室去找他，他只有闲坐在那里，一杯茶、一支烟、一份报纸看半天，打发着这无聊的日子。

很多人在口头上说要淡泊名利，但是一旦失去几十年都拥有的权力，那种失落痛苦的滋味只有过来的人才会知道。

而许佳的办公室则十分热闹，找他办事的人太多了，公司内部的、外来洽谈工作的……他们都要找法人代表。一天工作下来，许佳只觉得头昏脑涨，十分疲惫。

公司行政虽设"一正四副"，即一个正职、四个副职，但这四个副职的工作情况是：书呆子吴以明，只答复技术方面的事，答复完了之后，他最后还要补充一句："这只是我个人的意见，最后请许经理拍板。"

"刷肩膀"高全先，热心找私活，捞外快，上班时很难看到人，如果有人向他请示工作，他笑笑说道："法人负责，法人拍板。"

高福全更是梭边边，趁机睡懒觉、下象棋、打麻将，有人请示工作，他说："等我请示了我们的头再说。"

华全龙以养伤为由，干脆几天都看不见人影，有人向他反映工作情况，他说："我只是协助经理工作，现在已没有签字权，况且我还在养伤，你去找许经理，他是法人。"

只有罗东明不忍心好朋友许佳太过于劳累，常帮他处理一些具体事务。在这种情况下，许佳就把很多麻烦的事情推给了罗，许佳常对来办事的人说："这个事情你去找罗经理。"

一千多号人的公司，各种大事小情，就这样自然而然地落在许佳和罗东明二人的头上。他们每天都忙得不可开交，有时连中午饭都顾不上吃，晚上要天黑过后，来办事的人都走了，他们才拖着疲惫的身子回到家里。

　　但是，他们这样辛苦地工作，并没有得到好的结果。首先是龙书记，他现在已没有签字权了，对具体事情也没有处理权，他所主持开的会，就是组织政治学习，讨论谁要求入党的问题，还有就是每个月那几十年不变的党员"组织生活"……就这样，别人不会再来找他，他也确实无事可干，心情十分落寞，大有大权旁落之感！他不满，他不服，他感到十分愤怒，自己几十年树立的权威无形之中被取代。

　　门卫李师傅送给龙书记一封信，龙书记一看，是中央党校来的信函，是关于在北戴河召开"全国企业党建工作高峰论坛"的函。来函邀请党委书记组织人员参加。

　　龙书记最近这段时间情绪十分落寞，想借此机会出去散散心。于是他把许佳叫到他的办公室，他说："中央党校来函要求去开个会，你去准备一下资金。"

　　许看了看这封信函，想道：这种信，每天都要收到好多封，全都是拉大旗作虎皮，到风景名胜区开会，纯粹是公款旅游，借机敛财。他一看会务费金额，每人要交五千多元，还不包括路费……许一下子脸就阴了下来，问道："龙书记，您准备派哪个去呢？"

　　龙慢慢地说道："我打算派工会赵主席、女工委覃主任，还有小华经理，当然就由我带队啰。你先去准备三万块钱，我叫工会赵主席具体去办。"

　　许说："目前公司的资金十分困难，下个月的工资都成问题了，是不是等以后有了钱再说？"

　　"那怎么行呢，等以后再说，等你有了钱，黄花菜怕都凉了，到那个时候，我都退休在家喝沱茶了。嗯，企业党建工作的会，这是政治任务，小许啊，你这个人就是不重视政治，不重视党的建设。莫忘了，你也是党委副书记呀。这毕竟是共产党领导下的公有制企业，不是你一个人的私家店铺嘛。"

　　许说："龙书记，你误会了，现在的情况您是晓得的……"

　　龙还没有等他说完，心里就来了气，高声说道："这个家底是我们这些老东西原来挣的，以前我们这些老东西，拿钱把你们送出去读书，现在长了本事，就翻脸不认人了啦！"

许见龙发这么大的火，于是从心里来了一股倔劲，脸红筋胀地说："没有钱，确实拿不出这么多的钱，你是公司的老领导，更应该带头共渡难关嘛！"

龙从来没见过许这样顶撞过他，于是拍着桌子大发脾气，大声地指责着他，把这一段时期的所有怨气全都倾泻了出来。许佳也据理力争，于是二人在书记办公室大吵了起来。

办公室外面，围了很多人，大家都议论纷纷。这时罗东明跑了进去，互相劝了几句，也许龙书记发完火之后，也自感失态，借着罗东明的劝告，慢慢地熄了火。

罗东明把满脸委屈的许佳连拉带劝拉回他的办公室。一场两个重量级主要领导的争吵暂告结束。

龙书记随后气冲冲地走了，许佳满脸委屈，眼里噙着泪水，低着头坐在自己的办公桌前，一言不发。

罗东明推门而入，坐在他的对面，二人相对无语。半天，许佳才说："哎，太难了，当这个经理实在太难了！公司这半年多时间没有接到一笔业务，原来的老关系倒是愿意把业务给我们，但是把单价又压得太低，不接吧，有这么多的人要起，无事可干；无事可干还好说，但是他们还无事生非。要接这些业务吧，只要在管理方面稍微有些松懈，则必亏无疑。财务上资金又这么困难，公司这么多的人，这么多杂事缠身，哪有精力去抓业务嘛，又如何接得到业务，哎……龙书记又太不理解人了，这个时候还要带这么多的人出去旅游，亏他想得出来。"

罗说："就靠你一个人去接业务，即使莫得啥子杂事缠身也是不现实的。现在接业务好复杂哟，那些农村包工头只要接得到一个业务，就可以立马脱贫致富发财了。他们打破脑壳都在钻，他们真的有那种'纠缠如毒蛇，执着如怨鬼'的精神。而我们呢？莫得一个人有这种精神。没有业务，就好比无源之水，无根之木，难以维持，难以维持哟。公司里的人，在涉及到权啊、利啊，他们就是主人，就是企业的主人翁。口口声声说这个企业是他们挣的，而需要尽义务的时候，那就只有来找你这个经理，这种状况是十分危险的。现在全国有好多企业都发不出工资了，这就是公有制企业最大的弊端。"

许说："老罗，你说说现在该怎么办？帮我想想办法。"

罗说："帮你想办法、出主意，都是可以的，不过现在公司里已经有好多的人对我有意见、有议论，说我有野心，想夺权。"

"你莫去听那些闲言杂语，帮我出出主意、想想办法，这方面我确实不如你。"

"还是那句老话，一个时期有一个时期的机遇，但我不知道你是如何想的，你应该把你的真实想法告诉给我，我才好给你出主意。"

许说："第一，我实不想当这个费力不讨好的经理……哎，就这个问题你有啥子好办法？"

罗说："那你可以去找主管局，向主管局提出辞职啊！"

"不瞒你说哟，我去找过他们好几次了，他们就是不同意呀，他们叫我先物色一个接替的人，我当即推荐了你，但他们又说你资历太浅了，当副经理才一年多的时间。"

罗沉思了半会儿说道："我的资历确实太浅了，当企业法人的'一把手'，确实难以服众，不过现在倒是有一个机遇……"

罗还没有说完，许就急迫地问道："啥子机遇？"

罗说："现在社会上已经开始实行'企业承包经营责任制'，这方面的文件也传达了，我的意思是由你来召开一次办公会，提出公司准备实行'企业承包经营责任制'的打算。你再花点时间，收集这方面的政策和资料，然后再由公司党、政、工的名义联名向上级提出申请，企业实行改革，任何人都没有理由拒绝。这样，你到时候不去报名参加承包竞争，由那些想当经理的人去参加竞争，那时你就可以全身而退了。"

许想了一会儿说道："那要是一个不称职的人来当这个经理，把公司搞垮了怎么办？再则，如果这个人不要你继续当副经理，你又该怎么办？"

罗说："至于这个人有无能力，那是群众投票、上级把关的事，况且在签《承包合同》的时候，还要写清楚承包期内各项经济技术指标的考核条款，这你就用不着操那么多的心了。至于我的工作，我想，趁你现在是法人，我也是副经理，你现在让我兼任一个工程处的处长，到时候我不当副经理了，就去当工程处的处长。

许听完过后点了点头，连声说："这倒是个好主意！"

时尚承包制

一九八八年三月二十三日下午，春光明媚、阳光灿烂，百花已含苞欲放。在公司会议室里，正在召开党、政、工联席会议。所有领导成员都到齐了，还邀请了部分老职工代表，共有近三十人参加会议。考虑到华全龙和高福全早上爱睡懒觉，上午来不了，因此把会议时间定在了下午。

在这个会上，许经理将公司要实行"承包经营"的改革思路作了说明。他只作了简短的发言，却一石击起千层浪，勾起了好多人对权力的欲望，几乎每个人都在心里默默地盘算着："如果我来当这个经理，可不可以呢？"

特别是华全龙，因为在他的内心深处，早就种下了想当经理的愿望，凭自己的才能和这么多年的管理经验，就是个天生的当经理的料。但由于上次改革失败，加之又有那么多公款放出去收不回来，使他的威信丧失殆尽。公司已有几个月不能发全额工资了，退休工人的退休金、医药费现已欠了好长时间，这些退休工人对他更是恨之入骨，扬言要啃他的生肉。

当这个经理，是一个千载难逢的机会，但群众会同意吗？退休工人会答应吗？他内心心潮澎湃，无论如何也平静不下来。

罗东明也认为这是一个很好的机会，但从一个普通工人走上管理岗位，在副经理的位置上才干一年多点时间，资历太浅，又无任何建树，加之上级主管局领导也有这种看法。虽然他自认为在能力上是可以胜任的，但在群众中却无多少好感，一些人对他还有较深的误会，甚至扬言要把他轰下台去。他经过短暂的思想斗争过后，认为明知不可为而为之是不明智的，所以他决定放弃。当他做出放弃竞争的决定之后，心里反觉平静了许多。

高全先则看中了"法人代表"这个职务，他认为自己如果有了这个职务，可以更好地利用职务之便去挣"外水"了。

高福全也十分看重"法人代表"这个职务，他认为至少要比许佳有管理能力。"法人代表"可是当今社会最吃香的职务。但他也十分担心，群众对这个"耍公子"有不好的印象。

吴以明这个书呆子自认为没有这方面的管理才能，决定放弃。

龙书记已到了退休年龄，上级在这次推行"企业承包责任制"的时候，要实行党政"一肩挑"，即谁当经理，谁就当书记，也好，这样他就可以顺势顺利地退休了。

　　工会赵主席是一个女工会干部，她连想都没有想过这个经理位子。

　　想当这个经理职务的还有几个处长和科长，但他们都有方方面面的不足或缺陷，但是他们是一定会报名参加竞争的。

　　党、政、工联席会议开了过之后，形成《会议纪要》，并联名向主管局呈送了一份请示报告：公司准备实行"企业承包经营责任制"。因为企业实行承包责任制是大势所趋，上级也多次提出要求，所以主管局很快做出决定，并成立了"建筑公司承包经营责任制招标领导小组"。由城建局魏局长任组长（王局长已调到市人大去了），局企业管理科陈科长、人事政工科王科长、公司龙书记、工会赵主席任副组长，其他原公司领导成员（竞标未报名者）为成员，并特邀十名职工代表为领导小组成员。

　　参加竞聘报名的人员有：华全龙、高福全、高全先、第一工程处处长张路成、第四工程处处长朱大兴，还有本系统建材公司原经理王远章（原局政工科科长）。

　　罗东明见这么多与自己相比各方面都差得太多的人都报了名，他想一来这是一个难得的锻炼机会；二来也想真正了解一下，群众对他的信任和认可程度，他无所谓竞争的结果，所以改变了原来放弃的决定，这次也报了名。

　　每个人在报名时必须具备这几个条件：一是中共党员身份（因要兼任党委书记）；二是要有三年以上在管理岗位从事管理工作的经历，并具有中级以上专业职称；三是要交一万元的保证金。

　　领导小组在魏局长亲自主持下经过再三筛选，决定三个报名者为竞争人选。

　　一是王远章，此人当过兵，在部队任营教导员，年龄四十七岁，高中文化，转业后任局政工科长，政工师职称，后调任局下属的新企业建材公司当经理（法人代表）。

　　二是朱大兴，此人当过工程兵，年龄四十九岁，初中文化，转业后到了建筑公司，当上一名灰工班长，后来提升为工程处长，工程师职称。

三是罗东明，中专文化（函授），工程师职称，曾任专职质安员、施工员，现任公司副经理、第二工程处处长。

一九八八年六月，正是初夏时节，城建局大会议室里，坐满了参加会议的人员，共有一百八十多名职工代表和中层管理人员。主席台上方挂着"绥东建筑工程公司企业承包经营责任制竞聘大会"的红底黄字的会标。

主席台上第一排坐着领导小组的全体成员（也是本次招标的评委），魏局长坐在正中，主席台左边是"答标席"，右边是"公证席"，电视台和报社的记者也来到会场。

会议由公司工会赵主席主持（因为工会主席代表"职代会"）。

上午八点半，赵主席宣布开会，魏书记作了简短的讲话之后，就先由竞聘人王远章宣读自己的竞聘报告。王很健谈，他很少看竞聘报告，直接就用最精练的语言来表述出他的竞聘意图。在他发言过程中，整个会场不时爆发出阵阵的笑声和掌声，他真的不愧是营教导员和政工科长出身，讲得太精彩了。

朱大兴在宣读竞聘报告时，只照本宣读，他的这个竞聘报告还是请人帮忙写的，好几个地方连念都没有念通顺，甚至有几个地方还读了别字，他把"履行"读成"复"行，把"博弈"读成"博栾"，整个会场不时传出了阵阵的嘲笑声，他与王远章相比，显然相形见绌了，这差距也实在太大了。

罗东明在竞聘席上认真地读完了竞聘报告，他的竞聘报告从公司的现状和实际情况，存在的问题和应对的措施，比如精简人员，减少非生产性开支，如何调动大家承揽业务的积极性，和如何提高工程项目的管理水平等。他的这个发言必然涉及一些人的利益，令人惴惴不安。会场上没有笑声，也没有掌声，当然有嘲笑声，甚至还有低低的骂声，最多的是议论声。

竞聘报告由三个竞争者读完之后，再由评委现场提问，评委提问完毕，再由职工代表现场提问，只限十个名额，每个人只提两个问题。评委和职工代表的提问涉及方方面面，但不管你提出多么刁钻古怪的问题，王远章都能信手拈来，随口而答，时而博得满堂喝彩，赢得一片掌声。

此时朱大兴自知不敌王远章，早已像泄了气的皮球，已无心再竞争下去，自己宣布退出竞争。

轮到罗东明对现场提问答辩了，他对评委和职工代表所提的问题也可以对答如流，当他答完一些提问时，只见台下有人点头称是，也有人摇头骂娘。

罗东明通过这次（平生第一次）答辩得到了很好的锻炼，自我感觉良好。他听了王远章的答辩之后，给他的感觉就是这个人有一定的能力，特别是口才，但有两个致命的弱点，那就是：第一不懂建筑安装工程业务，是个"门外汉"；第二喜欢哗众取宠，有点华而不实。

竞聘答辩完之后，开始由评委打分和职工代表投票。

经过一个多小时的评分打分和投票，王远章得了95分85票；朱大兴只得了53分15票；罗东明得了93分80票。

当会议主持人赵主席当场宣读三人的得分和投票结果时，全场爆发出了一阵热烈的掌声。王远章此时仿佛成了建筑公司职工心中的大救星，公司原来的领导龙书记、许经理、华克思、罗东明等人，哪有他这么高的水平哟！

王远章顺利竞聘成功，成为这个公司的法人代表。罗东明以微弱的差数落选。王远章当场与赵主席签订了"企业承包经营责任书"（由工会主席代表职代会），公证员当场宣读了"公证词"，并接受了电视台和报社等媒体记者的采访。

一场酝酿以久的企业承包经营责任制已顺利的落下帷幕。

沉沉重担

王远章当上公司法人代表之后，把公司经理职务改称为"总经理"，并很快召开了公司各级各类会议，组建了新的领导班子。

党委书记兼总经理：王远章。

许佳任专职党委副书记。

吴以明任副总经理、技术负责人、总工程师。

朱大兴任公司副总经理。

龙书记已正式退休，华全龙和两个老高、罗东明不再进入领导班子。由王远章宣布：这几个不再进入领导班子的人员享受副总经理待遇一年。

在一次办公会上，行政办公室主任陆志对王远章说："我建议王总的办公室重新装修一下，新人新气象嘛！应该要有一个会客厅、一个办公室，还应该配备一间休息室……"

罗东明没等他说完就打断了他的话："那样子装修的话，要多少钱呀，现在发工资都难，来装修办公室怕不合适吧！"

陆志瞥了他一眼说道："总经理办公室是公司的脸面，如果外面的人来办事，看见现在这个样子，给人的感觉是太寒酸了；另外，当总经理工作会很辛苦的，应该配一间休息室。"

陆志想，你罗东明现在不是副经理了，你还来管这么多！他本想借此机会讨好新来的总经理，不料却被罗东明阻止。

王远章这时以拍板的口气说："这个事不用讨论了，陆主任你抓紧去办。"断然否定了罗东明的意见。

公司新的领导班子组建完之后，总经理办公室装饰一新。王总还从人才市场招聘了一位年轻漂亮的杨姓女秘书兼公关部部长（大学本科毕业）。

一切准备就绪，但是就是不见王总人影，迟迟不来走马上任，常常一连几天都不来公司上班，总经理办公室的门始终都是关着的。公司的日常事务由朱大兴和陆志暂时处理，这可不是一个办法呀！公司的法人，是这个公司的当家人（已经流行的称呼叫"老板"了），他不来，也不授权给任何人，整个公司就处于半瘫痪状态。

一天，已经退休回家的龙书记来公司报销医药费，找王总签字，吴以明对他说："这个星期他人来都没有来过，一连几天都没有看见他的人影。"

龙说："是不是出差了？"

吴说："不知道。"

龙书记见公司这样瘫痪状态，马上把过去的几个领导找来问情况："现在公司这个样子，王总不来，群龙无首，你们说说看该怎么办？"

大家都沉默无语，都知道，在新来的王总背后来议论他的事，这多叫人忌讳呀！

这时罗东明说道："这确实是一个问题，'国不可一日无君，船不可一日无舵'，我建议由龙书记以老领导的身份同工会赵主席两个人去找一下主管局，把这个情况向主管局说清楚。王总既然中标来承包企业，又是签了'合同'的，应该信守合同，不能来当甩手老板。"

原来的几个领导也附和道："对，对，对！龙书记和赵主席辛苦一下，去向上级反映一下。"

过了几天，王总来到公司，他要临时召集开会，陆主任通知公司中层以上干部到会议室。

会议一开始，王远章就慷慨激昂、满腔气愤地说道："有人说我不来了，还跑到局里去反映，嗯，啥意思？今天要搞清楚，啥子意思？我是一名党员，共产党员时刻听从党的召唤，公司的工作是党的工作，我不来干，还等谁来干？今天要搞清楚。说轻点，这是煽阴风，点鬼火，是对我王某个人的不满；说重点，这就是破坏安定团结，破坏党的工作！要查，一定要查。"

整个会场气氛十分凝重，大家都感到非常压抑，只有陆志和漂亮的女秘书在认真地作着会议记录。王总在那里口若悬河、滔滔不绝地大发淫威。参会人员有的低着头，有的在抽着烟，没有一个人吭半句腔。

就在这个时候，罗东明站了起来，他不紧不慢地说道："王总，你不用去查了，是我说的。大家见你有好长时间没有到公司来，许多事情要你来拍板解决，你这个当家人不来，行吗？"

王远章万万没有想到，罗东明在这个时候主动站了出来，坦然地来承担。他本想借题发挥一下，树立自己的权威，可罗东明有理有节的语气，使他一时不知说什么好。停了一会儿忙说："老罗，你坐下，坐下说，这也许是个误会，也许我没有完全了解你的意思，大家都是共产党员，为了党的工作，有意见可以提，可以提，今天就不说这个事了。"

后来罗东明才知道，王远章自从签了承包合同以后，到公司财务科一查，才知道公司资金十分紧张。由于是几十年的老企业，公司内部各种人际关系十分复杂，有师徒关系，有的家庭是几代人几兄弟同在这个公司，有联姻的亲戚、亲家关系，甚至还有干亲家关系。

现在公司对外基本上没有接到新的工程业务。一个一千多号人的企业，如果没有业务来源，一千多名职工要养活的人就至少是几千人了。如果发不出工资，这种后果将会是多么的严峻！

于是他在心里犹豫了起来，打起退堂鼓，经过反复思考，与其食之无肉，不如弃之！他决定不再当这个法人代表。

于是他找到魏局长，委婉地提出了自己的想法和要求。魏局长一听，大吃一惊，说他："老王啊，你简直是在开国际玩笑呀，竞聘大会也开了，报纸也登了，电视台也播了，承包合同都签了，你的一万元履约保证金也交了，公证处也公证了，你的班子也已组建，局里的文件也下发了；一千多人的公司，职工大会也开了，你现在才说不去，这可能吗？你还是不是一个共产党员啊？那要是在战场上，叫你去冲锋的时候，你才说不当这个兵了，那不当成临阵脱逃的逃兵枪毙你才怪呢。你是当过兵的，老政工干部了，你应该懂得这个道理。"

王远章听魏局长这么一说，自知无理，但他还是把公司的困难情况又重复地说了一大堆。魏局长说："到这个公司去，目前确实有很多困难，局里也不会袖手旁观不管你。这样子，局系统内部的工程业务尽量给你们做，然后再与建设银行协调一下，先贷些流动资金给你做启动经费。你去了过后，把公司的困难情况写一个'情况报告'来，我到市里去给你们申报一个'特困企业'。特困企业是可以享受很多优惠政策的，每到年底过春节的时候，我安排局里在系统内发动大家给你们开展'送温暖'活动，尽量来帮助你……老王啊！去吧，你是一个共产党员，也是一个男子汉呀！你去了过后，你不是孤军作战，还有主管局嘛，要相信组织啊！"

听魏局长这么一说，王远章还有什么可说的呢？于是他又回到公司。他想，他这一回来，新官上任三把火，首先想拿罗东明说他不来公司的这个事来个下马威，树立起自己的权威。

说实在的，对于罗东明这个人，他听到别人议论了很多，有人说这个人有能力，看问题较准，处理问题也有办法，人称"小诸葛"；也有人说他有野心，说如果要是他当了这个公司的总经理的话，按他那种办法，好多人的饭碗都会打"车车"。

在竞聘会上，王也听了罗的标书和答辩，说实在的，在内心深处也不得不承认他的有些说法和措施是正确的。加之他对公司的情况熟、人缘好，有一定的群众基础，在建安业务上比自己更加熟悉，在企业管理方面，从一个普通工人走上中层再被提拔进入领导班子，有一定的经验和办法。但这个人敢说敢干，不好驾驭。

一山不容二虎，对于罗东明，要么重用，要么不用，他权衡再三，决定不用。

一个主要领导对于下属的起码要求，首先是要听话的，如果不好驾驭，哪怕才能再高也不能用，因为才能越高越不容易驾驭。所以他没有把他作为副总纳入领导班子，只是保留他的第二工程处处长的职务。

因为朱大兴从心里服他，所以他把朱纳入到领导班子之中。

王远章当了总经理过后，在主管局的协调帮助下，在建设银行贷了五十万元的流动资金，公司原来欠退休工人的退休金、医药费，机关工作人员欠发的工资等，很快得到解决。

王总又接连开了几次大会，他确实是一个天生的演说家，口才好极了。这个时期，他在公司里享有极高的威信，几乎所有的人都佩服他，退休工人把他视为企业的救世主，连华全龙这个自视清高的人也不得不说："不得不承认，老王这个人确实有才。"

许佳对罗东明说："谢谢你当初帮我出了这个好主意，我现在只当专职副书记，简直是如释重负，公司也找到一个能干的当家人，老王确实比我水平高。"

罗东明说："老许，你的结论不要下得太早，现在看来，老王一来就补发工资，把各种拖欠的费用也兑了现。加之他这个人能说会道，又是从主管局下来的军转干部，这些都能得到群众的好评。但是有一个重要的问题，我没有看到他从根本上解决这些问题的办法，那就是如何在建筑市场中接到业务。光靠系统内部那点业务能养活这么多人吗？现在他手里有几十万的贷款，贷款用完了怎么办？还有，他刚来就装修办公室、配女秘书，我总觉得他有点华而不实。他这个人当个党政机关的干部是块好料，当科长、当局长都可以，但是当企业法人，特别是当我们这样有几十年历史的老企业的法人代表，国家不投一分钱，全靠自己到市场中去竞争，实在令人担忧。"

许说："走一步看一步吧，哎，重担终于放下来了，这第一个应该感谢的人是你，第二个嘛就要感谢老王了。"

罗说："你倒是轻松了，但是，假如以后老王真的把公司搞垮了，我真的有点内疚了。虽不是我的责任，但却是我出的主意，公司才搞承包经营的，老王才因此而来。"

许说："你也太自责了嘛，一是你要相信老王会把公司搞好，他有魏局长的大力支持，魏局长是主管全市建筑行业的局长，只要他肯帮老王的忙，相信公司以后会有办法的。假如以后真的有啥不好，这也不是你的什么过错，企业搞承包经营责任制，是国家的政策，是改革开放的大势所趋，加之又是经过上上下下的各种会议研究确定的，确实不关你啥子事，老罗哟，天下本无事，你却自忧之，哈哈！"

华全龙对老王来公司，从内心深处是服了的。当然啰，华全龙在党校学的那点马列的理论知识，比起王远章这个在部队当过营教导员、在局里当过政工科长的专职政工干部来说，那就相差十万八千里了。

高福全生怕在整顿工作纪律时，拿他贪玩、贪酒和爱睡懒觉、上班经常迟到的不良行为开刀。所以每天都能按时上下班。

高全先也生怕新来的王总拿他挣外快的行为开刀，每天都坐在办公室，从来就不敢往外跑。

所有的人对王远章都是服服帖帖，听说听教的。

公司机关出现了前所未有的团结景象，大家都在王总的领导之下，勤勤恳恳、兢兢业业地工作着。

龙书记回公司看到这种情况，感叹地说道："俗话说得好哟，真的是四川的猴子服河南人来牵，外来的和尚好念经哟。"

罗东明搬出了公司机关的副经理办公室，搬到了第二工程处，并主动到陆志那里取消了自己副经理的工资待遇。工资在工程处自己去挣。他知道，王远章对自己有一定的意见，所以要离他远一点，但他还是公司党委委员，党委要开会，一般都是许佳在主持，王远章这个党委书记很少来参加，所以党委开会，罗东明一般都会去参加的。而王远章要主持召开的办公会，罗东明一般都借口有事，不去参加，用他自己的话说："道不同，不相为谋，我去了，参加他召开的会，我这个人有个怪脾气，在会上想怎么说，就要怎么说，说得不中听，可能会引起他的不愉快，所以最好不去。"罗东明在第二工程处当处长，可以说是得心应手。他知道在工程处当处长，第一要务就是承揽工程业务。他还是那个观点，没有业务，一切都是"空了吹"。为了提高承接业务的积极性，他写了一个报告找到王远章。报告的核心内容就是"谁联系到工程，谁就有优先承包权"。工程承包过后，除了按百分比缴纳管理费之外，剩余的则由承包人自负盈亏。

王远章热情地接待了罗东明，这大半年来，二人没有见过几次面，都在各忙各的。俗话说，远香近臭。王远章见罗东明主动来找他办事，很是高兴，他拉着罗的手说道："罗总……"

罗忙说："不是啥子罗总，我不是老总，你才是真正的老总。"

王说："说实在的，你才是真正当老总的料，况且你以前在公司也是领导嘛。"他边说边从桌上拿起一盒烟，从中取出两支递给罗东明，自己也点上。

罗说："王总你太客气了，你是领导，我是你的下属，今天来专门向你请示，我写了一个报告，望你研究过后，给予批复。"边说边将报告递给王总，随手也将香烟点着。

王远章边听边接过罗递给他的报告，连看都没有看就拿起桌子上的笔，麻利地写下：

同意，

王远章

1988 年 10 月 25 日

罗说："谢谢你，王总，可你还没有看呀！"

王说："你写的东西还用得着看吗？我连你都不相信，还相信哪个呢？"

罗说："谢谢王总的信任，最近工作还好吗？"

王说："好什么呀，财务科又在告急了，公司那么多的人都无事可干，接不到业务，怎么办呀？我把这些人找来开会，叫大家想想办法，你猜这些人怎么说？他们说：'这个公司你是承包人，你得负责给我们找事干，给我们发工资，找不找得到业务，那是你的事，我们只认你这个承包人，你是法人……'老罗哟，难啊，难啊，你是一个能干人，到时候还得多给我想想办法哟，老许常夸你呢，啊！"

罗说："老许是乱说的，我没有他说的那么能干，我能把二处的工作做好了，不给你这个老总添麻烦，就算帮你了，别的怕帮不上啥子忙喽。"

王说："老罗呀，我刚到公司来的时候，也许听了别人说了你的坏话，没有将你留在副总的位子上，我现在十分后悔，你不介意吧？有什么意见，欢迎你敞开胸怀讲出来哦。"

罗这时被他真诚的态度有所打动，于是也真诚地说道："老王啊，你有很多的长处，但说到意见，我可以给你提一个，你不会介意吧？"

王笑了笑说："你说。"

罗说："你是这个公司的一把手，我认为你应该抓公司的主要问题，那就是当家要理财和广开业务来源。还有，你在工作之中，对下属只有事前的安排，没有过程中的检查和督促，更没有事后的检查和验收，你前头安排了，后头就搞忘了。另外就是你对很多的事情表态容易，兑现难。"

还没有等罗说完，王的脸上就露出了不高兴的样子，打断了他的话："哦，我忘了，我马上要到局里去开会，你也该回去忙你的吧，今天先谈到这里，改天再谈，改天再谈。"

说完站起身来，伸手来与罗握手，意欲下了逐客令。罗一下子就明白了，他这个人是不喜欢听批评意见的。于是与他握手道别，罗走出他的办公室之后，十分懊悔，自己怎么这么笨呢，给他提啥子意见呢？他在心里叹了一声"道不同，不相为谋啰"！

人情冷暖

从桃花坪家中走出来上班，要经过将近一里多的泥土田埂路，若遇下雨天，田埂路则十分泥泞，罗东明只好穿上高高的水靴，将自行车扛在肩上，艰难地走过这段路。但有时早上在下雨，一会儿天晴了，太阳出来，罗东明脚上仍然穿的是长长的水靴。特别是晚上在职工夜校放学之后，天下着雨，在雨夜里走这段泥泞滑溜的田埂路，其难度就可想而知了。

因此，罗东明下决心要解决这个难题！本来就是修房子的，要解决自己的住房问题，应该是办得到的。于是他联络了一个也同样急需解决住房问题的名叫何礼华的同事一起来想办法。

他们到城建局去找到规划科的秦科长，也是他们的运气太好了。秦科长说："在西城一个叫'水巷子'的地方，这里有一户姓郑的人家，家中有四口人，只有一个人有工作，上有七十岁老父，下有十岁娃儿还在读书，老婆是农村户口，全靠拾荒捡破烂。因此这个家庭十分贫困。家里的房子是泥土筑的墙、茅草盖的屋顶。茅草房本来就十分容易着火，加之拾荒捡来的废报纸、废纸壳堆了一大堆，因此火灾隐患极为严重。这里的人口十分密集，曾多次发生火灾（因扑灭及时，未造成严重后果），但却把这些邻居们吓惨了，生怕茅屋失火，殃及他们。因此邻居们多次到街道居委、城建局、公安消防大队反映情况，强烈要求彻底消除这可怕的火灾隐患。但是说起来容易，拆了茅草房谁来安置这家贫困户呢？"

秦科长把这里的情况向罗东明他们作了详细的介绍。罗东明是一个看准了事雷厉风行的人，几经联系、接洽、谈判，在城建局、街道居委的大力协调帮助下，所有建房手续很快就办好了。

郑家的茅草房很快被拆掉，这栋房子批准可修四层，每层有六十平方米左右，除了偿还安置郑家一层以后，罗东明和何礼华每户可分得一层半。郑家不出钱，建房资金由罗、何二人平均分摊。

二百多个平方米的四层楼房，对于罗、何二人来说，也就太容易了，主体工程只用了近两个月的时间就建成。在二十世纪八十年代中期，罗东明终于在城里解决了住房问题。

父亲罗列夫已于年前因长期患病，虽多方医治，但最终撒手人寰，永远离开了他曾经饱经风霜的人世，走完了他历经坎坷的人生道路。

罗东明同母亲、妻子、女儿一同住进了这砖混结构的楼房。桃花坪那穿逗木结构的川东民居，虽然宽敞，但老鼠成群、蚊虫乱飞，房屋内还曾多次发现蛇；厨房紧连猪圈，猪圈又连着厕所，若遇绵绵秋雨，屋内地面常有积水，十分潮湿。

桃花坪的老屋哟，是爷爷留给我们的祖产。儿时那难忘的情景，青少年时代的艰辛，将永远永远地长留在罗东明的记忆之中（这里的老房子，在二十一世纪城市扩建中，已被拆掉，罗东明因此分得一套住房和一间门市）。罗东明也永远地离开了这里，开始了他全新的人生之路。

在西城"水巷子"这个地方，罗东明住了将近三年，但是，后来城市建设要将这一片区纳入旧城改造的范围，罗东明和何礼华的楼房即将被拆掉。

罗东明即将成为动迁户，房屋拆迁过后，他又到哪里去住呢？他不可能再重新回到"桃花坪"，因为那里的旧房早已破烂不堪。

于是他找到龙书记和许经理，龙和许满口同意给予解决。一天，办公室主任陆志来到他的副经理办公室，讨好地说道："罗经理，您的房子要拆迁，龙书记和许经理叫我给您想办法。我看加工厂的库房还有几间是空着的，我找人先去给您收拾一下。"

罗说："不着急，现在还早，况且动迁会还没有开，我已跟龙书记和许经理都说了，他们也同意，我只是过渡一下，等分到新房子，我就退给公司，收拾的费用和房租你先算出来，钱由我拿。"

又过了半个月，陆到罗的办公室来说："罗经理，加工厂的库房我已经找人收拾妥了，先锁在那里，您随时想要都可以。"

罗说："麻烦你，麻烦你了！用了多少钱，我到财务科去缴。"

陆说："您也太认真了。"

世间多少事，真是计划没有变化快。又过了三个月，王远章来承包企业，当了公司的党政一把手，罗东明从领导班子中退了下来。恰在这个时候，房屋拆迁动员大会召开了。

罗找到陆志说："老陆啊，你把加工厂房子的钥匙给我吧。"

陆此时冷漠地说："这个事，怕要给王总请示一下吧！"

罗见陆这个态度，十分不悦，心里说道："俗话说得好哟，丢了棒棒就会遭狗咬。"什么也没说，转身就走。罗回到家里，想了又想，加工厂的房子，原本就是空着的，况且原来龙书记和许经理也是同意了的。陆志去收拾的时候，所有的费用都已经付了。

年轻气盛的罗东明，买来一把新锁，拿起一把铁锤就来到加工厂，三下五除二敲掉旧锁，换上自己刚买来的新锁。

加工厂改成的临时住房虽然陈旧，一家四口人虽然有些打挤，但这里离上班很近，至少不再去走那段泥泞滑溜的田埂小路，坚持两年，待新房安置过后就好了。住在这里，还有一个好处，那就是妻子小邓上班的医药门市也在附近，所以两口子上班都很方便，也便于照看家里。

陆志见罗没有通过他就自己换了新锁搬了进去。于是跑到王远章那里去告了一状。王皱了皱眉头，想说啥子但欲言又止。陆志讨了个没趣，悻悻地走出王总的办公室。

西城"水巷子"要拆，那里的居民都在四处找房子。罗东明住在"水巷子"的时候，有一户邻居，也是建筑公司的职工，叫夏炳元，一家六口人（还有三个儿子）都在建筑公司工作。

这个夏师傅有一大爱好，那就是喜欢钓鱼、摸虾、捉黄鳝。一有空闲时间，就到乡下去钓鱼、摸虾、捉黄鳝。回来过后，就把这些战利品炸的炸、炒的炒、炖的炖，弄得十分可口！他隔三岔五都要给罗东明这个邻居端上一盘他的美味战利品。

说起夏炳元，他的龙门阵就多了，年轻时学的是灰匠。最先在渠县农村找了一个老婆，老婆人长得不咋样，但小姨子却长得很乖。当他第一个小孩出生之后，年仅十七岁的小姨妹来给姐姐带孩子，夏连哄带骗就将小姨妹肚子搞大。老婆气愤不过，丢下小孩带着妹妹回到渠县老家，与夏离了婚。

从此夏与这个娃儿独自过活，夏炳元带着一个小孩，加之大家都晓得他把自己的小姨妹搞了，因此他的名声太臭，好长时间都没有人再给他提亲。于是他就打起了自己徒弟媳妇的主意。他的徒弟人很老实，但老婆还有几分姿色，虽然户口在农村，但人也还比较能干。夏炳元真的太会"偷婆娘"，没有多久，徒弟媳妇就被他哄上了床，到了后来，徒弟媳妇与徒弟离婚，他们就正式办了结婚手续，还跟他生了两个娃儿。随着时间的推移，三个娃儿都已长大，但都没有读多少书，于是他把三个儿子都收为自己的徒弟，跟他学灰匠，因此三个儿子都是建筑公司的职工。

前妻生的大儿子，由于从小没有母爱，也缺少父爱，因此性格内向，身体瘦弱，人称"干狗儿"。

长大后，到了结婚年龄，生母就在渠县农村老家给他找了一个媳妇。这个媳妇与自己的丈夫性格却完全相反，她性格大方外露，很有一种泼辣劲。在她的心里，从来不曾有过女性所谓的"害羞"心理。每当公公来到她家时，她也不管公公是否在场，总是穿得十分外露。有时给娃儿喂奶，她当着公公的面就把两坨硕大的奶头塞在娃儿口里，一点也不避讳。

夏炳元本来就是一个天生的色中饿鬼，有一次，他一个人到乡下去捉黄鳝，走到一个"单单户"去找水喝。当他看见这户人家只有一个女人在家里，顿起歹意。开始用语言挑逗，随后就动手动脚。哪知这个女人性格刚烈，大声呵斥了他。当这个女人的男人在屋后面的田里听到屋内有自己婆娘的骂声时，拿起一根使牛棍就跑了回来，于是两口子对夏炳元一阵追打，夏右脚又被追过来的黄狗咬了一大块口子，鲜血长流……

他回来过后，指着满身的伤痕还好意思给别人当龙门阵来摆。

大儿媳妇这无意的大方行为，却勾起了公公的好色欲望。有一天他又到大儿媳妇家里去，大儿"干狗儿"上班去了还没有回来，大儿媳又将胀鼓鼓的奶头掏出来给娃儿喂奶，娃儿哭着闹着就是不吃。这时夏炳元走了过来哄着孙子说道："幺儿乖哟，快吃奶哟，你如果不吃，爷爷就吃了哟。"他边说边乘机摸着胀鼓鼓的奶头往孙子嘴里塞，还使劲在奶包上捏了一下，大儿媳妇笑着骂了一句："老不正经。"

夏炳元这个人真是个"偷婆娘"的高手。除了能炒一手好菜以外，对女人特别能哄。他的挑逗语言和行为恰到好处地能把女人弄得心里痒痒的。

俗话说"兔子不吃窝边草"，他却说："窝边草也是草嘛，窝边草吃起来会更方便些。我属牛，不属兔，管它是啥子草哟，只要能吃得到。你不吃，别的牛还是要来吃，与其说让别的牛来吃，还不如我先把它给吃了。"

因此，小姨妹，徒弟媳妇，现在又把大儿媳妇搞到了手。所以一群灰匠给他取了一个绰号——"骚火弄"（意即老人翁与儿媳有性行为），其实应该叫"骚火翁"，但川东人就称其为"烧火弄"了。

他略施小计，就把大儿媳妇搞到了手，大儿媳妇觉得自己那瘦弱、憨厚、老实、本分的男人比不上这风流的公公，还觉得十分有趣。

但她对自己的公公提出了一个要求，那就是要他把自己在渠县的农村户口迁到绥东城里来，并还要把工作给她安排好。

夏炳元满口答应。答是答应了，但找谁来帮这忙呢？想了半天，突然他想起了邻居罗东明这个领导来。

俗话说"远亲不如近邻"，先把与罗东明的关系搞好了，再去求他来帮这个忙。

于是他对罗东明一家特别热情，有啥子好吃的，他给端来，做了新鲜咸菜，也送来尝鲜，腊月间要熏腊肉，他从买肉、泡肉到熏肉等把所有的事帮你做完，只等他把熏好的腊肉给你送来，还帮你挂好。

一天，他把他的大儿媳妇带来，求罗东明帮忙把她的工作问题给解决了。罗想了一下说道："待下次劳动局有统一的招工指标的时候，可以优先解决。但现在不能招她，况且她又是农村户口，劳动局是不可能单独下招工指标的。"

说完，罗望着他大儿媳妇那天生就风骚并充满期待的眼神又说道："只要劳动局有指标，一定优先解决。"

后来，企业招工不再经过劳动局下指标了，因此，他大儿媳妇也就一直未被招进来。

当王远章来承包企业之后，他找到王总，王总非常爽快地就答应了，把他大儿媳妇安排去专门收家属楼的水电费。

王远章为什么就会爽快地同意了呢？

王远章是来承包经营企业的，合同只有三年。他有很多的熟人、亲朋好友要求参工，他又不好拒绝。对公司内部职工家属要求参工，他是为了收买人心；对公司外的各类关系户要求参工，他是迈不过那些人情。

他常说："我是一个从军队转业下来的国家干部，我不可能在建筑公司这个集体企业待一辈子。承包三年，若能挣点钱更好，不能挣到钱，三年一满，屁股一拍——走人。"所以在他三年的承包期内，先后共招收了五十多人。

西城"水巷子"旧城改造动迁会召开过后，夏炳元又和罗东明在加工厂的库房改成的临时住房成了邻居。罗东明原来曾答应过要解决他大儿媳妇的招工问题而未办到，而在王远章这里却十分顺利地给办妥了，夏家对罗有了一肚子的怨气，他大儿媳妇见到罗东明就弯眼闭眼地恨，罗东明一家也就再没有尝到过那香气喷喷地小吃了。

加工厂改成的临时住房十分僻静，常是那些吸毒打针、小偷分赃、暗娼拉客的地方，治安状况十分复杂。好几户人家的腊肉、衣物、电视机都被小偷盗走。所以公司在加工厂的通道上焊了一个铁门，到了晚上铁门就上了锁，钥匙由夏炳元来保管。

一九八八年夏秋之交，川东地区普降大雨，洲河水位陡涨。医药公司的门市地势较低，小邓是这个门市的负责人，要轮流去值夜班防洪。

小邓在午夜时分值班回来，见铁门已锁，于是大声喊道："夏师傅，开一下门，夏师傅，开一下门……"

连喊多次，夏炳元哼都不哼一声。于是罗东明起床走到夏炳元的门口喊道："老夏，开一下门……"

夏炳元半天才回一句："不开，这么晚了，不开。"

罗东明听后十分生气，回了一句："不开算了，不要你开。"

转身回到屋里拿起一把锤子，走到铁门前，两锤就敲掉门锁。

后来，夏炳元的大媳妇在收家属楼的水电费的三年中，在王远章的承包期内，先后挪用了三千多块钱，造成了停水、停电。家属楼的全体住户怨声载道，一片骂声。还是罗东明当上总经理过后，为了解决几十户的用水、用电问题，按遗留问题给解决了。当时有人提议报警。但罗却说："得饶人处且饶人，算了，算了！"

再后来，夏炳元的大媳妇又偷到别的男人，与夏炳元的大儿子离了婚，离开了夏家。

再后来，这个风骚的女人与别的男人在浴室里洗鸳鸯浴时，由于煤气中毒，双双风流而亡！

再再再后来，当夏炳元得了癌症之后，罗东明代表公司领导到医院去看望这个老邻居、老职工，夏炳元顿时十分感动，动情地说："罗总，过去我对不起您哟，莫见我的怪，哎！"真是人之将死，其言也善啊。罗说："安心养病，安心养病，莫想那么多了。"

多少年以后，罗东明有时想起这些人和往事，十分感慨，既可叹，又好笑，叹这些人世间的世态炎凉，笑这些天底下的可笑之人。

辛勤掘金

罗东明有了王远章的批复，就全力以赴地去联系承接工程，只要能接到工程，除了给公司缴了管理费以外，所有剩余的利润就可以全部归自己了。

建筑工程业务是一个基数很大、利润颇丰的行业，比如你能承接到一个五百多万元的工程，一般利润率可在百分之二十左右，工程完工，可以挣到一百多万元。你这一辈子只要能接到这样一个工程，立马就是百万富翁了，是那些公务员和工薪阶层人士几辈子都很难挣到的钱。所以建筑行业历来都是竞争激烈、花样百出、最容易滋生腐败的行业。

一天，他无意中碰见在职工夜校学习的同学邓志文，邓志文的表哥在061基地办事处任会计科长，姓温。邓志文在和罗东明闲聊时无意中说到他的表哥在061基地当会计科长，说在基地附近要建一座桥梁。

罗东明听说有工程业务，立马来了精神，立即骑上摩托车赶了三十多公里，来到061基地办事处，找到温科长。温一听说罗东明是表弟的同学，忙热情地带他去见了办事处的莫主任。莫主任是河北人，高高的个子，年约四十多岁，一副很慈祥和善的面孔。他见温科长带来了罗东明，忙热情地和罗握手："坐，坐，坐。"

罗忙将联系工程的介绍信双手递给他，莫主任拿过介绍信边看边说："哦，罗处长，你这么年轻就当处长了，我们是同级，都是县处级干部哟。"

"莫主任，我是工程处长，是专门搞建筑、搞工程的，这可不敢跟你来比，哈哈！"

"工程处长也是处长啊，你是搞工程的，好好，我们是准备在山沟里修一座桥，修桥你们能行吗？"

"得行，得行，我们有专门的道桥施工资格证，保证按质按量地完成施工任务。"

"好，好，好！我把基建科罗科长叫来，你们先谈一下。"

罗东明见到罗科长时忙伸出双手热情地握着他的手说道："本家，罗科长，希望能得到你的关照，哈哈！"

罗科长说："不客气，不客气。"

于是二人看过设计图，将修建这座桥梁的一些具体问题作了较为深入的探讨。二人谈得非常融洽，都给对方留下了很好的印象。

中秋节刚过完，莫主任就安排罗科长起草合同，很快双方就签订了这座桥梁工程承建合同。按合同约定，合同签订之后，可以先拨十万元的工程备料款，罗东明将拨款收据交给莫主任，莫主任很快就签了字，罗东明将收据又交到财务科温科长手中，温科长对罗说："罗处长，你去忙吧，等出纳来了，我把款给你转到账上，放心，放心。"

罗说："温科长，麻烦你！谢谢，谢谢！"

于是回来组建施工队伍，准备进场。

这个工程来得太顺利了，短短不到半个月的时间，从联系、洽谈，到签合同就全程敲定。工程规模有三百多万元。

"金桥""银路"哟，自己在这个项目中，赚他个百八十万是没有问题的了。

厂区周边山区农村，凡是家庭出身不好的人全部都要迁走。这样，这些军工企业从一开始就蒙上一层十分神秘的面纱，罗东明还是小孩子的时候，就听说过。由于家庭出身不好，对061基地早就怀有一种神秘、敬畏的心理，而现在自己要来亲手承建这里的工程，真令他十分感叹。

一天下午，当他在自己的处长办公室正在忙碌的时候，邓志文带着温科长来到他的办公室，罗东明一见这两个朋友，十分热情地招呼他们。处里的工作人员赶忙给他们沏茶，罗东明忙给二人拿烟，说道："难得，难得，老邓和温科长今天能亲自来看望老弟，欢迎，欢迎。"

邓志文说："老罗，今天我表哥来找你，是有点事给你说。"

温科长说："罗处长，是这么一回事，昨天晚上部里（即北京）来了传真，决定将山沟里基地的民用产品，和大批人员迁到成都去，沟里只留下少量的军品生产人员，所有基建项目要全部取消。所以莫主任今天派我来专门来给你说明情况，莫主任说，他深表歉意。"

"实在不好意思，太抱歉了。"温握着罗的双手说。

煮熟的鸭子从锅里飞掉了。罗东明白忙活了大半个月，但他并不气馁，除了觉得有点遗憾之外，他没有任何不愉快的感觉。继续努力吧！

他把挣钱看得很开，"钱"字是由左边一个"金"字和右边两个"戈"字组成，即，钱是要通过努力去斗争、去奋斗才能得到的，在很大程度上确实还存在着"天意"和"运气"。比如061基地的桥梁工程从联系成功到项目取消，十万元的收据都已开好了，只等出纳转账，却"黄"了。你说这不是"天意""运气"又是啥子呢？

罗东明为了能承接到业务在苦思冥想……

有一天他突然想起，凡是要建房子的，都必须先要到城建局规划科去办规划手续，那么规划科的人就一定最先知道哪个单位要修房子。想到这里，他有事无事地就往局里规划科跑，想从这里获得一些信息。

功夫不负有心人，他在规划科这里终于获得一条重要的信息：供销社要建一幢职工宿舍和办公的综合大楼，正在城建局办手续。

得到这条信息之后，他马上拿着介绍信来到供销社，可他在这个单位没有一个熟人，于是硬着头皮来到主任室。这个主任姓黄，已年过半百，但也许平常保养得好，脸色红润，皮肤较好，微胖的身体显得十分富态，看上去比实际年龄要年轻得多。他微笑地看了罗东明几眼，轻声说道："我们才刚在跑手续，你就晓得了，消息真灵呀！"

罗说："黄主任，不瞒你说，我们公司是城建局下属的企业，'近水楼台先得月，春江水暖鸭先知嘛'，你们在跑手续的时候如果遇到什么困难，我倒是可以给你们帮些忙。"

"那好啊，你是第一个来报名的，你先去找我们基建科的曹科长，和他具体洽谈。"

他边说边给基建科拨了一个电话，一会儿，曹科长就来到黄主任的办公室，恭敬地问道："黄主任，您找我？"

黄把罗介绍给了曹科长，说道："他是城建局下属的企业的负责人，你现在跑手续跑得怎么样了？你们先去接洽一下，看罗处长能不能帮你沟通一下关系，尽快把手续跑下来。"

曹答："哎，跑这个手续，把人的脑壳都整大了，要得，要得，处长姓罗哈，那以后就请罗处长多帮忙协调哟。"

黄说："具体的事你们到基建科去谈，去吧，去吧。"

到了基建科，罗听曹科长大诉其苦，说这个建房手续太难跑了，罗听出来了。他的难题在哪里呢？原来供销社单位里要房子的人太多了，但规划科只给他们最多批建八层，供销社想修十层，只有修十层才能满足职工的需求。就这

川东家族

样，他们的手续就卡在这里，罗东明听完之后，拍着胸脯说道："这事由我来协调，不说百分之百嘛，至少有百分之九十五以上的把握。"

曹科长说："只要把这个关过了，这个工程肯定是你的。"

"好，一言为定。"

罗东明找到规划科长秦山，秦科长说那个地方只能建八层，如果要加层，只有魏局长才有这个权力。罗东明又找到魏局长，魏局长对罗东明有一定的好感，见他这么热心找业务，也很赞赏，但是脸有难色地说道："这个地方不太适合建高层建筑，这样子，你去市里找一下分管城建的副市长吴大明，最好让他写个条来。

罗东明去找了吴副市长，吴副市长就给魏局长写了一张条来：

老魏：

你的下属企业承揽一个业务不容易，你不支持谁支持？供销社的综合楼工程在规划原则之内，可批十层，请你提高办事效率，抓紧办结。

吴大明
三月七日

就这样，供销社的综合楼工程报建手续基本敲定，只等发《施工许可证》了。罗东明马上起草了一份《建筑工程承包合同书》，找到黄主任。

黄主任连说："好，好，好，跑手续你帮了忙，我先代表职工谢谢了，你先把这个合同放在这里，我再召开一个办公会研究一下，尽快定下来。修房子，是一个敏感的话题，但确实有好多人都'栽'在了这上面，小心为妙，小心为妙。"

又过了两天，罗东明再去找黄主任，黄主任说："会议已经定了，合同的字我也签了，放在老曹那里的，我们这里是赵书记在管公章，你去叫他把章给盖了，尽快动工，罗处长，看不出你这么年轻，还真有点本事啊！"

罗忙说："应该的，应该的。"

他在曹科长那里拿起《合同》，找赵书记盖章去了。他找到赵书记时，赵漫不轻心地拿着合同反复地看，看完之后又无事找事地说合同内容这也不对，那也不对。罗心中又急又气，但又不敢发作。他非常清楚，关键的时刻到了，忙赔着笑脸说道："赵书记，这个合同是经过反复修改过后，才由黄主任签字的，讨论合同的时候，你也在场嘛，现在麻烦您把章盖了。"

赵书记说："莫忙，章一盖，就要产生法律效力，还是慎重为好，今天晚上我拿回去再加个夜班，细细看看，你先放在这里吧。"

罗心里好急哟，他想起为了这个工程找秦科长、魏局长、吴副市长，路没有少跑，现在供销社的法人字都签了，就只等赵书记把章一盖，那好几十万上百万元的利润就只等往包里装了！他不能急，他依着赵书记的意思忙说："要得，要得，麻烦赵书记今晚加个班，再好好研究研究。"

第二天罗到了赵的办公室，只见赵已经将合同盖好了章，放在了办公桌上，罗东明拿了两份合同兴高采烈地走了。

就这样，罗东明以辛勤的汗水、诚实亲和的秉性，很快挣到了钱，在公司八个工程处当中，业绩名列前茅，处办公室的墙上挂满了各个建设单位送来的锦旗、感谢信等。

力不能及

公司的经营状况越来越糟糕，王总把刚来时在建设银行贷的款都用完了，一些接转工程(主要是本系统内的建设工程)建设单位拨来的工程款也已挪用，致使好几个工程现已停工，这几家建设单位分别把公司告到了法院，公司已收到好几张这样的出庭传票。

公司机关的人员已有三个月没有发工资了，那漂亮的女文秘早已离开，退休工人的退休金和医药费也开始拖欠。在机关上班的人还好说，可这些退休工人却不依不饶了，找到王远章闹，有个退休老石匠还用拐杖把他给打了，眼眶都打青了。

一天，一个姓向的灰匠来到他的总经理办公室，要求发给生活费。向灰匠喝了点酒，没说几句话就把王的茶杯摔在地下，坐在他那十分宽大豪华的办公桌上，从怀中拉出几条长蛇来，"啊"王这时惊叫了一声，像触了电一样从椅子上一下子就蹦了起来。他平生最害怕的就是蛇，这时他急忙往外跑，被向灰匠使劲逮住，王忙说："兄弟，有话好说，有话好说。"

"拿点儿生活费来，老子好几天都莫得酒喝了，今天还是我师哥请我喝的酒，老子们不喝酒，性功能都没了，老子的婆娘要是跑了，老子找你算总账。"

王远章忙从内衣包里摸出一张百元大票，向说："一个堂堂的总经理、承包人、老板，一百块钱就把老子打发了呀！你把我当成讨口子吗？跟你明说，老子们是你的工人，工人阶级，你现在是老板，当老板的就要给我们工人拿饭来吃！"

王看见几条蛇还在办公桌上蠕动，向灰匠满嘴酒气使劲逮住他的左手不放。忙说："再拿几百块去用，兄弟莫为难我。"

于是又从包里拿出四张，说道："只有这五百块钱，全部都给你。"

这时办公室围观了很多人，忙劝道："算了，算了……"向灰匠这时才接过钱抓起桌子上的蛇气愤愤地走了，走出后又回过头来说道："这几百块钱用完了还要来找你……"

王实在没办法，亲自来找罗东明，说是找罗从处里先借点钱给公司，以解燃眉之急。罗看王那副可怜相，顿时起了侧隐之心，自己毕竟也在公司领导位置上坐过，完全理解王远章的难处，说道："我可以给公司先划五万元，你叫财务人员来办下手续。"

王千恩万谢地说道："还是你有能力、有办法，我自愧不如，自愧不如哟！"

公司机关发不出工资，由于无钱缴纳水电费和电话费，办公室的水、电已被截断，电话也被取消。法院的几场官司，毫无悬念必输无疑。银行又在催还贷款……

公司就像一盘散沙，王远章已有好多天没有到公司来了，华全龙、吴以明、高全先、高福全都被其他私人包工头聘请去做了施工现场的管理人员，工资待遇比在公司当领导时至少要翻好几番。

王远章没有其他办法，只有一个笨办法，那就是——拖，凡是来要账的，他就用他那三寸不烂之舌把别人"喝"走，久而久之，别人给就他起了一个绰号叫"水鸭子"。

三年的承包期，还有半年就要到了，王远章仿佛看见了一线希望啊！有期徒刑呀，快刑满释放啦！

办公室的水电费又是罗东明出的钱，那些债权人和一大群退休职工三天两头跑到主管局去，主管局派出一个工作组，专门来做企业承包期满的换届调整工作。

王远章这个时候打死也不愿再当这个企业法人了。工作组是由魏局长牵的头，他们通过多方走访，广泛征求意见，一个比较合适的人选在广大干部、职工中得到赞赏和好评——那就是罗东明。

魏局长找来罗东明，征求罗东明的意见，并转达了广大干部和职工的意见和好评。魏局长说："小罗啊，目前公司这么困难，群众又信任并推荐了你，你是一名共产党员，又是一个革命烈士的后代，公司越是困难，你在这个时候应该勇敢地站出来，担起这个重任，一千多号人的企业，工人们要吃饭、要生活啊，上级也是相信你的……"

罗东明听完魏局长语重心长的话之后，沉思了好一阵，说道："魏局长，我很感谢群众的支持和领导的信任，但公司目前确实是一个烂摊子，我担心到时候力不从心，当不好这个法人代表，辜负了上级的信任，也耽误了大家的饭碗。这件事的分量太重了，能不能让我考虑考虑再答应您？"

魏说："也好，也好，要是你今天一口就应承下来，我反倒不放心了，经过深思熟虑之后再作答复，从这点来看，你已经成熟了。"

罗东明晚上回到家里，这天晚上他彻夜未眠，人生的道路又面临着新的而且是很严肃的选择。

第四篇

春华秋实

DI SI PIAN

CHUN HUA QIU SHI

机遇与挑战

他想起了青少年时期自己的理想、抱负和在农村的艰辛，想起了母亲站在被斗台上的情景，也想起了父亲在政治上受到歧视时的长叹……

是啊，在那个年代，由于家庭出身的缘故，在政治上处于社会最底层被人歧视、受人压迫、被人看不起的情景，一一浮现在眼前，同时也想起了张嘉定说过，他此生是一个有出息与"富贵"有缘的人。"富"，自己当了三年的工程处长，承包到了几个工程项目，倒也挣了些钱，而"贵"呢？这是不是"贵"的机遇来了呢？

他又联想起公司这么多人要吃饭、要生存，特别是那近两百多名退休工人，从小就学木匠、石匠、灰匠……现在年老多病，丧失了劳动能力，发不出退休费，他们怎么生活呢？生了病报不到医药费，他们不是就只有眼睁睁地等死吗？

这时，他想起父亲以前给他讲过的一个故事：

从前有一个人，在出生后不久，父母就找算命先生给这个孩子算过命。算命先生说，这个孩子在几岁该入学，几岁能考上秀才，又该多少岁结婚，又该什么时候当官……但是，到了三十六岁的时候，就应该寿终正寝——该死了。

后来这个娃儿慢慢长大，其命运确实是这样，并一一得到应验，三十六岁的生日刚过，他就认为自己该死了，命运原来就是这样安排好了的。

但是想到死，要怎样子的死法才不痛苦呢？为此他想了很多方法，想用最轻松、最简便的方法来结束自己的生命。他连续几天不吃饭，想办法饿死，不行。又跳到河里想淹死，可河水又太浅……他实在莫得办法，只好到庙里去找高僧，高僧听了他的诉说之后，哈哈大笑起来，说道："天地有道，你怎么这么迂腐，人的命运，上天虽定，但是是可以改变的。"

"如何改变呢？"他第一次听说"命运"是可以改变的，于是惊奇地问道。

"善哉，善哉，积德行善，就是改变命运的法宝，用你的善行善举来感动上苍，方能修成正果。岂可因一个算命先生的几句预言，你就要这样草草地了结自己这宝贵的生命，真是迂腐之极，可笑可叹！"

"可我身在衙门，怎样来修德行善呢？"

"身在公门正好修！当官多为民着想，多做一些扶贫济困、除暴安良的善事，让百姓能安居乐业——这就是修了大德、行了大善了，何愁不感天动地呢！"

此时他豁然开朗，幡然大悟！后来他兴修水利，减免瑶赋、扶贫济困……为百姓做了很多的好事，直到年过八旬之后才无疾而终。

罗东明想起父亲讲的这个故事之后，顿感热血沸腾，一股强烈的责任感充满胸间。是啊！那上千号的职工和退休职工的心里不是在期望着他吗？此时他暗下决心，要把这副沉重的担子担起来！

光有雄心壮志，没有很好的措施和办法怎么行呢？于是他在心里盘算着，如何才能使公司走出困境，出路在哪里？

他的脑子在飞速地旋转，突然心中一亮，找到了一线生机！他要牢牢地抓住这个机会。

建筑公司地处市区繁华地段，偌大一个加工厂，现在没有了建安业务，已经处于停产状态。市政府对城市建设有一个战略决策，那就是把处在市区的工厂和厂房迁到郊外去，时称"退城进郊"。而公司的加工厂则恰恰地处市区繁华地段，地段就决定了价值，这个加工厂的存量地价将是一笔多么大的资产啊！把资产变成资本，再把资本变成资金。

一旦有了资金，那不什么问题都可以解决了吗？要实施这一计划，要靠政府相关部门的支持才能办得到。公司的主管局又是专门主管城市建设的政府部门，他们肯定会支持的，近水楼台先得月嘛。

想到这里，罗东明太兴奋了，他完全没有了睡意，此时雄鸡高鸣，天色已露出一线晨曦。新的一天到来了，新的人生道路又展现在他的面前。

公司职代会在主管局工作组的全程参与和指导下如期召开，他以一百五十二票的高票当选为公司总经理（参会人数一百六十人，其中三票反对、七票弃权）。在总经理（法人代表）的岗位上，他这一当，就当了二十多年，直到六十岁退休……

初见成效

在新任总经理罗东明的请求之下，魏局长带领局里企管科、规划科、建管科、财务科的科长，并请来了分管城建的吴副市长和建设银行的陈行长、工商局的殷局长、税务专管人员等一同来到建筑公司进行现场办公。

建筑公司简单而整洁的会议室里，墙上挂满了各种奖状和锦旗，但有的都已经发黄模糊了，这足以说明这家公司过去的辉煌。

罗东明在会上将自己的打算和想法谈了出来，会场气氛十分热烈，他们对罗东明这种为公司找出路、谋发展的精神深表赞赏，也帮他提了很多切实可行的建议和意见。

魏局长说："建筑公司目前的情况是处于极度的困难之中，确实是一个典型的'特困企业'。上千号人要吃饭、要生存，生了病的职工要住院、要吃药。现在已有几个月都没有发工资了，大批职工特别是退休工人，经常到局里和市政府去请愿，形成极不稳定的局面，在这个时候，小罗能勇敢地挑起这副担子，我们由衷地表示赞赏！作为主管局，提出以下几点意见和建议，以期能够帮助公司走出困境：

1. 充分利用各项优惠政策，把加工厂地段的资产盘活，完全同意小罗的设想，利用这块地段来建专业化市场，请公司及时与工商局等职能部门密切沟通和协调，将其设想尽快实施。

2. 局里规划科尽快做好具体的详细的规划，在符合城市总体规划的前提下，其他手续建议可以边建边办，按'特困企业'的优惠政策，各种规费能免则免，能减则减。

3. 局系统内的工程项目，尽量优先满足建筑公司承担，但建筑公司应搞好项目的施工管理，确保工程质量、安全和工期，必须达到验收合格。

4. 在公司'专业市场'项目启动初期，恳请建设银行先行发放一笔贷款，贷款时可用项目作为抵押，局里可以担保，贷款下来后，公司一定要加强管理，钢要用在刀刃上。"

建行、工商、税务等各参会人员都发了言，表示在政策范围之内一定作好对企业的服务、帮助和扶持工作。

最后，吴副市长作了总结性发言，他说："建筑公司是一个有着悠久历史的老公司，在过去的年代里，曾为我市城市建设做出过很大的贡献，但是在新的形势下，由于各种原因遇到了困难，而且是很大的困难，所以被市里确定为'特困企业'。前三年，这家公司实行了'承包经营责任制'，承包人没有完成承包任务，由此看来，公有制企业实行承包经营责任制也不是什么灵丹妙药，没有从体制的根本上解决问题。当然，这些东西还有待于以后研究。今天听了公司罗总经理的发言，我本人很受感动，小罗在公司目前这样困难的情况下，能主动想办法、找出路，不等、不要、不靠，这种精神充分体现了一个共产党员所具备的使命感和历史责任感。建筑公司上千号人啊，稳定是大局，小罗能够把这个公司的局面稳定得住，这就是给市委、市政府和主管局分了忧、解了难！今天这个会上来的人，都是跟小罗要实施这个计划有密切关联的人，大家都来帮他，这个公司就会有办法、就会有出路，不要让他一个人在这里孤军奋战啰。下面我谈谈如何来帮他的具体意见：

1. 由城建局立即制订总体规划。

2. 与工商局密切沟通协调，将公司原来的加工厂改建为专业市场。

3. 请建设银行用公司的存量资产作抵押，由城建局担保、贷款五十万元作为启动资金。

4. 市里各相关部门按'特事特办'的原则，在符合城市总体规划的前提下，所建项目可以'边建边办'。不要把时间花在跑路办手续之上，等不得，也等不起！项目早日完成，早日发挥效益，上千号人在等米下锅啊！同志们，这个会开过后，以市政府办公室的名义发一个《会议纪要》。当然啦，也希望罗总经理团结带领公司广大干部职工，克服困难，树立信心，加强管理，争取早日走出困境！"

这个现场办公会召开过后，罗东明安排财务科尽快落实贷款，自己的工作重点则是如何策划好专业市场的建设。

绥东市是一个地处大巴山南麓的山区小城市，在二十世纪九十年代初期，城市功能极不配套。小商小贩和菜农沿街摆摊设点，伸杆搭棚，十分混乱。有人形容这座城市是："远看像香港，近看是乡场"的"光灰"城市。

政府曾多次整治，但由于城市建设欠账太多，各种基础设施及功能极不配套，往往是事倍功半，收效甚微。

建专业市场，政府出台了很多优惠政策，但建什么专业市场，作为企业，不但要考虑社会需求，更要考虑经济效益。建什么样的专业市场效益才好呢？罗东明绞尽了脑汁。

一天晚上，全家人坐在饭桌上吃饭，他谈起了这个话题。这时他那在医药公司工作的老婆小邓说道："要建专业市场，我认为建药材市场最好，在我们绥东，包括整个川东都没有一个专业药材市场，我们公司要进药，都是到成都'荷花池'药材市场去进货，你可以先到'荷花池'去看一下。"

罗东明听小邓这么一说，感觉眼前一亮，对呀！可以建药材市场呀！于是他同工商局、卫生局的领导一起到成都"荷花池"，又到开县的"汉丰"药材市场去实地考察。考察的结果令他们大喜过望，信心倍增。

在市政府、城建局、工商局、卫生局等部门的大力支持下，川东北地区首家专业药材市场很快建成，各个商家争相入驻，购销两旺。从此，建筑公司就有了一笔比较稳定的收入来源。

公司有了稳定的收入，退休职工和机关工作人员的工资、医药费、丧抚费，基本都上可以得到解决，随着药材市场的开发，社会效益和经济效益都十分明显。

在改革开放的年代里，各种机遇和挑战接踵而来，就在药材市场兴旺的时候，新的问题又出现了，严重地影响着药材市场的生存和发展。

药材市场上经常出现了一批假、冒、伪、劣产品，从国家到地方的有关政府部门加大了对市场的整治力度。根据国家和省里相关部门的要求，不规范的药材市场要限期关闭。这样，从市场获得的收入减少了许多，公司财务科报来的资金余额已现"红灯"！

罗东明当上这个总经理后，十分注重"当家理财"。财务科长将财务报表送来之后，他都要认真地阅读，他发现存在两个问题：一是这些财务报表要等出纳将单据交给会计过后，会计再按财务科目分类记账，一般都是每月一次，也就是说财务报表的数据已经不是最新、最真实的数据了，有一个"时间差"

的问题；二是会计是按财务规定的科目进行记账，这些科目与企业实际情况也有很多不相吻合的地方（比如相关费用的计题等）。总之，会计的财务报表不能及时、真实地反映出最实际和最直观的财务状况。鉴于此种情况，罗东明想出一个最直接，也最真实的"笨办法"，那就是直接从财务出纳那里获取资金的余额数值，至于还该收多少，还应支多少，他心里是有数的，他对出纳说："公司的账面资金余额数只剩下二十万元时，就应该视为最低余额的'红灯'。"

"红灯"亮时，所有的应收款要加大力度去催，所有的支出基本上就要停止，在非开支不可的特殊情况时，不但要法人代表签字，而且必须经总经理口头同意后方可支付，要按"救急不救穷"的原则严格控制支出。公司的余额数值必须严格保密，只有总经理和出纳以及财务科长三个人知道。

在支出方面，关于工资发放，首先从总经理罗东明和书记许佳开始打折，他们只发标准工资的40%，副职发50%，其他人员发60%。退休人员因病住院的首付费解决80%，出院后的医药费报销可报50%，欠垫50%。就这样，公司的资金虽然十分紧张，但大家看到从总经理和书记开始率先打折，也就没有什么怨言了。

夜幕降临，华灯初放，公司办公室所有的人员都已下班回家去了，罗东明一个人静静地在办公室里，点上一支烟，端上茶杯来回不停地踱着，他在想，下一步出路在哪里？

他的总经理办公室十分简洁，办公桌前面挂着他写的一首诗和一幅字，并有两幅地图：一幅是全国地图，一幅是世界地图。

一首诗是：

> 人生意义是什么？
> 大是过程小结果。
> 道骨仙风何处寻？
> 修身养性耐寂寞。

一幅字是：

德高人长寿，心宽福自来。

他把华全龙送给他的那首裱得十分精美的诗（欲将凌绝上青天，一览众山似泥丸，他日能逐揽月志，笑看同行无状元）放在书柜里，从来没有拿出来挂过。他觉得，做人要低调，特别是作为一个企业的负责人，更应低调。一个人的一生是十分短暂的，人生的长度是有限的，但人生的宽度则应是无限的，这种宽度应该努力去拓展。

人的一生，好比出去旅游，有的人在旅游过程中，"上车就睡觉，下车就撒尿，到了景点拍个照，整个旅游完，什么也没看到"！

不，他要在人生的旅途中把应该看到的、应该经历的，都要看到、都要去经历一番，这样才不虚度一生。所以，在意识上，他凡事重过程轻结果，把"得"和"失"看得很开。

他欣赏华全龙的雄心壮志，但对他那恃才傲物、目中无人、好为人师、自视清高的为人不敢苟同。华全龙可以算得上是一个有才的人，但却是一个失败者。他在王远章时期早已离开了公司到了外地，断断续续听到一些关于他的消息，总之，他在外地事业发展很不顺，也没有挣到钱。所谓"性格决定人生"，不是没有道理的。听说他与殷英早已分手，又曾经和好几个女人好过，但最终都已分道扬镳。他这个人外貌堂堂、能说会道，很能吸引异性，加之他又十分贪色，所以情人多得很。但终归囊中羞涩，腰包里没有银子，哪个女人白跟他过日子呢？一阵新鲜过后，就只有劳燕分飞了。可怜他的结发妻子，一直在家苦苦地等待着他，她说："水要归槽，以后老了，总要回来的。"

联建综合楼

药材市场慢慢地关闭了，以前热闹繁华的场面，现在已经变得十分冷清。

东方不亮西方亮，落了太阳有月亮。罗东明有一句常说的口头禅：活人不能被尿憋死。加工厂改成市场，市场又被关闭，但市场这块地皮还在，这里地段十分优越，还是那句话，地段决定了价值！

这么优越的地段，简直就是一个硕大的"金饭碗"，虽然现在碗里是空的，但是这个"碗"是多么值钱呀！捧着"金饭碗"去讨饭，那才是真正的傻子，是一个十足的大傻子。罗东明整日苦思冥想：怎样才能使"金饭碗"变成能丰衣足食的大把钞票呢？

将市场拆掉，利用这块地皮来修商品房，一层、二层做商业门市，上面建成住房来卖。

可是要修这么多房子，哪儿来的资金？原来市场上收来的费用，只能勉强度日，哪有余钱呢？更何况修房子，动辄需要成百上千万元的资金。公司几十年来在银行的贷款从来没有偿还过，连本带息累计已快上千万元了，哪里还有钱来修房子？

办法就只有一个，以土地为条件，找有钱的人来联建，然后各得各的利益。他针对这一想法召开了各种会议，大家统一了思想后又去向城建局魏局长作了专题汇报。

建筑公司用药材市场的土地来联建综合楼（即商业用房和住房承建在一栋楼上）的信息不胫而走，来洽谈业务的人络绎不绝。几经谈判，很快就拟定了联建合同的初稿。合同中约定：建筑公司出土地，包工头出钱来联建，包工头必须在开工前向建筑公司支付伍拾万元的费用（建筑公司是在等米下锅啊），房子建成后，商业用房归建筑公司（甲方），住房归包工头（乙方）。工程由乙方出资修建，所有建房手续由甲方申请报建，乙方按建筑面积每平方米出资一百六十元作为土地和办理建房手续的费用，此笔费用按乙方所建工程进度支付给甲方。这个包工头的名字叫倪海洋，人称"洋儿"。

在建筑公司宽敞的会议室里，罗东明和几个副总经理与建筑商倪海洋开始了认真的谈判。虽然来联系此项业务的人很多，但罗东明几经权衡，他首选了倪海洋。

罗东明开出的基本条件是：建房土地由甲方（建筑公司）提供，报建手续由甲方出面；乙方（包工头）出资建房，乙方必须在开工前先行向甲方支付五十万元的土地使用费，同时还要将建房报建的费用按建筑面积每平方米一百六十元计算，由乙方支付。这个工程大约可建六千多平方米，即乙方必须在开工前向甲方支付一百五十万元左右的费用。

罗东明开出这样的条件是基于这样的考虑：一是建筑公司在等米下锅，急需一笔资金来缓解公司目前的困难；二是他要找一个确实有经济实力的包工头，他不能把房子给一个无经济实力的包工头（皮包公司），把工程修成一个"烂尾楼"。

几经谈判，倪海洋等人只同意给付先期的五十万元，另外的一百多万元要求按工程进展情况分批支付。倪海洋说："搞工程、修房子，这个工程光建房成本就需要三百多万元，全靠自筹，甲方先收了五十万元，如果再收一百多万元，那么在工程施工中资金就很困难了，要求甲方能体谅乙方的难处。"

但是罗东明没有松口，他说："这个工程由甲、乙双方实行联建，我们甲方只提供建房土地，我们出面去办手续，但乙方必须是有经济实力的承包人，乙方必须在合同签订之前先缴付一百五十万元到甲方账上，房子修成后，一层、二层商业用房归甲方，住房归乙方，这就是我们的基本条件。"

但倪海洋说："工程还未开工，就先拿出一百五十多万元，一是确有困难，二是风险太大，望甲方充分体谅。"

双方就因这些合同条款僵持不下，只好宣布谈判暂时中止。

晚上，罗东明一个人还在办公室，突然他的传呼机（那时手机还未普及）响了起来，传呼机上显示："罗总：我来找你。"罗回复："我在办公室。"

一会倪海洋就来了，手提一个十分精致的皮包，在办公室的沙发上坐下。罗忙给他倒了一杯水，倪海洋拿出一盒"中华"烟放在茶几上说："罗总，我很想把这个联建工程顺利搞完，希望你能给予关照……"

这时，他办公桌上的电话突然响了起来："喂，小罗呀，我们的罗总，这么晚了还没有回家呀，辛苦了，辛苦了！"

罗忙说："吴市长，谢谢关心，谢谢关心！"

吴又说："你打算利用原来的市场来修综合楼，这个想法很好嘛，我一定会全力支持你的，工程项目要尽快启动，看准了的事要抓紧实施。早日启动，就可早见效益啊！"

罗说："有您吴市长的关心，我们抓紧谈，抓紧谈，但是办手续时要开支缴纳费用呀，我想叫小倪先缴一部分钱……"

"小罗啊，办手续时我给有关部门先打个招呼，嗯，我们市政府原来给你们出了一个《会议纪要》，允许你们边建边办嘛，你可以利用这个政策，这样就可以不用先缴钱了。小罗啊，你们是特困企业，要把政府的优惠政策用活用够，抓紧，抓紧！等不得，你也等不起哟！"

"好，好！谢谢吴市长的关心，到时候难免还要麻烦您哟，请多关照、多关照。"

"好说，应该支持，哈哈！"

吴副市长放下了电话，罗站在办公室对倪海洋说："你本事真大，副市长大人都亲自打电话来了，这样，你明天再来，我和班子的人再议一议，尽快签合同，啊。"

说完伸手与倪海洋握别，倪海洋满脸微笑地说："要得，要得，我改天再来。"

说完转身走了出来。倪海洋走后，罗想，利用"边建边办"的政策，只要把合同签了，公司马上就可以收五十万元的现钱，不急着去办建房手续，就可以不急着花钱，加之有吴副市长的关照，应该水到渠成，明天再召开一个办公会，尽快把这件事敲定。罗此时决心一下，顿感十分轻松，他要回家去，肚子早就饿了。

当他去关门的时候，发现倪海洋的皮包忘了拿走，他顺手拿过来，准备明天还给洋儿。

突然他看见倪海洋的皮包里露出半张纸，他拿出一看，上面写道："罗总，承蒙关照，一点儿小意思，不成敬意，待工程完工后，再行感谢！"

罗将皮包打开，只见一捆捆百元大钞装满了皮包，罗东明一数，足有十万元。十万元啊！罗东明这个总经理，每个月的工资才五百多元，全年只有六千多元。将近二十年的工作才能挣这十多万元啊！

罗东明见了这么多的钱，脑子顿时飞速地转动了起来——如何处置这笔巨款？

他在心里立马做出了一个决定，这笔钱无论如何也不能要，来当这个总经理，原本就不是冲着钱和利而来的。如果为了钱，他可以在工程处处长位置上，光明正大地承包工程挣钱；如果要想挣钱，这个工程完全可以由自己来建，自己本来就是搞工程施工的。但他不能这样做，担心公司的人说他以权谋私，用公司的地皮私人来挣钱，公司这么多的人，人多嘴杂。

在过去当处长的时候确实也挣到了钱，一家三口，妻子小邓工作后，由于有"医生"执业证，她单位又送她到成都大学医药专业，去进修了两年，女儿在读书。三口之家，两个人有工资，加之当处长时也挣了些钱，比起原先在"桃花坪"老家时的生活，简直就是天壤之别了，老话常说"知足常乐"，人要知足，一生才能活得十分轻松！

十万元巨款虽有很强的诱惑力，但那风险就太大，一旦东窗事发，至少要被判刑好几年。自己的父亲，在解放前曾因"川东焚粮案"过了长达五年的铁窗生活，那是前辈人沉痛的教训，自己万万不能重蹈覆辙。

自己在当工程处长的时候，别人也曾收过自己的钱，我为什么就不能收呢？这时脑子里突然冒出这么一个念头！

不行，不行……这样下去，他怕自己的意志不够坚定，他害怕动摇……他马上拿起电话，拨通了会计和出纳家里的电话，叫她们立即到公司里来，公司太缺钱了，他要把这笔巨款交到公司财务账上。

他十分理解倪海洋的行为，自己原来去联系业务，那多难啊！他要给倪海洋说清楚自己私人不能收这笔钱的缘由，但他要尽快地与他签合同，如果可以利用"边建边办"的优惠政策，除了签合同时先收他五十万元之外，余下的一百多万元可以随工程进度再来收取。

会计和出纳接到电话后很快来到他的办公室。会计问道："罗总，这么晚了有啥子急事嘛？"

罗东明将这装有十万元的皮包给了她们，说了缘由，两个人不约而同地说道："这么多的钱啊，你舍得吗？"

"哈哈！去开个收据，夜深了，这么多的现钱放在公司不放心，你们先拿回去，我用车送你们，明天再存入银行。"两个人不停地点头。

罗东明连夜处置了这笔巨款，心里反而坦然了许多……

与倪海洋顺利地签订了联建合同，倪海洋如约将五十万元打入公司财务账上，建筑公司在短短的几天就收到了六十万元的现款，好比久旱的禾苗盼来一场非同寻常的及时雨，公司又有了活力，各项工作又能正常运转了。

管理见成效

联建房顺利开工了，为了确保工程顺利进行，罗东明组建了一个管理班子，他派副经理高福全负责现场管理，自己也十分关注这项工程。

罗东明担任公司总经理之后，十分注重领导班子和机关一班人的团结。他深知，在公司这么困难的情况下，不能有任何内耗现象存在，作为总经理，应当处处做出表率。他明白，要想别人尊重自己、服从自己，自己必须先要尊重别人、服务于别人。他深知："民不服其能而服其公，吏不畏其严而畏其廉"的道理。

> 能攻心、则反铡自消，自古知兵非好战；
>
> 不审势，即宽严皆误，后来治蜀要深思。

他将这一副著名的楹联工工整整地写好，压在办公桌上的玻板下面，作为为人和处事的基本准则。

建筑公司员工大多数都是手艺工匠，文化程度和涵养素质普遍偏低，举止言谈豪放粗俗，出口成脏，坐没有个坐相、站没有个站相、吃没有个吃相，有的连起码的文明礼节都不懂！……，要想努力提高大家的基本素质并非易事。全公司人多面广，他首先从公司机关抓起，所以他制定了一个学习制度，每周六下午，机关人员要学习半天。学习的内容十分广泛，学习的方式也多种多样；每周一上午，各科室负责人同领导班子一起要开一个短会，他把能公开的事都要在会上讲出来。公有制企业，大家都有知情权，只有知道了情况，心里才不会有怨气。

基本素质的培养，从日常生活的习惯开始，比如入席就餐，席上如果有客人、长者、领导，你就不要首先动筷，不要在桌上的菜盘子里任意翻挑，说话时不要口沫四溅。再如开会，领导在讲话，不要任意插嘴，不要和其他人随意聊天；人家在发言和讲话时，你不要随意打断或任意打岔，说话不要抢着说，要尊重别人的发言权……要学会包容，不要过多地计较别人的缺点和错误等。

上班迟到早退，也许是上班族的通病。考勤、扣钱……什么办法都用过，但收效甚微。特别是高副经理，不管你怎样强调，采取什么样的措施，那爱睡懒觉的习惯就是改不掉。他身为领导，大家都向他看齐，怎么办？罗东明想了一个办法，最终终于解决了这个问题。

什么办法呢？他把每个人的月工资，量化到每半天来计算，然后由一个最年轻的女打字员来负责发放，每天上午8:15分以前来领上午的工资，过了8:15分就停止发工资了，也就是说8:15分以后上班者，这半天就没有工资。

他将未被领走的工资积少成多，然后大家就去"打平伙"，吃喝一顿，皆大欢喜，从此，迟到早退现象逐步根治。

公司上下团结一心，工作气氛十分和谐，一九九八年七月一日，公司党委被城建局评为"四好领导班子"。魏局长在颁奖会上曾饱含深情地说道："我们这个系统，共有十三个单位，大家都知道，建筑公司是我们系统最困难的企业，但是这个公司，班子非常团结：当书记的，从不在背后谈论经理的不是；当经理的，从不在背后评议书记的不对。从没有争权夺利、互相倾轧、互相拆台的现象。希望大家都能向他们那样，各项工作就好办了。"

罗东明就这样团结带领大家一起努力工作，共渡难关，终于使公司走上良性发展的道路，第二年五月一日劳动节前夕，罗东明被市总工会评为"劳动模范"；同时荣获"市优秀共产党员"和"好厂长、好经理"等称号。

罗东明双手捧着这些金光闪闪的奖状、奖牌，更觉分外沉重。曾几何时，自己在"桃花坪"的田间地头耕田栽秧、挑粪挖地，给千家万户当木匠、做家具；此时，母亲站在被斗台上的情景再一次浮现在眼前……过去的岁月和此时此景，常令他感慨万千。有时他使劲地掐了一下自己的胳膊，自己是不是在做梦呢？

综合楼工程建到了三楼，倪海洋来找到他，说是现在资金很困难，按工程进度应该给公司缴钱了，现在确实无法，希望公司宽限些日子，并说他在老家麻东乡"农金会"联系了一笔贷款，有三十万元，农金会的负责人也来看了项目，同意发放这笔贷款，因为这个项目是联建性质，所以要建筑公司担个保，才能放贷。

倪海洋恳请建筑公司能担这个保，只要把房子建完，把房子卖出去，所有的贷款和欠账他才能最终得到解决。

罗东明听完过后，在第二天专门召开了一个办公会，大家在会上都充分发表了意见。有的同意，有的担心，也有人反对，最后经过再三权衡，同意为倪海洋担这个保。理由就是，倪海洋不把房子建完，形成一个烂尾楼，所有矛盾都无法解决，公司该收的钱也无法收回。只要把房子修完，并把房子卖出去，一切问题都可以迎刃而解。

为了规避风险，应属于倪海洋要卖的住房，来给建筑公司反担保，如果他不能履约还贷款或该给公司支付的钱不能足额交付，公司可以将住房自行售卖解决。

罗东明安排高副经理具体来完善这些担保、反担保的资料和手续。

贷款顺利地放贷，过了一段时间，综合楼也已封顶，倪海洋也收了不少的住房预售款，罗东明安排高副经理通知倪海洋来商谈还贷和催款的事宜。

倪海洋四十多岁，微胖的身材使他行走和动作有些缓慢，但说话时口锋极快，满嘴的麻东土音，听声音他就是一个纯粹的土包子农民。高福全也许从心里没有瞧得起这个土包子工头。

罗东明、高福全、倪海洋三个人坐在会议室里，罗东明简明扼要地说明要商量的问题，这时，门卫李师傅过来说：“罗总，请您接电话。”

“哪里的电话？”

“局里的。”

“好！”他说：“你们两个先商量，我去去就来。”

倪海洋当场向高福全叫了半天的苦，说是他在外面还欠了好多的材料费和人工费，房子还有好多没有卖，订了房子的又没有缴钱而是只给了一点预订金……高福全连看都没有看他一眼，自己翘起个二郎腿，在有节奏地抖动，悠闲地抽着烟。当他听完倪海洋的诉苦后，半天才说道：“莫扯那么多的过场，直接就说啷个缴钱，啷个还贷就行了，话说多了就是一包水，你负责建房子欠的债关我们屁事。”

倪海洋忙给高副经理递过一支烟，满脸堆笑地说道：“高经理，宽限些日子，等我把钱收到后，一定要来缴钱，该还的贷款，我晓得去还，你去跟罗总说一下，麻烦你了。”

高福全满脸不悦地说道："我在跟你谈话，你却叫我去跟罗总说一下，啥意思嘛，我不配跟你谈话吗？真是岂有此理！"

倪海洋见高这副样子，又听他这么不客气地指责，中年男子的火气一下子就冲了起来，气冲冲地说道："你有啥子了不起嘛，我不给你们拿钱，你们连工资都发不起，有本事你来嘛，你去找钱把房子修起，就算你有本事……"

高福全万万没有想到倪海洋会这样顶撞他，他一下子从椅子上站了起来吼道："你欠钱不拿，吃屎的倒把屙屎的咕倒，嘿，格老子搞错没有啊？"

倪海洋说："哪个是吃屎的，哪个是屙屎的，我拿钱给你们发工资，老子才是屙屎的，你才是他妈的吃屎的……"

两人你一言我一语就吵了起来，差点动起手。此时他们的吵架声引来了很多围观的人，罗东明也过来了，见他们吵得这么凶，大声吼道："老高，冷静点儿，洋儿，少说两句。"

这时陆主任把高经理连拉带劝拉回办公室去，一场争吵暂时平息下来。

倪海洋愤愤地走出办公室，罗东明马上召开了一个紧急会议商量对策。在会上，罗东明说："综合楼已经封顶了，倪海洋该缴的钱也没有收到，该还的贷款也没有去还，但房子他又在卖，今天找他来商量这些事，大家都看到了的，差点和高经理动起手来，大家说说该怎么办？"

在这个会上大家议论纷纷，大家都知道，倪海洋如果不来缴钱，有可能在某个时间又发不起工资了。高福全说："我的意见是到法院去告他，由法院来收他的钱。"于是大家纷纷表示赞同。

为此，一场旷日持久的经济纠纷就这样拉开了帷幕……

艰难诉讼路

不久，倪海洋收到地区中级人民法院的一份传票。倪海洋收到传票之后，去请了一位律师。

法庭如期开庭，倪海洋请来律师作为全权代理人，罗东明没有请律师，一是因为在法院立案前，他已同唐法官沟通和咨询过；二是他认为倪海洋违约在先，合同中白纸黑字写得清清楚楚、明明白白。不管怎样说，倪海洋都应该履行合同，该付钱。所以他认为自己有充足的理由，这场官司应该毫无悬念的必胜无疑。

原、被告在法庭上唇枪舌剑，各抒己见。开庭将近三个小时，双方作了最后的陈述后，审判长宣布休庭，择日宣判。

罗东明这是平生第一次当原告，他觉得自己理由十分充足，联建合同写得十分清楚，被告违约在先，理应承担违约责任。

过了半个月后，法院的一审判决终于下来了，判决的结果大大出乎他的意料，判决书的结果是：由于综合楼联建工程没有经过政府相关职能部门办理工程《施工许可证》，双方所签订的联建合同被宣布为无效合同。所建的工程应按无效合同的原则处置，由双方"各自返还"进行计算。即本工程的所有权利和义务由原告承担和所有，被告所完成的建筑施工的各项费用，按造价管理部门的审核价格由原告支付。被告已卖掉的房子所得款项抵作工程款，抵作工程款之后所结余的款项，被告还应退还七十多万元给原告。本工程的全部义务由原告承接。

这个判决结果虽然出乎罗东明的意料，但结果还是令人满意的，公司还可收到七十多万元的款项。

这个判决结果，倪海洋和他的律师是不会同意的，他们向省高级人民法院提出了二审请求。

二审法院很快受理了此案，罗东明也收到省高院的开庭通知，罗东明召开了一个紧急会议，研究如何对策，在此之前，他专门去问了唐法官，唐法官说："按一般情况，二审法院要尊重一审法院的审判结果，我认为维持原判的可能性比较大。"

所以罗东明在会上说还是有一定胜诉的把握，有人提议是不是到成都去后，托关系把二审法官沟通一下。罗东明说："我们认为一审判决还是很有道理的，打经济官司，我们是企业，倪海洋是个人，我们不能去沟通法官来损害个人的利益，我们只求公平、公正的判决，不用去搞损人利己的事情。"

到了成都，这次他和许书记，高副经理一起参加了省高院的二审开庭。二审法官是一个三十多岁的青年人，姓马。马法官仔细听了原、被告的陈述和辩论，又询问了原、被告的一些案情后，宣布休庭。最后他说："我还要到工程项目地亲自去看一看，看过后，请你们双方再如实介绍情况。"

马法官后来确实到了绥东，当地法院的法官接待了他，倪海洋和他的代理律师专门租了一个车，全程招待……

二审判决在双方的焦急期盼之中终于下来了，当罗东明收到这个判决之后，脸色一下子都白了。

二审判决维持了一审判决关于联建合同无效的认定，但在双方返还的计价方式上，明显地帮了被告的大忙，将一审判决被告应支付原告的七十多万元降为二十多万元，一下子就少了五十多万元。这二十多万元应由倪海洋挂靠的公司承担，他个人不承担责任，并以此作为终审判决。

过了不久，麻东乡农金会将倪海洋和他挂靠的公司以及建筑公司作为共同被告同时告上法庭，法庭经开庭审理之后，判决洋儿挂靠的公司应偿还农金会三十万元的贷款，建筑公司承担连带担保责任。

罗东明收到这个判决之后，大呼冤枉，明明是倪海洋去贷的款，这个款又是倪海洋用来修了房子，而房子又是倪海洋卖了的，所有的售房款装进了他的腰包。建筑公司连二审判的二十多万元应收款都还没有收到，现在还要来帮他偿还贷款！他当然不服，于是也将一审判决上诉至省高院。省高院还是马法官作为审判长，罗东明一看又是马法官，心都凉了半截儿，二审过后，省高院维持了原判。

收到这两份民事判决书，罗东明的心情坏极了，他从来没有打过官司，他认为原先建这个综合楼，有政府部门的支持，公司出一块几百平方米的土地，不再拿出一分钱出来，就可以收到一百五十万元的现金，还有两层商业用房，真是太划算了。哪知道会是这样的结果？也许当初不该来打这场官司，如果等倪海洋把房子修好过后，最好的办法就是共同来卖，他收他的钱，我收我的钱，哎，悔之晚矣。

话说回来，老高不该去和他吵架，吵架过后，大家提出要去打官司，你不同意吗？别人会怎样看你？一定会说你在倪海洋那里得了好多的好处，他肯定不止给了你十万元，说不定给了你好几十万元呢。公有制企业，所有的职工都是主人翁，一人一口唾沫都会把你淹死！

老高这个人不论做个啥子事情都做不好，真是成事不足、败事有余。怪自己用人不当。话又说回来，老高能做啥子呢？去分管个这个工程，他又不具体去施工，只是做一些协调工作，几句话就与别人吵了起来，惹些麻烦，哎！教训哪！

麻东乡农金会带着法院执行局的法官，三天两头到公司来催还贷款，罗东明一拖再拖，法院执行局的法官有他一个朋友姓王，王法官私下对他说："我们这是在执行生效判决，我们也觉得你们冤，他倪海洋贷的款建了房子，又卖了房子，钱都在他那里，却要你们来还贷款，但我们没有办法。这样子，你去找一下我们的杨院长，多找几个退休工人去，把你们的实情向杨院长反映一下，只要院长发个话，我们就不再来催你，我们也晓得你们现在也拿不出钱来。"

于是十几个退休工人到法院去，要求见杨院长，杨院长热情地接待了这些退休工人。杨院长说："听你们说来，我个人认为本案确有不太合理的地方，但这个判决是省高院判的，是上级法院判的，我们下级法院无权推翻。这样子，根据你们公司的困难情况，我们可以暂时不予执行，但你们要尽快想办法让倪海洋把钱还了，不然法律是严肃的哟，你们也不要让我为难啊！"

如何让倪海洋还钱呢？罗东明多次开会研究，又去请教律师，律师给出的解释是，从法院生效的判决书来看，确实没有写明由倪海洋个人来承担还款义务，因为倪海洋来建这栋房子，名义上是以幸东建筑公司的名义签的合同，贷款也是幸东公司签的贷款合同，虽然实际上都是倪海洋个人一手操办的，但是他是以幸东公司的名义进行的，幸东公司实际是一个无任何经济实力的"三无"公司，连办公室都是租来的，所以从还贷的义务上来讲，因为你们担了保，所以就要承担连带还贷责任。但是倪海洋是幸东公司的项目经理，你们公司可以到检察院、公安局去报案，以他是项目经理职务侵占为由，让他来偿还这笔贷款。

罗东明听完律师的分析之后，马上到检察院报案，检察院派了反贪局的一名副科长来受理此案。正当所有调查取证正在进行的时候，这名副科长再也没有到建筑公司来了。罗东明经多方打听，原来吴副市长的老婆就在检察院里工作，她是倪海洋的一个远房表姐……

检察院受理此案由此搁浅，现在只好去找公安局了，这时罗东明不敢有半点马虎。他一定要把这最后的机会把握好，他生怕公安经侦大队再有倪海洋的关系。

此时，他去找各种可靠的关系，而且是在极其保密的情况下，暗暗地去寻找。真是功夫不负有心人啊！他终于找到一个十分可靠的朋友，这个朋友把罗介绍给了经侦大队的李大队长，李大队长听完罗的诉说之后，又看了罗带来的所有材料。因为此案事实清楚，证据充分，经侦大队决定马上立案，并立即扣留了倪海洋，同时收缴了他所有的通信工具。倪海洋在经侦大队被扣了一天一夜。

倪海洋对他亲自去贷款，又将贷款用于建房，房子被自己全部卖掉，卖房子的钱全部在他的手上的事实也供认不讳，并表示马上还钱。

一场历时近两年的经济纠纷，经历了公、检、法的各种程序，两上省高院，现在终于得到了解决。罗东明此时长舒了一口气。这两年多来一块压在心头的石头终于放下来了。

企业改制

建筑公司这条又旧、又大、破烂不堪的大船，在市场经济的大潮中，风雨飘摇地驶入了二十一世纪，新的历史纪元开始了。

随着中国大地改革开放的不断深入，对公有企业（国营和集体企业）又有了新的政策，那就是"企业改制"和"企业破产"。

建筑公司在罗东明十多年的苦心经营下，经评估，企业资产高达一千多万元。

许多企业改制，说白了就是职工"分家""分财产"。财产分了过后，大家就此散伙，各奔前程。平常百姓人家，三兄五弟要分家，都有可能打得头破血流的，何况这上千号人数的企业！

这些人当中有退休职工，有四十多岁、五十多岁临近退休的老职工（时称4050人员），有因工受伤的职工，也有因工亡故人员的遗属，还有常年外出打工但职工关系还在公司的人员，有职工借（欠）款，但有的的确又无力偿还，有的虽有偿还能力，但有意常年拖欠的"赖皮"，还有几个长期吸毒几进戒毒所的人员……

林子不大，但什么鸟都有，罗东明能把这些人摆得平，把这个家分得下去吗？

二十一世纪初，公有制形式的中小企业，正在全面进行"改制""破产""资产拍卖""人员重组"……这个时期，是社会最不安定的时期，很多人集体上访，拉横幅，搞静坐，围攻政府……

改革有阵痛，这个时期就是中国改革的阵痛期。各级政府成立了"企业改革领导小组"，由市、县、区政府的市长、县长、区长任组长。"体改委"为主要办事机构。

企业改制过后，职工要么成为"有限责任公司"的人员，要么成为"个体户"，要么成为"待业人员"。过去那种旱涝保收，生、老、病、死全由企业大包干的优势也将不复存在。

面对企业改制这一新的形势，罗东明在认真地思考。他熟读文件，搞懂政策，并专门请来了体改委、社保局、主管局的领导，向他们请教。

从理论上搞懂了企业改制的道理之后，罗东明开始着手对建筑公司进行企业改制。

他主持召开了各种会议，并成立了企业改制领导小组，同时设置了"工龄认定""资产评估""财务核算""资料编整"等工作小组，由他亲自草拟了《企业改制实施办法》。这个办法有"总刚"，有"细则"，内容包罗万象：几百名已退休人员的生、养、病、死；4050人员（临近退休人员）的安置和办理退休的办法；用安置费作为股东人员的入股转制；其他几百名职工了断身份过后的安置费筹集发放等。

经过紧张有序的筹备，企业改制准备工作基本完成。在此基础上，罗东明召开了多次专题工作会，各种筹备工作完成过后，召开了一个全公司的职工代表大会。这次会议应到会的代表和管理人员一百八十多人，实际到会者近三百人。大家都十分关心这次会议，这将涉及他们的切身利益！

职代会开得十分热烈，当罗东明将《企业改制实施办法》宣读完毕之后，就像在油锅里丢下了一大把的盐。有争议，有叹息，甚至还有人抹着眼泪。

是啊，几十年相依为命赖以生存，甚至几代人都在这个单位里流血、流汗的企业，眼看就要解体了，很多人在感情上确实难以接受。

会场的秩序显得十分混乱，此时，办公室陆主任要维持会场秩序，被罗东明制止了。罗说："让他们尽情地说吧，企业要解体了，说实话心里肯定不好受，现在就让他们说个够吧！"

慢慢地、慢慢地会场上开始安静下来，罗东明此时拿起麦克风，高声说道："各位同事，各位工友，说实话，从感情上我和大家一样，都舍不得，你们有很多的人是几代人都在这个公司，我和大家一样，也是子承父业，两代人都在这个公司，公司就像是我们的家一样，我们都靠它养家糊口，对公司有着十分深厚的感情。但是，企业改制是必由之路，必须要将企业改制进行下去。它的重要意义我就不再重复了。现在请参加会议的人员来个当场提问，每个人都可以提，但重复的问题就不要再提了，我负责当场答复。我郑重承诺：能当场解决的马上解决，能当场解释的，一定给大家解释清楚。今天就开一个彻彻底底的民主大会。大家都可以畅所欲言，但是要一个一个地说，哪怕这个会开到半夜，也要让大家把话讲完，时间服从效果。"

此时整个会场突然响起一阵鼓掌喝彩声，在陆主任的维持之下，会场秩序开始平静下来。罗东明将"麦克风"递给提问的职工，自己也拿起麦克风，开始与职工对起话来。

职工提了很多问题，全是他们的切身问题——企业改制过后，如何衔接社保？老了怎么办，病了怎么办？死了的安抚费由谁来发，安置费应领多少，什么时候可以领到手？职工住的公房如何处置？……罗东明一一做了解答，在罗解答问题之时，全场静极了。

他们都在细心地听，听完之后，又在热烈地讨论……

时间过了好久好久，所有的问题都提完了，该说的都说了，该问的也都问了。

会议到了关键的时刻，就是对这个《企业改制实施办法》进行举手表决。

此时罗东明的心情是十分复杂的。他坚信自己的这个方案肯定会被通过，但通过之后，企业改制那十分艰巨的工作就要开始了。自己在这个会上所有的表态，所有的承诺，都要靠自己去全面去落实。他就成了这上千人共同的债务人，大家都找他要钱，可钱在哪里呢？集体企业，政府只给政策，不会拿出一分钱，评估过后上千万元的资产要变现后，才能收到钱，这些资产是那么容易变现的吗？企业改制，就像是骑在虎背上，稍有差错，他们都有可能来找你闹，甚至可能要到政府去上访，拉横幅、搞静坐……

举手表决的结果完全出乎他的意料。

原来他认为，表决通过是没有问题的，但肯定有人投反对票或投弃权票。但这次的结果是——全数通过！全部都投了赞成票，无一反对或弃权。当工会主席宣布《企业改制实施办法》全票通过时，没有掌声，没有人说话，全场静极了。大家仿佛在向这条乘坐了几十年和几代人的大船默默地告别！此时，他更加深感责任之重大。

他一辈子都不会忘记，当工会赵主席宣布散会之后，人们久久都不肯离开会场的情景。过去那诸多的怨气和各种的不满，——此时都烟消云散。企业改制过后，旧的体制解体了，人们就此逐步走向离别。几十年的感情，几代人的辛劳，几十年的荣辱与共、利益相关……一切都将成为过去。一种难舍难分的离别愁绪在人们心中慢慢地蔓延开来……年老的女职工有的在低声哽咽，有的在摇头叹息。此时，罗东明的眼睛潮湿了，人们围着他，说了很多、很多。

他深情地对大家鞠了一个躬，只说了一句："谢谢理解，谢谢理解！"

汗水铸口碑

高达上千万元的职工安置费、社保费、医药费、各种外债等，都要由他团结带领一班人，用量化的资产变现后来实现。新的企业要用入股人员的安置费作为股本金入股，改制成股份制有限责任公司，任务是多么艰巨。

新成立的有限责任公司，股东都是老企业改制时的安置费作为的股本金入的股，因此新公司的董事长一职，就应由全体股东民主来选举。这样，又勾起了一些人对权利的欲望，又有人盯着董事长这个位子，在心里面盘算着。

罗东明从二十世纪九十年代初当上建筑公司总经理后，一当就当了近十年的时间。在一个特困企业里，这十年当中，他经历了太多太多各种各样的困难，有时他感到身心疲惫，顿生退意。他想，如果自己用这些心思和精力去挣钱，早就是千万富翁了。于是，他在九十年代末，找到局里的魏局长，并向魏局长递交了一份辞职申请，恳请局领导批准他的辞职请求。

魏局长当即予以拒绝。

"我把这个辞职报告先交给您，请你们尽快物色人来接替工作，不然到时候就不要怪我不辞而别哟。"他半开玩笑半认真地说道。

魏说："你现在把公司的工作搞得好好的，何必要走呢？"

罗说："一言难尽，我现在确实不想再干了，也想出去再挣点儿钱，当特困企业的老总，太清贫了。"

魏说："你现在不要忙走，就当是帮我这个老朋友的忙吧，我还在台上，你就说要走，不是把我晾在这里了吗？"

罗说："帮你，你要我帮到什么时候呢？"

"帮到我退休离开局长这个岗位的时候。"

"到你退休还有七八年，太久了，太久了。这样子，我现在也不急着要走，但你要尽快物色人选。"

罗东明想辞去总经理一职的消息一经传出，引起了不小的反响。

说来也巧，局里纪委杨书记在这个时候收到一封没有署名的举报信，杨书记将这封信交给魏局长，魏局长说："你们纪委会同政工科、企业科去调查一下，前几天，小罗也提出了辞职，看看是怎么一回事？"

杨书记带领几个人到建筑公司来，分别找了很多人座谈，大家对罗东明都给了很好的评价。杨书记回到局里，把调查座谈的情况向魏局长做了汇报，杨说："对于罗东明，用建筑公司的人说的话，那就是'老九'不能走！"

魏局长对杨书记说："现在局里正在开展全系统职工对领导的民主评议，你去组织建筑公司的职工对公司所有的领导进行一次民主评议，再根据评议情况，写出一个书面情况交给局党委。"

一天下午，魏局长一个人坐在办公室，正在阅读文件，建筑公司来了十多个退休职工，要求向他反映情况。

魏局长热情地接待了他们，这十多个退休工人选了一个代表姓贾，大家都叫他贾老，贾老拉着魏局长的手说道："我们今天来打扰您，是听说我们的罗总要走，来向您辞职——他可是一个大好人哪！他要是走了，我们以后又靠哪个呢？听说那个'耍公子'想来当经理，哎！那我们就只有饿饭啦。我们今天来麻烦你，是想请你一定要留住罗总，你不要准他走哟……"说着说着，贾老眼泪流了下来。

其他几个退休工人也都老泪纵横，连声说道："麻烦您，魏局长，把罗总给我们留下来哟。"

魏局长说："放心，放心，我一定想法把你们的经理留住，不走，不走，不能走，放心，放心。"

公司职代会对领导成员的民主评议结果出来了，评议结果分为"优秀""称职""基本称职""不称职"四个层次，罗东明除了十个"称职"和一个"基本称职"外，其余全部都是"优秀"。

魏局长专门把罗东明请到局里，把近段时间对他的考察情况做了通报，魏说："你们公司的职工对你很信任，一群老工人流着眼泪恳请我要把你留下来，确实让人感动。哎，很多单位的职工提起他们的头儿，不是骂就是怨，可现在，你公司的职工流着眼泪来挽留你这个当领导的。在现在这个时期，我看只有你们这一家企业！说明群众是信任你的，也证明你的工作确实是干得很好。你就不应再有辞职的想法啦，金杯银杯比不上群众的口碑，你的口碑这样好，好好干吧！"

星期天的夜里，一位三十多岁的妇女来找罗东明，她是高福全的老婆，近段时期以来，高福全正在和她闹离婚。高的老婆人长得还可以，皮肤白净，一双又黑又亮的眼睛噙满了泪花，边哭边说："他就是想当你这个经理，他现在在外面有了一个相好的，还在外面租了房子，并承诺以后他当了经理，再给她买房子。他知道你不想当经理了，所以还写一封匿名信到城建局去告你，想让你早点下台，他好趁此机会来当这个经理。你一定不要走，一定不要让他来当这个经理，你平常对他那么好，为了当这个经理，还写些信去告你，真不是个东西……"

罗听了过后，在心里说："哦，原来是这么一回事呀，好个'耍公子'！"但嘴里只是淡淡地安慰着她："我劝劝他，让他回心转意，你们娃儿都这么大了，还离啥子婚嘛！"

这次提出辞职，城建局来考察，说实在的，罗也很感动，他想不到群众对他这么信任，加之他晓得"耍公子"为了想当这个经理，还不择手段地写匿名信，多么卑鄙！他不能让这种小人得逞，也不放心将公司交给"耍公子"这个人来当经理。于是他终于下定决心，继续留任，再干下去。

公平的选举

企业要改制，股份新公司的董事长要由股东"海选"产生。"耍公子"认为这千载难逢的机会来了，于是他串联了很多人，到处拉选票。他深知，若要通过正当的程序，他无论如何也不是罗的竞争对手，只有采取不正当的手段，来达到他的目的。

真是"物以类聚，人以群分"，他找到他认为最得力的帮手——办公室陆主任来帮他。

陆志这个人，在建筑公司有一个最大的特点，就是喜欢拉帮结派，处处都想出风头。他利用师徒关系、亲戚关系，只要想拉你，就可以和你打成"干亲家"，他在公司的"干亲家"就有好几个，到处都有他的"亲家公"和"亲家母"。

前两年，公司招了两个大学生，这两个大学生刚来公司不久，他就收了其中一个作为他的徒弟，建立起师徒关系。

凡是逢年过节或者生辰假日，他都会请客，以期笼络人心。以前王远章刚来公司当老总的时候，他首先献媚来装修他的办公室。

每个人都会有自己的喜怒哀乐，当你遇到高兴的事或是不顺心的事，总想要找一个人来诉说诉说。但是，如果你得罪了陆志，他就会把你孤立起来，当他孤立你的时候，没有一个人敢和你来往，你就找不到人来倾听你的诉说；当大家在一起有说有笑的时候，你就只有听的份儿，你想要插嘴说话，要么被别人打断，要么就将话题岔开，没有人来理会你。人与人之间的友谊、温情仿佛都与你无缘，你就好像一个人生活在那孤立无援的荒原或茫茫无际的大漠。让你感到十分的冷漠、孤独和无奈！

陆志用这种冷漠的软刀子，常把那些敢得罪他的人搞得欲哭无泪，痛苦至极！

他还可以给你"穿小鞋"，孤立你。如果你要过生日、红白喜事请个客，他可以让很多人以各种借口拒绝赴宴。

他的这种软刀子确实震慑了很多人。人们都去讨好他，他的办公室里经常是门庭若市，嘻哈打笑。无形之中他就是一大帮人的"头"，很多人都要看他的脸色行事。

罗东明看不惯这些，也很反感这种拉帮结派的俗套。他信奉的是，人与人之间是靠真诚、信义、尊重、宽容……"君子相交淡如水"！他对陆志这些庸俗之举虽很反感，但还是采取了包容的态度，他认为一个人有一个人的性格和爱好，这也许就是陆志的性格和爱好吧！

但是，久而久之，罗东明似乎感觉到，他的一些政令有些不灵了，很多人都要看陆志的脸色行事。无形之中，很多人对陆志有了畏惧之心，生怕得罪了他。

罗东明刚当上老总，向灰匠也来闹过，对付这些文盲加流氓的人，罗也不好直接与这种人对吵对骂。所以，他要招聘一个能文能武的保卫科长，把这些文盲加流氓的人交给保卫科长来对付。

保卫科长招来了，是罗东明本家的侄子。他知道，打虎要靠亲兄弟，上阵要用父子兵。干这种得罪人的保卫科长，任何一个外人都不会巴心巴肠地为你来卖命。对于这个问题，罗东明第一次"任人唯亲"了，而这个保卫科长一来，工资待遇就要按科长和中层干部的标准来执行，这当然引起了一些人的不满情绪，罗东明也或多或少听到一些议论。

陆志为此在下面煽动了一些人，并在一次办公会上提出："罗总，想给您转达一个群众的意见……"

罗东明表情极为严肃地看着他，说道："啥子意见？"

陆望着罗那双炯炯有神的双眼，心有点虚了，说道："算了，算了，不说，不说了。"

罗说："有啥就说啥，说半截留半截儿，打啥子哑谜嘛。"

陆说："是这样子的，是关于保卫科长的工资待遇……"此时他望着罗那严肃的表情，实在是没有勇气再说下去了。

罗东明说："说呀，说完啦。"

陆不敢看罗的眼睛，低声说道："就是这个意见。"

罗说："是你的意见呢，还是群众的意见？如果是你的意见，你应该直截了当地说出来，知无不言，言者无过。不用借群众的口来表达你自己的意见，做人嘛，要光朋磊落。君子坦荡荡，小人常戚戚。希望大家都要当君子，不要当小人！"

对于陆志，罗东明以前是采取的"亲君子、远小人"，只是按正常的工作关系来对待陆，当陆志请他做客时，他总是委婉的谢绝。他虽然看不惯，但却也能容忍。但是这次，罗东明没有再对他客气。

罗又接着说："对于我们这家公司，大家都十分清楚，第一，人际关系极为复杂，文化素养普遍偏低，一些人动不动就吵就闹，认为'会哭的娃儿有奶吃'，试问：一个国家，如果没有安定团结的政治局面，怎么来搞改革，又怎样来发展？所以，稳定是大局！一个企业，如果没有正常的工作秩序，又怎么样去找饭吃，又如何来谈经营和管理？如果在座的各位干工作出了错，那只是一个工作质量问题，干错了，改了就行了。但是，如果有人来无理取闹，如向灰匠给老王的桌子上放几条蛇的这种情况再发生，工作就根本无法进行。你们大家可以想一想，保卫工作是多么的重要。我今天把道理给大家讲清楚，相信大家应该理解。所以，我今天郑重宣布：第一，对于保卫科长的工资，就这样定了，你们以后就不要再说啥子了。如果还没有想通，不听招呼，谁要是再说啥子，那么，你就回家去好好地去细想，等想通了再来上班。要么，你提一回意见，我就给他涨一次工资，并且给他涨的工资要从你的工资当中扣出。对于这个问题就我一个人说了算，其他啥子问题都可以民主，但这个问题，我就要武断了。第二，大家在一起工作，就是同事，就只能是同志关系，不准把那些师徒关系、亲戚关系，还有啥子'干亲家'关系，这些庸俗的人际关系带到公司里来和工作当中。若有违犯，不论是谁，马上下岗。"

最后他又道："同志们，我建议你们去看一部电视和一本书，那就是《康熙大帝》。看那里面关于'朋党'问题的描述，什么叫'结党营私'你不想营私，又何必去结党呢？"

陆志还是害怕下岗，这次会议开过后，有所收敛。

这一次海选董事长，高福全与陆志互相勾结，到处拉帮结派，暗中串联，随意许愿，想在这次董事选举中把罗东明选下去。

罗东明是何等聪明的人，早已把他们这些伎俩看在眼里，心知肚明。他已做好了各种准备来应对他们，他深信邪不压正的这个道理。说内心话，罗并不是贪恋董事长这个位置，他实在不愿看见高、陆这两个小人借企业改制之机来达到他们的非分之愿。假若他们的阴谋得逞，企业改制将会受到极大的阻碍。别的不说，光是原职工的安置费与新企业股东的股本金之间的关系将非常难以理顺！

为了企业改制能够顺利推进，他决心要挫败高、陆二人的阴谋诡计！

股东大会如期举行，建筑公司经过企业改制过后，愿用安置费作为股本金入股的职工就只有这八十多人了，每个人有几千元到几万元的股本金。上千人的公司，现在就只有这几十个人了，公有制形式已全部退出。入股人员的股本金虽是老企业量化的安置费，但那都是自己的钱。

把这几万元的股本金交给谁来掌握才放心呢？是交给"耍公子"高福全呢，还是交给"智多星"罗东明？这种心理不用猜，其结果是不言而喻的，所以罗东明对此充满信心。

选举大会由企业改制领导小组主持，也就是说由罗东明来主持。罗在选举时制定了一整套十分公开、公平、公正的选举办法：

一、所有股东都有选举权和被选举权，先要选出五名董事会成员和三名监事会成员（以得票数前五名和前三名当选），再从五名董事会成员中选出董事长；最后从三名监事会成员中选出监事会主席。

二、选票在投票时，才临时加盖专门刻制的印章，以防事先作假。

三、投票时，投票人是在被完全隔离的状态下，完全独立自主地填写选票，使自己的意志不受任何外来因素干扰。

罗在会上反复跟全体股东强调："你要想你的股本金不流失或者亏损，那你就要把你的股本金交给你自己最信任的人来掌管。该选谁，不该选谁，你就要对你自己的投票行为负责。"

罗东明这句话说到大家的心坎上了，谁愿把自己的血汗钱交给连起码信任感都没有的"耍公子"啊！

经过全体股东完全独立自主地，完全公开、公平、公正地投票，选举结果出来了。

罗东明以六十多票的高票当选，他又一次挫败了那些权欲思想很重、心术又不正的人的阴谋伎俩。

企业改制的前期工作，在罗东明辛勤的努力下，已全部完成。上千名职工已全部签订了职工了断身份的协议；新的股份制公司也已组建完毕；一千多万元的资产正在逐步变现，职工的安置费也正在逐步兑付。一切都按企业改制设定的步骤在紧锣密鼓地进行。

但是，又一个意想不到的十分艰巨的工作，因一场特大的自然灾害而降临！再一次考验着罗东明的意志和智慧。

危房改建

新世纪的二〇〇四年九月，整个川东地区连降暴雨，百年难遇的一场特大洪灾汹涌而来，山体滑坡、洲河猛涨、房屋垮塌、防洪警报长鸣……整个市区低洼地段和临河街区全被冲淹，一场百年不遇的特大洪灾给人民的生命财产带来巨大的损失……这就是川东有名的"九·五"特大洪灾。

建筑公司原来的加工厂，本来就地处洲河边。罗东明这十多年来，已将这块地皮采用联建的形式，进行了开发建设。

但是，还有两栋旧厂房改作的职工住房，由于拆迁安置工作太大、太难，没有被开发建设。

这两栋只有三层的旧楼房，是加工厂原来的库房和车间。公司上千号人当中，有很多缺房的贫困户就住在这里，每套只有二十八平方米，最小的只有十九平方米。这批旧房，原本就没有厕所和厨房，有的一家三代就同住在这破房里。房子只有三米的层高，娃儿大了，要分床，就只有加铺一层简易的木楼，木楼的层高就只有一米左右，人上去睡觉时，要弯着腰爬上去。

顶棚全是石棉瓦盖起来的，一条公用过道全是火炉、煤灶……这里蚊子苍蝇乱飞、老鼠成群。

石棉瓦的屋面，塑料条布的窗户，冬天像冰窖，夏天像蒸笼，居住条件十分恶劣，这就是搞了一辈子的建筑、修了一辈子房子的建筑工人的住房哦，多让人心酸！

由于面积狭小，人口拥挤密集，公房在几次联建中由于拆迁安置量太大而被搁置。企业改制当中。这些破烂的公房被这些职工用安置费抵扣过后成了私房。

这两栋破旧的楼房被"九·五"洪灾冲淹过后，墙体开裂，基础下沉，经权威部门鉴定为"D"级危房，房屋随时都有垮塌的危险！

这几十户危房受灾户找到罗东明，强烈要求将旧房拆除重建，罗东明马上向市建设局和政府各相关部门报送紧急报告，请求拆危建新。

二十一世纪初，绥东市做了新的行政区划调整，将原来的地区行署改为省辖市（时称"拆地改市"）。现在申请建房，报建手续十分规范，不可能再有过去那种"边建边办"的情况发生了。

但是，这次是因洪灾受损的危房改建，几十户危房受灾户在得到罗东明的默许之下，每天都到政府相关单位去上访，要求拆危重建。

一天上午，他们又到了建设局，找到值班领导孙副局长。孙副局长接待了他们，几十个上访者七嘴八舌地围着孙副局长，大倒受灾过后的苦水。

孙副局长听完过后，对他们谈了三点意见：一是对这些受灾户深表同情，并表示亲切的慰问（口头上的）；二是要求他们要相互帮助，做好灾后自救工作；三是我不是分管领导，等分管领导回到局里后，你们再向分管领导陈诉。

还没有等他说完，几十个上访者就一齐闹了起来，孙副局长莫得办法，叫人给罗东明打电话，让他来把这批人领回去。

罗东明到了建设局，看大家正围着孙副局长闹成一团。大家见罗来了以后，就一下子静了下来。

孙副局长说："小罗哟，罗总，你有啥子事嘛，按程序来嘛，让这么多的人来围攻我，你说现在怎样办嘛？快把这批人领回去……"

罗忙说："对不起了，孙局长，这些人受了灾，莫得房子住，我们公司多次向你们打了紧急报告。但时过几个月，莫得消息。也不怪这些群众，你给他们答复的三条意见，没有解决任何实际问题，他们又怎么不闹呢？今天他们来找到你，不管你是不是分管领导，但他们晓得你是一个领导，是一个值班的领导。按首问负责制，你都应该给他们一个具体的答复，不然他们今天可能会不依不饶的。我也莫得办法。其实他们也没有其他要求，只要求批准他们可以拆危重建，尽快给他们办手续，这也不过分呀！"

孙说："你晓得我不是分管领导啊，我怎能越权答复呢？"

罗说："你可以去找主管和分管领导嘛。"

这时大家齐声说道："你们这些当官的，太不好找了，找到你，你又推来推去。今天找到你，就要扭到你，不给个答复，不然不准你回去……"

孙此时没有办法，只好打电话通知局里规划科、信访科的人到他的办公室。孙对他们说道："你们是做具体工作的，你们来给他们答复一下。"孙说完后就要抽身往外走。

这时，上访户中有一个中年妇女，外号人称"唐大炮"的唐大芬吼道："把孙局长拉住，他要逃跑！"

说时迟，那时快，孙局长忙把铁门使劲一关，就要跑出去……"哎哟，领导打人喽……"

唐大芬一下子就倒在地上，高声吼了起来。

原来孙局长在关铁门的时候，把唐大芬的鼻子碰到了，满脸的鲜血……

孙这下可闯下大祸了，他见唐倒在地上，满脸鲜血，忙回过头来，要扶她起来。唐这时借机在地上又哭又闹……"哎哟，孙局长打人喽，领导打人喽，当官的打人喽，打死人喽……"

孙的办公室围观了很多的人，保安来了，保安把唐大芬扶了起来，坐在孙的沙发上，孙也过来赶忙赔礼道歉。

规划科的张科长说："这样子，你马上去医院，看伤到哪里，尽快去医伤，我马上到你们受灾现场去实地察看。我一定负责向分管领导反映情况，争取尽快解决。"

边说边从衣袋里摸出几百块钱，说："去看病，去看伤，老罗，你安排人把她送到医院去，你和我一起到受灾现场。"

罗说："张科长，钱就不要你的了，我来解决，我和你到现场去。"他又对一起来上访的人说道："老王，你们赶快把唐大芬送到医院去。医药费回来报。"

大家见罗东明这么一安排，又见孙副局长十分诚恳地赔礼道歉，于是纷纷散去。老王把唐大芬扶起送到医院；罗和张科长一同去了受灾现场。

到了现场过后，张科长不由自主地叹道："在市区，还有这么如此破烂不堪的烂房子，也难怪他们来闹。老罗，下次办公会我一定负责在会上给你提出来，尽快把手续给你们办了。"

罗说："那就谢过张科长了，今天我还有事，就不陪你了。帮了忙，帮了忙，待兄弟以后再来感谢。"

张笑了笑说道："应该的，应该的。"

在建设局的办公会上，孙局长将这天的上访接待情况做了详尽的描述和通报，大倒其苦水。规划科张科长也如实地介绍了受灾现场危房的情况，并从规划角度做了说明。通过讨论和认真研究，会议最后同意按"洪灾损失'D'级危房集资改建"的名义立项，并原则同意此项目进入报批程序。

罗东明除了承担繁重的企业改制的各项工作之外，还要把"危房改建"的工作全部担当起来……

经过艰苦的沟通和协调，危房改建工作的前期报建手续《选址意见书》《规划红线图》《建设用地规划许可证》《危房拆迁许可证》好不容易才拿到。后面还有最重要的手续《国土建设用地批准书》《建设规划许可证》《施工许可证》正在艰苦的报批之中。

办这些手续，将要涉及发改委、规划、国土、地勘、设计、节能、房管、市政、园林、环保、人防、消防、质监、建管、环卫、供水、供电、排污、招投标、白蚁防治等十多个政府部门和行政事业单位签字同意并加盖公章。

这个工程项目批下来，如果顺利的话，时间要花费将近一年，公章要盖近二十个，建设资金需要一千多万元。

企业改制要进行，危房改建不能拖，正在这忙得不可开交的时候，一个巨大的不幸降临在他的头上！

病魔缠妻

罗东明的妻子小邓（此时应该叫老邓了，大家都叫她邓大姐，已年满五十，退休在家）。一天，她对罗说："最近这一段时间，感觉身体特别疲劳，上楼要扶着扶手才行，脸色也不好……"

罗说："你是一个医生，我现在这么忙，你自己到医院去检查一下，如果有病的话可以早点治疗。"

于是一大早，她一个人到了医院去检查。

上午，罗东明正在忙的时候，突然他的电话响了起来。"喂，你赶快过来，还要带几千块钱过来。"老邓在电话里带着哭腔说道。

"检查的情况怎么样呢？"罗焦急地问道。

"乔医生说，情况不好，有可能是白血病，要住院检查，你赶快过来吧！"

罗放下手中的工作，带了几千块钱，急忙就往医院赶去。

医院对她抽完了血，刚刚拿去送检。现在快到中午十二点钟了，医生说要下午三点钟才拿得到诊断报告。他只好把老邓接回家去吃午饭。

中午，这三个小时哟，妻子在焦急地等待，那会是一个什么样的结果呢？！是虚惊一场，还是被确诊？等来的将是一张普通疾病的诊断报告，还是一张死刑判决书？妻子着急，全家人也在着急，他们用最好的语言来劝慰着她，也在安慰着自己。

下午三点钟，罗东明急切地到了医院，乔医生已经在等候着他。乔医生说："诊断结果已经出来了，现初步诊断为急性L2型白血病，俗称'血癌'。"

罗听到这个诊断结果过后，脑子"轰"的一声，不知说啥子好，眼泪不由自主地流了出来。乔医生说："怎么办？是将真实情况告知她呢？还是先做个假诊断书给她看，等以后在治疗过程中再慢慢地告诉她？"

罗想了想，现在告诉她真实结果，确实太残忍了，他也同意先做一个假报告。于是他同乔医生一道去检验室，但检验室的医生说："这么重要的报告，哪个敢做假的？不行，不行。"

罗想了一下说道："算了，乔医生，她本来也是学医的，恐怕瞒不过她，就把真实情况告诉她，我们好好做她的安慰工作。"

当妻子第一眼看见罗东明的时候，急切地问道："报告出来了吗？结果怎样？医生怎么说？报告单呢？快把报告单拿给我看……"

罗喃喃地说道："莫着急，莫着急。"

边说边看着妻子焦急的脸庞，眼泪不由自主地又流了出来。

这还用说什么呢，一切都不用说了，妻子已经在悲伤地哭泣，一家人都围着她在悲痛地哭泣。

这时罗说："也许是医院诊断错了，我们马上到成都华西医院，到大医院再诊断一下，也许是这里县城的小医院误诊了。"他在安慰妻子，也在安慰家人，同时也在安慰自己。

女儿找到在成都读大学的同学帮忙，尽快住进了华西医院。再一次确诊仍为急性淋巴L2型白血病。

医生跟家里的人说这种病十分凶险，预后不良，而且治疗的费用很高。

企业正在改制的关键时刻，危房改建工作也正在报批手续的重要阶段。恰恰在这个时候，妻子却病倒了，而且得的是一场直接要命的大病！

女儿、女婿要到成都华西医院去照顾和陪护母亲，年近九十岁的老母亲被哥哥接到了外地。家中就只有他一个人了，孤独的他每当下班回来，屋里空空荡荡、黑灯瞎火的。白天上班，工作虽忙，但可以忘记痛苦，下班回来，一个人草草地下点面条，孤独地坐在沙发上，眼睛看着电视，但思绪却在无尽地飞扬……

他和小邓从相识相知到相亲，几十年相濡以沫。过去的情景像放电影一样，清晰地浮现在眼前：他们以前曾有过争吵，甚至动手打过架，还曾经扬言要离婚……但几十年来也有过相亲相爱的幸福时光，从农村走出来，一同开金店、开药店、搞快餐、卖服装……，共同创业，共同生育抚养宝贝女儿……想起这些，他常常夜不能寐，泪湿枕巾。

治疗"血癌"这种大病，花钱如流水，妻子已年过五十，不可能再做干细胞移置手术，就只有化疗。化疗的毒副作用太大了，头发已经脱完，身体极度虚弱。原来准备的二十万元钱眼看就要用完了，为了给她治病，他决定卖掉现在的住房。

现在的住房是一套二百多平方米的"楼中楼"，宽敞明亮。但为了尽快筹钱治病，他以二十七万元的低价卖掉。他要尽全部的能力来给她治病，他从内心深处也知道这将是一场人财两空的结局，但是，他要对得起自己的良心，对得起几十年的夫妻感情，也要对得起自己的女儿、岳父岳母等亲人。

他毫不犹豫地卖掉这套住房，而且专款专用专门来治她的病。他的妻子因此很受感动，她对她的父母兄弟和到医院来看望她的亲友说道："老罗确实是个好人，在这关键的时候，可以看得出他是一个很有责任感的男人，他是对得起我的。"

妻子在成都华西医院住了一年多时间，罗东明几乎每天下午快下班的时候都要给她通一次电话。只要抽得出时间，他就要开着车往成都跑。一条高速公路，近五百多公里的路程，几个小时就到了成都。这条高速公路上哪里有弯道，哪里有隧洞，他几乎都可以背得下来了。

在成都华西医院，那里有他的亲人，有自己朝思暮想的妻子。他十分明白，在这个时候，自己就是她的主心骨和精神支柱！

每当他出现在她病床前的时候，她眼里就会闪出满意和欣慰的眼光；每当他要离她而去的时候，她的眼里充满了依依不舍的泪花。她拉着他的手说道："真舍不得你走哟，这辈子，我们在一起的时间不会很多了，见一回就少一回了。哎！你是公司的领导，事情那么多，工作又那么忙，我不但帮不了你，还拖累于你！你去吧，去吧，下次有空早点儿来，啊……"罗点了点头，强忍住泪水，掉头就走了。

他又一次开着车从成都往回赶，这次他走得很早，公司里有很多事情在等他回去处理。

从成都往绥东走，是从西边往东边赶。走到了南充，初升的太阳升起来了，阳光透过挡风玻璃，照得他几乎睁不开眼睛。

此时他一个人开着车，想起刚刚离别的情景，他的心情感到十分压抑和悲伤，眼泪不由自主地流了出来。他要把这种悲伤的感情全部释放出来。他松开油门，放慢车速，车上就只有他一个人，于是他索性号啕大哭起来，要把这压在心里快一年的悲情，尽情地哭泣、尽情地释放！他需要从这压得他喘不过气的悲伤中走出来，还有好多好多的事情在等他去处理。

这时公路上的汽车不多，他从南充哭到邻水的华蓥山大隧道前，就不要再哭了。然后，他要高声地唱，唱过去那些自己熟悉而欢快的歌……

自己要从悲伤的情感中走出来，以后的人生道路还很长，还有很多很多的事要做，几十户受灾危房户在期盼着他，几百人的安置费要等他去筹集发放……

大哭一场过后，他觉得心情已经转变过来了许多，于是他开始大声地唱，简直就是在吼！此时他想，要是把自己这一段路上的哭啊、唱啊录下来，别人一定认为这是一个疯子，是一个十足的疯子！

诗忆前妻

罗东明完成了最难做的拆迁工作。一天，天还没有亮，护理妻子的妻妹从成都医院打来电话，说她姐姐病情加重，已送到重症监护室，正在抢救。

罗东明马上穿衣起床，早饭都没有来得及吃，带着女儿开车就往成都跑。

在医院重症监护室，只见妻子嘴上、鼻孔、手上、脚上到处都插满了管子。罗拉着她的手说："受苦了，受苦了，你要坚强，你要挺住，坚持就是胜利。"

她苦笑了一下，轻声说道："这辈子不能再陪你了，你要善待我的家人……哎，我晓得你一直都想要个儿子，对不起了，这个任务只有另外的人来完成了……"

她的声音越来越低，越来越弱，罗眼里噙着泪花说道："莫说这些了，你要挺住，等你好了，我们一起去大草原，到草原上去骑马，去看草原上的蓝天、白云、羊群、鲜花，你不是一直都有这个心愿吗？"

相濡以沫三十多年的妻子走了，就在重阳节过后的第四天。

医院要求就地火化，但罗东明不同意，岳父岳母还没有见上她最后一面。他要把她送回绥东去，让她娘家的亲人再见她最后一面！

妻子就这样走了，她才五十多岁，几十年的情景、几十年的感情，怎能忘记？罗东明的心在滴血，在悲伤！他满怀深情地写了一首诗：

悼 妻

相识青发间，
乡村岁月共患难。
相随三十年，
风雨人生常相伴。
"成大"曾留读书声，
"金店"经商数十万。

呜呼哀哉兮，
斯人已去远。
长空嫦娥常伴舞，
独留长思在心间！
执之携手走半途，
从此阴阳两隔断！

雷音青山掩风流，
苍松翠柏伴长眠
青山未老情已了，
相见在梦间。
悲情化作倾盆雨，
伊人只与山做伴。

一年一度重阳到，
悲歌一曲望东山。
小诗作罢哀思尽，
再驾长车奔向前

沉舟侧畔千帆过

金菊怒放在秋天。

（注："成大"为成都大学；"金店"为金银首饰店）

妻子就这样离开了他，他感到十分悲伤，毕竟相处三十年了！

危房改建工程终于开工了，几十户受灾户望眼欲穿、翘首以盼。为了把这个工程建好，几十户受灾户和住房困难户联名要求罗东明个人负全部负责，他们不认公司，因为公司正在改制过程中，罗东明自工程开工过后，不敢有半点儿马虎，他要从工程质量，特别是安全生产、工期、成本等诸多方面加强管理，不能出任何问题。但是，又是一个但是，意外的事件发生了……

二〇〇八年五月十二日，当主体工程建到第五层的时候，一场八级地震在汶川发生了，全四川，不，全国乃至全世界都为之震惊。

为此，市建设局发出紧急通知，凡是正在施工的工程，必须马上停工，所有已建的工程，要经有权威检测资质的单位检测合格后，方可继续施工。

工程被迫停工，有权威检测的机构又只有重庆和成都才有，停工待检的工程项目又多，罗东明心里很是着急。

随着工程的进展，资金缺口越来越大，参加危房集资改建的业主当中，受灾户要将房屋建完后，在接新房子的时候才补房款。其他住房困难的集资户，大多数一下子拿不出这么多的钱，只有找亲朋好友去借。加之都是同一个单位几十年的老同事、老朋友，缴集资款虽有合同约定，但拖欠现象十分严重。罗东明想了很多的办法，到处求人，终于解决了建房所需的资金。

不管有多少的困难，总是难不倒罗东明这条硬汉子。他坚信：办法总比困难多。他始终认为，要彻底改变危房受灾户的住房困难，把他们从只有二十多平方米的石棉瓦棚户的水深火热之中解脱出来，彻底解决住房困难。通过艰苦的努力，能让他们从此告别那破烂不堪的棚户，住上高档的电梯大厦，这就是所谓的做好事，是在积德，也是在践行父亲曾讲过的"身在公门正好修"的故事。

因此，他克服了诸多困难，虽然感到十分疲劳，但心里是坦然，有时甚至还有一种愉悦的感觉。

当了二十多年的企业老总，在这二十多年的历程之中，正是中国社会大转型、大调整，各种利益格局和管理模式都发生着翻天覆地巨大变化的时期。在这个时期，有多少人迷茫、彷徨、愤怒、骂娘，又有多少人勤奋、创造、兴奋、期望……

机遇与挑战并存，绝望与期望同在。有多少人失业下岗、丢掉饭碗，又有多少人一夜暴富、拥有亿万家产。改革开放的宏伟目标，正在朝着全面建成小康社会，实现中华民族的伟大复兴而奋力挺进！

在这二十多年公有制企业老总的生涯中，罗东明经历了太多太多的酸甜苦辣，有时回顾起来，真是五味杂陈，百感交集。在所经历的众多的人和事当中，有两件事使他特别感动，终生难忘。

第一件事就是当他向主管局提出辞职申请的时候，一群退休老工人到主管局去哭着挽留，在那个提起当官的就骂娘的年代，老工人能哭着真诚地挽留自己，这比授予他什么荣誉称号都要宝贵！

第二件事就是女儿参工。

二十世纪末，女儿在四川大学读书，眼看就要毕业了，自己当时就只有这么一个独苗女儿，视为掌上明珠。一个小女孩，毕业之后，工作怎样安排，令他十分关心。

自己在青少年时代经历了太多的磨难。他不能让自己的掌上明珠再受半点儿委屈，他要把女儿的工作，甚至婚姻家庭都要处理好。所以他对女儿的工作、就业就格外关注，女儿想毕业后留在成都，他于是四处找关系、到处托人，终于找到成都市委组织部的一位负责人，这个负责人的父亲是建筑公司的老职工，他称罗是他父亲的父母官，满口答应帮忙。

可是这个负责人今天推明天，明天推后天，这个月又推下个月，就是一直没有个结果。

女儿不愿父亲再为自己的工作去求人，答应放弃在成都找工作，愿意回到绥东。于是罗东明找到主管局魏局长，魏当即表态，说道："我们建设系统一共有十三个单位，由你选。"

经过他和女儿认真地比选，最终选择到"房管所"。

这一年，是全国大、中专毕业生统一分配的最后一年，以后就要实行"双向选择"，取消统一分配。

市里各个单位的编制名额早已超标，为了严格控制编制，市里规定，凡进入市里的行政、事业单位的人员，除按正常程序报批之外，还要经过分管副市长、市长同意，最后由市委书记一支笔审签通过才行。

女儿大学毕业之后，要想分配到市房管所，必须经过用人单位、主管局、人事局、分管副市长、市长、市委书记共六个层面的领导签字才行。凭罗东明在建筑公司领导岗位上工作长达十多年的良好关系，前五个单位的签字都很顺利地签下来了，最后就只剩下市委蒲书记的签字。可是，他跟蒲书记一点儿也不熟悉。一是因为蒲书记到市委工作不久；二是因为市委书记是党内职务，罗是企业行政领导，在平时的工作中，从来没有直接接触过，所以与他一点儿也不熟悉。

怎样才能把蒲书记的字签下来呢？他十分犯难了。大家都说蒲书记这个人很不好说话，原则性太强。怎么办呢？罗东明感到十分为难。此时他想起自己以前曾写下的一首自勉诗：

自　信

唇有千钧莫轻启，
首戴桂冠头不低，
虚怀若谷孺子牛，
坦荡一生心勿虚！

他这一辈子最不愿做的事就是——求人，求人多难啊！

经过苦苦的思考，他终于将思绪理出了个头绪来。第一，不拿钱，自己也是一名共产党员，是一名企业的主要领导人，自己在为别人办事的时候，从来没有想过要收人家的钱。第二，自己的女儿参工，在政策上完全符合，在程序上也完全符合，该签的字都已签完，该盖的章都已盖好，不存在"走后门"，搞歪门邪道。

于是他决定不送钱，完全走正道。实在不行的话，以后再找人帮忙。主意一定，他让女儿自己到市委去找蒲书记。

星期一的早上，他让女儿到市委去，自己就忙着上班去了，当他下班回来过后，看见女儿坐在沙发上看电视，他急忙问道："怎么样，见到蒲书记了吗？签到字没有？"

女儿见父亲急切的样子，忙说："爸爸你不用着急，今天到市委去，蒲书记开会去了，要开一天，我明天上午再去找他，你放心，我一定想法办好。"

罗说："这也是个锻炼你的机会，相信你一定能办好！"

第二天上午，女儿又拿起《审批表》到市委去了，罗东明下班回来以后，又急切地问道："怎么样？这次怎么样？"

女儿微笑地反问道："你猜呢？"

罗忙说："快告诉爸爸，快跟我说说。"

女儿高兴地说道："签了，签好了。"

罗高兴地问道："是怎样签下来的？快谈谈经过，我就晓得我罗东明的女儿能干嘛！"

女儿说道："哪是我能干哟，还不都是你的功劳……"

"你自己去签下来的，怎么说成是我的功劳呢？"

"……今天找蒲书记办事的人太多了，要排轮子，当轮到我的时候，我把《审批表》递给他，轻声说道：'请蒲书记签一下字。'

蒲书记抬眼一看，没有接《审批表》，只说道：'毕业生分配工作还没有搞吧，你回去等通知。'

他虽没有接表，但我也没有将表收回来，他又问道：'你要到那个单位呢？'

我说：'到市房管所。'

他又说：'房管所属于建设系统，你为啥要到建设系统去呢？'

'因为我爸爸是建设系统的。'

'你父亲是哪一个，在哪个单位工作？'

'我父亲在建筑公司工作，叫罗东明。'

'哟哟哟！你是罗东明的女儿哟！不错，不错！你父亲不错，真的很不错！建筑公司那么困难的一个企业，他硬是把它给管好了。我们市里每年年底开稳定工作会，总担心建筑公司这个老企业，前几年，那个公司可是个出了名的"老上访"啰。从你父亲当了这个公司的老总过后，再没有人到市里来闹过了。不错，不错！他为市委、市政府分了忧、解了难，'……他边说边拿过《审批表》签上自己的大名。又说道：'你是今年大学生毕业分配第一个来签字的，应该，应该，以后可要好好工作呀，像你父亲一样，代问你父亲好！'

谢谢蒲书记……"

罗听完女儿的诉说之后，高兴地说："今天晚上去吃火锅，把你姑姑和舅舅都叫上，好好庆贺一下。"

女儿参工这件事，给罗东明留下了非常深刻又非常令人感动的记忆！自己与蒲书记素昧平生，双方只知其名，从未单独接触过，走在大街上，谁也不认识谁，连招呼都不会打。但他身为一名市委书记，当听到我罗东明这个名字的时候，就顺利地把本来很难的问题给解决了。

从此以后，在工作当中，不管遇到多么大的困难，罗东明就想起这件温暖的往事，仿佛增添了无穷的力量。

再觅良侣

通过几年艰苦的努力，危房改建工程终于竣工了，企业改制也基本完成，同时，罗东明也收获了幸福的爱情。

妻子得了血癌重病之后，住进了成都华西医院。罗东明孤独一人，白天上班虽然很忙，但不觉得痛苦、孤独。但是下班过后，一个人的饭又不好煮，他经常到饭馆随便将就吃一点儿东西。有一天下午，他又去饭馆里吃了几两水饺，回到家里，感觉肚子绞痛。上吐下泻，一个人睡在床上非常难受。

因为他从来没有得过病，一年四季连感冒药都很少吃，所以在家里根本找不出啥药来。他实在难受，才忍着肚痛到药店里去买药……吃了几片"泻痢停"，才感觉好一些。

此时一股孤独悲哀之情油然而生，没有女人的家，哪还像个家呀！他的脑子很乱，但是他知道，自己目前这种生活状况必须要改变。

罗东明认为，人与人之间应该是互相尊重、互相帮助。我为人人，人人为我，凡事都要做到双赢才好。他认为那种"毫不利己，专门利人"的提法是不恰当的，那只是那些英模人物才能做得到，广大平民百姓都有权追求自己的物质财富和精神生活。

罗东明吃了饺子患病后，同事、朋友都很关心他，还有的人开玩笑说："这个年头，人生三大'幸事'是啥子，是'升官、发财、死老婆'。再找一个年轻漂亮的小妹妹，哈哈哈！再给你生个娃儿，坏事就变成好事喽！"

罗东明现在的身份是董事长兼总经理，是企业老总！

这段时间，罗东明就像是走了"桃花运"一样，别人给他介绍了好多的女朋友，有的甚至还很年轻。

对于这个问题罗东明，有两个基本的条件：第一，当然要看这个女人的人品和素质。一个人爱财，那是天经地义的，在都市生活中，什么都需要钱，连喝水、上厕所都离不开钱。但是，"君子爱财，取之有道"。在这方面，他坚守了自己的基本底线，不该要的钱，哪怕是送来了，也要交出去。对这些女朋友也要坚守这些底线。这些女朋友当中如果是仅冲着他的钱而来的，他虽不怪她们，但他绝对不和这些人再深交下去。第二，一定趁这个机会生个儿子，因为罗家从江西迁到四川来过后的几百年，一直单传，到爷辈时虽有两兄弟，但其中一个得病早亡，到父辈时，叔父还未结婚，就因参加革命而光荣牺牲了；到了自己这一辈，兄长只生了两个女儿，自己以前也只生一个女儿。

在众多的女朋友当中，他选择了一个脾气好，人也不错，思想较为单纯的女友，名叫晓兰，比他小了二十多岁。

罗东明这辈子的感情生活，也真算得上丰富多彩了，青年时代的丁二妹、丁三妹、雷芳秀、小邓……此时都在脑海里显现出来，"曾经沧海难为水，除却巫山不是云"，而今"云"又在何方？

当前妻病倒之后，他感到十分悲伤，对他们夫妻之间，过去那种吵吵闹闹的日子，他十分后悔，人就这么几十年的光景，吵啥子呢？夫妻之间的争强好胜多没有意思啊！

所以他在和晓兰的交往之中，他的脾气改了好多好多。晓兰脾气也好，对他很是体贴，与他的老母亲、女儿、兄妹都处得十分和睦。后来晓兰如愿以偿地给他生了一个十分可爱的儿子。

老夫少妻，老年得子，女儿、女婿也生了一个活泼可爱的小外孙！他的儿子和小外孙年龄差不多。当他看着自己可爱的儿子和可爱的小外孙在一嬉戏玩耍时，他感到十分幸福！于是他挥毫赋诗一首，以抒发自己难以言表的幸福之感：

知　足

半是青山半是城，

一江秋水自东临。

娇妻幼子长相守，

最是人间有福人！

……

故旧重逢

前不久，他开着车带着家人去参观神剑园，这里是著名的"神剑将军"，曾任国务院副总理、国防部长的张爱萍上将的故居。

罗东明在四十多年前，十二岁多的时候，曾同黄必亮、张高清一起来到这里求读"农业中学"。因家庭出身不好而被拒绝。

他永远都不会忘记那天晚上，在极度饥饿时吃的那一碗香喷喷的苞谷糊糊。在那铺满稻草的楼板上，因求学不成而辗转反侧，心里烦、蚊子咬，他曾把伤心的泪水洒在了这里……

现在，把家里面的人带到这里来，向他们讲讲自己年轻的故事。

这里已经完全变了样，原来的民居，现在已经成了"纪念馆"，原来的村民，现在已经搬出这里，有的在附近开起了"农家乐"。

那个好心的大妈还在吗？你当年那碗香喷喷的苞谷糊糊哟，却永远留在了罗东明的心里。

参观完"神剑园"，回到半路，路过丁家坝，他年轻时曾在这里当木匠做嫁妆，是丁二妹、丁三妹的家乡。自己曾在这里播种过爱情，年轻时的情景，一辈子都没有忘记过。

他把车停在一个"农家乐"门前，独自来到洲河边，他和丁二妹在那天晚上的情景又一次浮现在脑海。

那天晚上，他们在河边上坐的那个石板还在，三十多年前的月夜，他在这块石板上为她吹奏《草原之夜》，至今仿佛余音未了。

洲河的水还是那样清澈见底，河滩上的青草还是那样翠绿；一群白鹅在草丛中低头觅食，偶尔伸长颈脖对天放歌；几头黄牛在那里低着头，啃着这翠绿的青草……大自然还是那么宁静、和谐、美丽！

一晃三十多年过去了，鬓发已被霜染，自己已是爷辈了，丁二妹，你还好吧？算起来，也应该儿孙满堂了。

"农家乐"的饭菜已经端上桌子，晓兰喊他快去吃饭。这家"农家乐"环境幽美、花草茂盛，又临河边，一块很大的广告招牌醒目地写着"大河旧院鸡"。

罗东明坐在已经摆满了丰盛菜肴的桌前，这时"农家乐"的女老板过来招呼道："先生，你们的菜上齐了，请问你们喝点啥酒和饮料？"

好熟悉的声音，罗东明抬头望了一眼这个女老板，只见她满头花白的头发，一双浑浊的大眼，体形由于发胖有些臃肿，脸上几块不太明显的老年斑，鱼尾纹也布满了眼角。

罗东明不由得惊呼了一声："你是，你是——丁——"

老板娘这时也认出他来了："东儿，不，罗大哥……"

丁二妹此时脸唰地一下红了起来。这时看得出，她还有年轻时的影子，"你不是在内蒙古吗，怎么在这里来开农家乐呢？生意还好吧？家里的人呢？"罗此时一连问了许多许多。

"哎，说来话长啦！"

原来她嫁到内蒙古后，参工到了"五七"工厂。一年过后，生了个娃儿。可是命运之神却给她带来了厄运，她的丈夫后来得了癌症离她而去。中年丧夫，孤儿寡母怎能担得起那沉重的生活重担，她又改嫁给一个巡道工。但不久，第二任丈夫又得重病，再次离她而去。他只好带着儿子回到老家，在娘家人的帮助下，开了这么一个"农家乐"。两次婚嫁，两度丧夫，生活的艰辛和岁月的沧桑，使她完全变了模样。

罗把丁大荣介绍给家人，又把他的家人介绍给丁二妹。这时晓兰说："丁大姐，坐下来，坐下来，我们一起吃饭。"

丁说："看你们这一家子好幸福啊！兰妹，你好福气哟！"

罗说："三妹怎么样，丁伯伯和丁妈呢？"

丁说："父母在几年前就走了，三妹和她的老公在城里做生意，她经常埋怨我，说我不该到内蒙古去，说我不该不珍惜你。哎，现在看到你们一家子这么幸福，好羡慕你们哟！听说你后来当了官又发了财，哎，缘分哪！兰妹妹，你真是好福气哟！好好珍惜，罗大哥他可是个好人呀！"

吃完饭，丁二妹坚持不收这顿饭钱，晓兰再三把钱给她，说道："丁大姐，你开这家'农家乐'也不容易，你如果不收钱，我们下次就不好再来了，收下，收下，一定要收下……"

在回来的路上，罗东明开着车，思绪万千，那曾令他心旷神怡和甜蜜记忆的"红宝石"呢？只见她胸脯平平，小腹比胸脯还高。那曾经饱含朝气的脸庞和明亮有神很能传情的大眼睛、那曾经充满青春气息的满头乌发……一同带着那珍贵的"红宝石"在三十多年的岁月中消失得无影无踪。那埋在心灵深处美好的记忆，仿佛成了遥远的过去。

人虽有情天无情，

眼角刻满鱼尾纹，

满头青丝霜色染，

珍贵宝石不复存。

时光恰似东流水，

不因虚度而悔恨。

……

晓兰问他："你在想啥子呢？"

罗长叹了声：“哎……”

夕照青山

危房工程顺利地完成了，"两证"也已办妥，企业改制也基本搞完。

罗东明在办公室里悠闲地抽着烟，突然，办公室的电话响了，"喂，你好，请问找哪个？"

"喂，老伙计，你是魏局长吗？"对方在电话里问道。

罗说："我不是魏局长，请问你是哪个？"

对方答道："我找魏局长，怎么打到你这里来了，打错了，打错了，那请问你是谁呢？"

罗说："我不是魏局长，我是罗东明。"

"原来是罗处长哟，我是老莫呀，老朋友了，好久没有听到你的声音了，你好，你好！"

罗忙说："原来是莫主任呀，老朋友，你现在在哪里？你好吧？"

老莫说："我在绥东。"

罗忙说："什么时候来的绥东，今天晚上我请你，好久没有见到你了，一定要聚一聚，好，好，好，好好聚一聚。"

晚上，罗东明把莫主任约到小天鹅火锅店，订了一个包间，两个老朋友一见面，十分亲热。老莫说："罗处长，我们有好几年没有见面了，你现在怎样呢？"

罗讲述了自己在公司当总经理，又进行了企业改制的经历，还详细地谈了危房改建的情况。罗将这一切向老朋友叙谈了一番，又说："莫主任，我到成都来找过你，真是不巧，我来了，你却到万源的山沟里出差去了，很遗憾，你现在怎么样呢？"

老莫说他从绥东迁到成都去后，任了几年副指挥长，后来与一个搞房地产开发的朋友一起合作，就下海搞起了房地产开发。几年过来，已是身家上千万元的大老板了！

他又说："目前在绥东有一个项目，是别人现成的项目，因为征地拆迁受阻，项目搁置了八年之久，这个项目现在由他和原来的老板一起合作来开发。说只要把拆迁工作搞定，这个项目的前景是十分可观的。"

他原本打算请魏局来协助这个拆迁工作，魏局长现在虽然已退休了，但毕竟当了那么多年的局长，一定会有办法的。但听罗东明讲完进行危房改建时，拆迁工作经历了那么复杂曲折的过程，官司都打到省政府去了，但最终还是完成了拆迁，连连说道："不简单，不简单，我就请你了，就不再去麻烦魏局长了。你来帮一帮我这个老朋友，你不会拒绝吧？"

罗说："我这里刚好把要做的事做完了，你这个老朋友的忙，我一定要帮，一定要帮。"

"那待遇呢？老朋友，只要你把我这个忙帮了，待遇问题由你随便开。"

"帮老朋友的忙，不说待遇，你只给我每个月发几千块钱的工资就行了。"

"那委屈你了，你是一个老总，几千块钱的工资，太委屈你了。"

"老朋友，不客气，不客气！反正这段时间事情也不多，哎，一晃都是五十多岁了，再过几年就该退休了。"

"退了休，莫到别处去，到我这里来，今天先说好，我太需要你这样子的人才了！我给你年薪制，一年三十万元，另外赚了钱还给分红，怎么样？一言为定，一言为定啊！"

罗东明眼看就要退休了，他本想退休以后好好地陪着晓兰及家人到处去旅游，开着自己的爱车到大草原去、到大海边去，再去饱览秀甲天下的桂林山水……他把出国护照都办好了，北欧的风光，澳洲的风情，早在他心中有一种神往！这辈子都在辛勤的劳动和工作，退休以后应该好好享受一下自己的晚年生活，人就这么几十年的光景，屈指算来，如果正常的话，还有二十多年，就是八十多岁的人啦！也该驾鹤西去，终了一生。

但是，由于老朋友莫主任一个打错了的电话，又给他带来新的机遇与新的工作环境——这是后话。